돈 까밀로
러시아 가다

Il Compagno Don Camillo
by Giovannino Guareschi

*신부님 우리들의 신부님 10

돈 까밀로 러시아가다

10

G. 과레스키 연작소설

이승수 옮김

서교출판사

차례

COOPERATIVA SOCIALISTA

들어가기 전에

깡패 같은 신부 돈 까밀로와 공산당 읍장 뻬뽀네가 티격태격 싸우며 펼쳤던 재미있는 이야기가 드디어 끝을 맺었다. 아무도 꺾지 못하는 똥고집과 불같은 성격, 거대한 덩치와 엄청난 괴력에 이르기까지 쌍둥이처럼 닮은 두 사람은 정치적인 성향이 반대인 탓에 늘 으르렁거리며 다투며 지낸다.

돈 까밀로 연작이 처음 시작되는 배경은 2차 대전 후, 대략 1940년대 말 이탈리아 중북부 뽀 강 근처 작은 시골 마을로, 돈 까밀로와 뻬뽀네는 상반된 두 문화 사이의 충돌을 상징하고 있다. 돈 까밀로는 가톨릭과 기독교민주당이라는 이탈리아 전통적인 사회 환경을, 뻬뽀네는 공산주의 이데올로기와 공산당을 대표한다.

돈 까밀로는 신앙심이 깊고 자기주장이 명확하며 따뜻한 마음을 가진 신부이다. 하지만 성당 안에서 점잖게 설교나 하고 고백실 안에서 신자들의 고해나 듣는 신부는 아니다. 때로는 자신이 생각하는 바를 관철시키기 위해서 사람들에게 큰소리를 치는 것도 주저하지 않으며, 라이벌 뻬뽀네와는 치고받으면서 주먹질까지 불사한다.

뻬뽀네는 자동차 수리공이자 한 마을의 읍장이다. 정치적 열정에 넘쳐 언제나 '프롤레타리아 혁명의 날을 위해 싸워야 한다' 고 외친다. 그는 무식하고 막무가내이지만 우직하고 정직하다. 사회주의 이데올로기에 젖어있으면서도, 마음속 깊은 곳에선 대부분의 이탈리아 사람들이 그렇듯 깊은 신앙심을 지니고 있다.

확실히 돈 까밀로가 평소 우리 주변에서 쉽게 볼 수 있는 고매한 성품의 신부님은 아니며, 뻬뽀네 역시 우리가 머릿속으로 상상하고 귀로 들은 빨갱이가 아닌 것은 분명하다.

이들은 매번 견원지간처럼 서로 못 잡아먹어 난리다. 하지만 이런 그들도 마을과 조국에 대한 문제가 발생하면 잠시 휴전을 하고 뜻을 함께하여 외부의 적에 맞서 싸운다. 겉으로는 앙숙지간이지만 마음 깊은 곳에선 서로를 존중하고 배려하고, 사랑하고 있다는 것을 돈 까밀로 시리즈 중 한 권만 읽어도 독자들은 금세 눈치챌 수 있다.

이 시리즈의 마지막 이야기 10권 《돈 까밀로 러시아 가다》에서도 역시 애증 관계인 돈 까밀로와 뻬뽀네가 등장해 우리의 기대를 저버리지 않고 신경전을 벌인다. 게다가 이번에는 이탈리아의 작은 마을을 벗어나, 세계에 진출했다. 상원의원이 된 빼뽀네의 약점을 알고 있는 돈 까밀로가 빼뽀네를 협박해서 공산당원증과 여권을 얻어 러시아로 가게 된 것이다. 돈 까밀로는 빼뽀네의 속이 타들어 가든 말든 공산당 중에서도 '선발된' 뛰어난 공산당원들을 하나씩 교화시키며, (때로는 탈당하게까지 만든다) 맡은 바 임무를 완수한다.

돈 까밀로는 공산주의자들의 천국인 러시아에 가서도 전혀 기죽지 않고 자신의 본모습인 신부로 일하랴, 세포들의 책임자로 일하랴 종횡무진 활약을 펼친다. 그러나 그의 가장 큰 임무는 역시 예수님이 보낸 특사로서의 역할이기 때문에, 세례를 주고, 결혼 축사를 주며, 폭풍우 속에서 죽음의 위기를 맞을 때는 사람들을 이끌며 하느님께 기도를 드린다. 작가 조반니노 과레스키는 돈 까밀로를 통해 시대와 상황을 초월한 종교적 진리를 자신의 독특한 유머를 통해 심각하지 않게 그려내고 있다.

돈 까밀로 시리즈는 이탈리아 출판 사상 '가장 재미있는 책'으로 선정되었으며, 초판 발간 이후 세계 50여 개국에 번역되어 7,000만 부 이상이 팔렸다. 또한 연극과 영화, TV 드라마로까지 제작되어 시청자들을 울리고 웃겼다. 한국에서도 시리즈 전권이 완역되어 독자들이 조반니노 과레스키가 펼치는 재미있는 이야기를 빠진 부분 없이 모두 읽을 수 있게 된 것은 행복

한 일이다. 그러나 끝이 나지 않을 것만 같았던 이 이야기가 끝을 맺게 되다니 한편으로는 아쉽기도 하다.

이 책은 리졸리(Rizzoli) 출판사가 출판한 《Il Compagno Don Camillo》라는 제목으로 텍스트로 삼아 번역했다. 앞으로도 이 시리즈가 세상살이에 지친 사람들을 보듬어 줄 수 있기를 바란다. 특히 프란치스코 교황께서 방한한 2014년에 이 책을 다시 펴내게 된 것을 감사하게 생각한다.

– 옮긴이

누구나 황금을 좋아해

마을에 원자폭탄의 폭발과 맞먹는 대소동이 일어난 것은 신문이 도착한 월요일 정오였다. 마을 사람 중 누군가가 1천만 리라짜리 축구복권에 당첨되었다는 사실이 신문의 머리기사로 소개되었기 때문이다. 신문은 또한, 복권당첨자의 이름이 페피토 즈베체구티라고 밝혔다. 문제는 마을에 페피토란 이름을 가진 사람도, 즈베체구티란 사람도 없다는 점이었다.

복권 발매소 주인은 흥분한 마을 사람들에 둘러싸이자 양팔을 벌리며 난감해했다.

"다들 알잖소. 토요일은 장날이어서 외지인이 복권을 많이 사간다는 걸 말이오. 아마 그 사람들 중 한 명이겠지. 어찌 되었든, 곧 당첨자가 나타나지 않겠소?"

그러나 꽤 시간이 흘렀는데도 당첨자는 도무지 나타날 생각을 하지 않았다. 사람들은 복권의 당첨자가 누구인지 궁금해서 점점 안달이 났다. 아무래도 페피토 그베체구티라는 이름은 가명이 아닐까 하는 추측이 힘을 얻고 있었다.

즈베체구티란 이름만 본다면 그냥 넘어갈 수도 있는 문제였다. 그날 시장에 들렀던 시골 사람들 중에 즈베체구티라는 이름을 가진 사람이 한둘쯤은 있을 법도 했다. 하지만 페피토는 달랐다. 페피토라는 이름은 흔한 이름이 아니었다. 마을 사람들은 그런 이국적인 이름을 가진 사람이 곡물, 건초, 가축, 치즈 따위만 취급하는 조그마한 시골 장터에 올 리가 없다고 생각했던 것이다.

"흥, 그건 가명이 틀림없다고!"

몰리네토의 여관 주인이 말했다.

"그리고 가명을 썼다는 건 외지인이 아니라 이 마을 사람이란 증거야. 이름을 노출시키고 싶지 않았던 거라고."

꽤나 그럴듯한 추측이었다. 그의 주장은 마을 사람 대부분의 지지를 얻었다. 돈벼락을 맞은 사람의 실체가 여전히 베일에 가려져 있었음에도 많은 이들이 저마다 즈베체구티가 마을 주민 중 누구일 것이라는 추측은 그래서 더욱 힘을 얻기 시작했다.

분위기가 점점 심상치 않게 돌아가고 있었다. 복권 당첨자를 찾는 게 아니라 범죄자를 색출하려는 듯한 분위기였다.

돈 까밀로 역시 미궁에 빠져버린 이 사건에 뭔가 수상하다는 생각이 들었다. 그러나 자신이 탐정 노릇 하는 걸 예수님이 탐탁지 않게 여기실 게 분명했기 때문에, 돈 까밀로는 미리 선수를 쳐서 예수님에게 변명을 늘어놓았다.

"예수님, 전 단순한 호기심 따위로 이러는 게 아닙니다. 사명감 때문이죠. 주님의 섭리로 큰 은혜를 받은 사람이 그것을 숨기고 있으니, 이웃 사람들의 경멸을 받아 마땅하지 않습니까."

"돈 까밀로, 하느님께서 복권에 관심이 있으신지 아닌지는 제쳐놓더라도, 넌 어째서 이 행운의 사나이가 누구인지 밝히기 위해 그리 안달복달하느냐? 누군가 횡재를 한 것이 너와 무슨 상관이란 말이더냐. 그런데 쏟을 열정이 있다면 차라리 행운을 얻지 못한 사람들한테 관심을 기울여라."

하지만 돈 까밀로는 머릿속에 작은 못 하나가 박혀 있기라도 한 것처럼 눈과 귀가 어두워져 아무 일에도 집중할 수 없었다. 페피토에 관한 수수께끼가 밝혀지기 전까지는 도저히 마음 편하게 다른 일을 생각할 수 없을 것만 같았다.

돈 까밀로는 생각에 생각을 거듭했다. 그러다 마침내 그의 머리에 '번쩍' 하고 영감이 스쳤다. 이름의 비밀을 풀 수 있는 열쇠를 발견한 것이다. 돈 까밀로는 너무나 기쁜 나머지 그 자리에서 덩실덩실 춤이라도 추고 싶을 지경이었다.

그는 당장에라도 종탑으로 달려가 '젤트루데' 종을 울려 온 마을에 자기가 발견한 놀라운 사실을 알리고 싶은 충동을 느꼈다. 첫 번째 충동은 초인적인 인내심을 발휘해 간신히 참아냈지만 다른 충동 하나는 도저히 참을 수가 없어서 서둘러 외투를 챙겨 입은 뒤 사제관을 나섰다.

몇 분 뒤, 돈 까밀로는 뻬뽀네의 정비소 앞에 도착했다. 그는 슬쩍 안을 들여다보고는 열심히 일하고 있는 읍장에게 인사를 건넸다.

"안녕하신가, 페피토 동지!"

뻬뽀네가 망치질을 멈추더니 두 눈을 휘둥그레 뜨고 돈 까밀로를 쳐다보았다.

"신부님, 지금 뭐라고 했소?"

"별 거 아니야. 좀 전에 페피토가 뻬뽀네의 애칭이라는 사실을 발견했거든."

뻬뽀네의 얼굴이 순식간에 시뻘겋게 달아올랐다. 돈 까밀로가 말을 이었다.

"아주 흥미롭지 않나? 페피토 즈베체구티의 철자를 바꾸어 보니 희한하게도 주세페 보타치와 비슷한 이름이 튀어나오더란 말이야."

뻬뽀네는 망치질을 다시 시작했다.

"쳇, 난 또 뭐라고. 그런 얘기는 일요일 텔레비전 퀴즈쇼 담당자한테나 하시구랴. 신부님이랑 농담 따먹기를 하고 싶은 생각은 추호도 없으니까. 여기는 어디까지나 신성한 일터란 말이오."

돈 까밀로는 고개를 저었다.

"자네가 1천만 리라에 당첨된 페피토가 아니라니 정말 섭섭하군."

"섭섭하기는 나도 마찬가지요. 만일 내가 진짜 당첨자였다면 신부님 손에 서너 푼 쥐여주면서 실없는 소리나 늘어놓는 대신 성당에 가서 발 닦고 잠이나 자라고 쏘아붙였을 거요."

빼뽀네가 퉁명스럽게 말했다.

"걱정하지 말게, 빼뽀네. 자네를 위해서라면 그런 사소한 수고쯤이야 얼마든지 해 줄 수 있다네."

돈 까밀로가 능청스럽게 대답하며 발길을 돌렸다.

두 시간이 지나자 마을 사람들 모두는 철자 바꾸기가 무엇인지 훤히 알게 되었다. 사람들은 불쌍한 페피토 즈베체구티를 무자비하게 해부해서 정말 뱃속에서 주세페 보타치 동지가 나오는지 확인에 확인을 거듭했다.

*

그날 저녁, 인민의 집에서는 공산당 참모진이 이례적인 모임을 가졌다.

스미르초가 말을 꺼냈다.

"대장, 반동분자들이 옛날부터 써먹던 중상모략이라는 선전 무기를 가지고 또다시 날뛰고 있어요. 마을 사람들 모두가 대장이 1천만 리라 당첨금을 탄 게 아닐까 의심하면서 들고 일어나려고 한답디다. 아무래도 우리 이름에 먹칠을 하는 놈들에게 본때를 보여주어야 할 것 같아요. 이렇게 가만히 있을 게 아니라 시범적으로 몇 놈 잡아다가 흠씬 몽둥이찜질을 해주는 건 어때요?"

빼뽀네는 고개를 저으며 말했다.

"복권에서 1천만 리라를 땄다고 말하는 걸 중상모략이라고 할 수야 있나? 부정을 저질렀다거나 도둑질을 했다고 비난하는 게 중상모략이야. 복권에 당첨된 게 절대로 비난받을 만한 일은 아니잖아. 안 그래?"

"대장 말도 옳아요. 하지만 아무리 훌륭한 일이라도 너나 할 것 없이 떠들어 댄다면 정치적 중상모략이 되기 십상이라고요. 게다가 이런 비방이 당에 해가 된다면 중상모략으로 간주해야 마땅하지 않겠어요?"

스미르초가 우겼다.

"사람들이 우리를 손가락질하며 비웃고 있다고. 놈들의 밉살맞은 주둥아리에서 웃음을 싹 가시게 만들어 줍시다!"

브루스코가 거들었다.

"성명서를! 우리의 결백을 밝혀줄 성명서를 당장 내다 붙여야 합니다."

비지오가 소리쳤다.

뻬뽀네는 어깨를 으쓱했다.

"잘 알았어, 내일까지 생각 좀 해 보자고."

스미르초가 기다렸다는 듯이 윗옷 주머니에서 종이 한 장을 꺼냈다.

"대장, 우리가 대장의 수고를 덜어드리려고 미리 성명서 초안을 준비해뒀어요. 명령만 떨어진다면 밤으로 인쇄해서 내일 새벽에 마을 곳곳에 붙이겠습니다."

스미르초가 큰 소리로 읽기 시작했다.

> 나 주세페 보타치는 1천만 리라 복권 당첨자인 페피토 즈베체구티라는 자와 동일인이 아니라는 사실을 명백하게 밝힌다. 나를 모함하는 반동분자들은 본인의 이름과 벼락부자의 이름을 놓고 어떤 중상모략을 가해도 전혀 소용이 없음을 명심하라. 돼먹지 못한 파시스트 놈들!
>
> 공산당 지부당 주세페 보타치

뻬뽀네가 고개를 흔들었다.

"흠, 좋군. 하지만 저쪽에서 성명서를 내서 사람들을 선동하기 전까지진 대응을 자제했으면 좋겠는데."

스미르초는 동의하지 않았다.

"대장, 적이 먼저 나를 쏘기를 기다리는 건 어리석은 짓 아닙니까! 다른 사람보다 1초라도 먼저 쏘는 게 옳다고요."

"스미르초, 내 개인적인 문제에 자꾸 감 놔라 배 놔라 하면 네 엉덩이부터 발로 걷어차 줄 거야! 보호자따윈 필요치 않아. 내 일은 내가 알아서 처리할 수 있다고."

스미르초가 어깨를 으쓱하며 투덜거렸다.

"그렇게 생각하신다면 더 이상 군말하지 않겠습니다."

"당연히 그렇게 생각해야지!"

빼뽀네가 탁자를 주먹으로 내리치면서 소리쳤다.

"각자 자기 맡은 일이나 똑바로 해. 당은 읍장 개인이 아니라 인민 모두를 위해 존재하는 조직이라는 걸 잊지 말고."

빼뽀네가 먼저 자리를 뜨자 참모들도 마지못해 자리에서 일어났다.

"1천만 리라를 땄다고 적들이 모략하는데도 그냥 내버려두다니…. 대장은 나약해졌어. 모두들 그 이름 철자를 가지고 야단들이니 일이 복잡해질 건 안 봐도 뻔해."

스미르초가 집으로 돌아가는 길에 동지들을 향해 말했다.

"그저 모든 일이 잘 풀리기를 바랄 수밖에!"

비지오가 한숨을 내쉬었다.

인민의 집 회의실에서 이런 얘기가 오간 걸 눈치채기라도 했는지, 다음 날 오후 농민신문에는 '빼뽀네를 풀어보라, 그러면 페피토가 나올 테니' 라는 제목의 짧은 기사가 실렸다. 사람들은 모두 배꼽을 잡고 웃어댔다. 풍자가 무엇인지를 여실히 보여주는 기사였다.

빼뽀네와 참모들은 곧 다시 모였다. 부하들은 즉각 반격에 나설 필요가 있다고 주장했다. 이런 상황에서는 빼뽀네도 더 이상 만류할 수 없었다.

"좋아. 성명서를 인쇄해서 붙여라."

빼뽀네가 대답했다.

스미르초가 즉각 인쇄소로 달려갔다. 한 시간 후 돈 까밀로는 인쇄업자 바르키니로부터 성명서 초안을 건네받았다.

"신문 기사를 읽더니 반격에 나섰군."

돈 까밀로가 침울하게 말했다.

"빼뽀네가 복권에 진짜 당첨됐다면 이렇게 단호한 성명서를 내놓지 못했겠지. 혹시 당첨금을 이미 찾아왔거나 다른 사람을 시켜 찾을 생각이 아니라면 말이야."

"그는 마을 밖으로 한 발자국도 나가지 않았습니다. 마을 사람들이 눈을 부릅뜨고 감시하고 있으니까요."

바르키니가 돈 까밀로에게 말했다.

밤이 되자 돈 까밀로는 예수님에게 기도를 올리고 잠자리에 들었다. 돈 까밀로가 곤히 잠든 사이, 텃밭 쪽 뒷문을 통해 사제관으로 누군가가 까치발로 살금살금 들어왔다. 그는 반쯤 열려진 문틈으로 방안을 살피더니 살그머니 들어와 돈 까밀로를 흔들어 깨웠다.

“날 본 사람이 없었으면 좋겠는데. 요즘은 24시간 내내 감시당하는 기분이 들어서 말이오.”

그가 말했다.

돈 까밀로는 당혹스런 눈빛으로 상대방을 쳐다보았다.

“자네, 드디어 미쳤구먼.”

“아직은 아니오. 하지만 정말 미쳐버릴까 봐 두렵소.”

빼뽀네는 의자에 앉아 땀을 닦으며 말했다.

“지금 나와 이야기하는 상대가 신부요, 아니면 마을을 온통 들쑤시면서 소문이나 내고 다니는 수다쟁이요?”

“자네가 누구한테 말하러 왔느냐에 달렸네.”

“신부와 얘기하러 왔소.”

“그럼 신부로서 자네 말을 듣도록 하지.”

돈 까밀로가 엄숙하게 말했다. 빼뽀네는 두 손으로 모자를 뱅뱅 돌리다가 마침내 심정을 토로했다.

“신부님, 내가 크나큰 거짓말을 했소이다. 실은… 페피토 즈베체구티는 바로 나요.”

돈 까밀로는 머리에 폭탄을 맞은 듯 얼떨떨한 기분이 되어 몇 분간 숨도 제대로 쉴 수 없었다.

“아니, 복권에서 1천만 리라를 딴 작자가 바로 자네란 말인가?”

정신을 차리고 난 돈 까밀로가 소리쳤다.

“그런데 왜 진작 그 사실을 밝히지 않았나?”

"지금도 그 얘기를 할 생각은 없소. 난 신부님한테 고해성사를 하러 온 것뿐이니까. 물론 신부님은 내가 거짓말을 했다는 사실에만 초점을 맞추고 있겠지만."

돈 까밀로는 뻬뽀네에게 단단히 설교해 줄 수 있는 이 좋은 기회를 놓치고 싶지 않았다. 그는 한껏 경멸스런 표정을 지어 보이며 따끔한 말로 빈정거렸다.

"부끄러운 줄 알아! 열렬한 공산당 대장이며 핍박받는 프롤레타리아라고 주장하는 작자가 돈벼락을 맞고 주체를 못 하는 꼬락서니라니. 제대로 된 공산당원이라면 마땅히 땀 흘려가며 돈을 벌어야지."

뻬뽀네가 한숨을 토해냈다.

"신부님, 난 지금 농담할 기분이 아니오. 그리고 복권을 산 것도 죄요?"

"나도 농담할 기분은 아니야. 그리고 내가 언제 복권을 사는 걸 탓했나? 훌륭한 공산주의자는 재미 삼아 복권을 사는 따위의 일을 하지 않는다는 원칙론을 지적했을 뿐이야."

"바보 같은 소리 마시오! 모두들 복권을 삽니다."

"쯧쯧, 딱한 사람 같으니. 자네는 명색이 공산당 지부당 우두머리야. 다시 말해, 프롤레타리아 혁명을 이끌어야 하는 사람이지. 복권이란 부르주아들이 대중을 이용하는 가장 효과적인 무기이고, 돈 한 푼 들이지 않고 낚을 수 있는 신 나는 미끼 아닌가? 복권은 그들에게 커다란 이익을 안겨주는 도구라고. 정신이 똑바로 박힌 공산주의자라면 어떤 형태건 간에 복권 같은 것에는 필사적으로 반대하는 게 당연하지 않나?"

뻬뽀네는 대꾸할 말을 찾지 못하고 꿀 먹은 벙어리처럼 입을 다물었다.

돈 까밀로가 차분하게 말을 이었다.

"프롤레타리아 혁명이 아닌 다른 수단으로 인민의 운명을 개척할 방법이 있다고 믿게 하는 건, 그게 뭐든 간에 다 노동자를 해롭게 하고 적에게 이익을 줄 뿐이란 말일세. 그런데 복권 따위를 사들이고, 거기다 한몫 잡기까지 한 것은 자네가 인민의 기대를 배신하는 행위를 저질렀다는 것을 의미한다, 이걸세."

뻬뽀네가 양팔을 저었다.

"신부님, 날 붙잡고 지금 공산주의 이념 교육이라도 하시려는 게요? 사사건건 정치에 끌어다 붙이는 고약한 버릇 좀 제발 버리시오."

"그럼 자네가 늘 자랑스럽게 떠들고 다니는 프롤레타리아 혁명은 정치 문제가 아닌가 보구먼."

뻬뽀네는 두 발을 동동 구르며 답답하다는 듯 고개를 저었다. 돈 까밀로는 뻬뽀네가 무어라 항변을 해보기도 전에 선수를 쳤다.

"이해하네, 읍장 나리. 자네가 옳아, 옳고말고. 내일의 프롤레타리아 혁명보다는 오늘 내 호주머니 속의 1천만 리라가 훨씬 낫지."

빼뽀네는 이를 악물며 말했다.

"나라고 그렇게 속이 편한 줄 아시오?"

돈 까밀로는 잠시 벽난로의 불씨를 들척거리다가 문득 생각이 났다는 듯 무심하게 말했다.

"아 참, 이 오밤중에 날 찾아온 용건이 대체 뭔가? 1천만 리라 복권에 당첨됐다고 자랑하려고 온 건 아닐 테고."

한참을 말이 없던 빼뽀네가 땀을 닦으며 조용히 입을 열었다.

"어떻게, 아무도 모르게 그 돈을 찾아올 수 있겠소?"

"직접 가서 찾아오면 되지."

"그럴 수 없다는 건 신부님도 잘 알잖소. 마을 사람 전체가 나를 감시하고 있단 말이오. 내일 아침이면 성명서가 나올 상황에서는 더더구나 그렇게 할 수 없소."

"충직한 자네 부하들을 보내면?"

빼뽀네가 펄쩍 뛰었다.

"스스로 무덤을 파라는 소리요?"

돈 까밀로는 고개를 저었다.

"그거야 내 알 바 아니지. 용건이 그것뿐이라면 더 이상 할 말이 없으니 어서 돌아가게."

"신부님, 당신이 이걸 좀 찾아다 주시오."

빼뽀네는 돈 까밀로 앞에 봉투 하나를 팽개치듯 던져놓고는 어둠 속으로 횡하니 사라졌다. 돈 까밀로는 하도 어이가 없어서 한참 동안 봉투를 노려보았다.

그날 돈 까밀로는 새벽처럼 길을 떠났다가 사흘 만에 마을로 돌아왔다. 저녁 늦게 도착한 그는 사제관으로 들어가기 전에 제단의 예수님에게 들러 그간의 일을 보고하기로 마음먹었다.

돈 까밀로는 가지고 온 가방을 제단 난간 위에 올려놓은 다음, 가방을 열어 돈다발을 꺼내 들고 말했다.

"예수님, 1만 리라짜리 지폐를 100개씩 묶은 돈다발 10개입니다. 빼뽀네에게 돌아갈 1천만 리라지요. 하느님을 믿지 않는 자에게 이런 큰 상금을 내려주시다니, 정말 불공평하십니다."

"그런 말은 복권 만든 사람들한테나 가서 하거라."

예수님이 준엄하게 말씀하셨다.

돈 까밀로는 아무 대꾸도 하지 못하고 조용히 가방을 들고 성당을 나갔다. 그러고는 사제관 2층으로 올라가 빼뽀네와 미리 약속한 대로 불을 세 번 켰다 껐다.

빼뽀네는 잠도 자지 않고 망을 보고 있었던 모양이었다. 그는 침실 등불을 불을 두 번 깜박여서 돈 까밀로의 신호에 응답을 보냈다.

그리고 두어 시간 후, 빼뽀네는 외투깃을 눈썹까지 치켜 여미고 아무도 모르게 텃밭 쪽으로 들어와 사제관 안으로 숨어드는 데 성공했다.

"어떻게 됐소?"

빼뽀네가 거실에서 기다리고 있던 돈 까밀로에게 물었다.

돈 까밀로는 말없이 턱짓으로 탁자 위에 놓아둔 가방을 가리켰다. 빼뽀네는 번개처럼 달려가서 부들부들 떨리는 두 손으로 가방을 열었다. 그의 이마에서는 땀이 비 오듯 흘러내리고 있었다.

"전부 다해서 1천만 리라가 틀림없죠?"

빼뽀네가 반쯤 정신이 나간 목소리로 속삭였다.

"당연하지! 의심스럽다면 직접 세어 보지그래?"

"아니, 아닙니다!"

빼뽀네는 무언가에 홀린 표정으로 지폐 다발을 쳐다보았다. 돈 까밀로가 한숨을 내쉬며 말했다.

"1천만 리라는 적지 않은 뭉칫돈이지. 적어도 한동안은 말이야. 하지만 내일이면 어찌 변할지 누가 알겠나? 자칫 조그만 소문 하나만 잘못 돌아도 인플레가 되어 가치가 형편없이 떨어지고 남는 거라곤 아무 가치도 휴짓조각이 될 텐데."

"나도 압니다. 지체 말고 어딘가 투자를 해야 할 텐데…."

빼뽀네가 다소 걱정스런 투로 말했다.

"옳지, 1천만 리라면 꽤 넓은 농장 하나쯤은 살 수 있을 거요. 땅은 어디로 사라지거나 하지는 않으니까."

" '농부들에게 땅을!' 이란 구호를 외쳤던 건 공산당이 아니었나? 노동자 출신인 자네한테 돌아갈 땅이 어디 있기나 하겠어? 그들은 자네한테서 모든 걸 빼앗아 갈 거야. 자네 말마따나

궁극적으로는 공산주의가 승리할 테니까, 친애하는 읍장 동지…."

돈 까밀로의 비아냥 섞인 악담에도 뻬뽀네는 계속 돈뭉치만 뚫어지라 노려보고 있었다.

"그, 그래 금, 금을 사면 돼! 금이라면 얼마든지 땅 속에 묻어둘 수도 있으니까."

"숨겨놓은 금으로 뭘 할 생각인데? 공산주의 세상이 오면 모든 재산이 공평하게 분배되고 국유화될 텐데. 아무것도 살 수 없는데 금을 껴안고 있어봐야 무슨 소용 있겠어."

"그럼 외국으로 돈을 보내면?"

"세상에나! 이젠 자네가 늘 욕하던 자본가의 더러운 짓거리를 따라 하겠단 말인가? 이왕 보내기로 마음을 먹었다면 미국으로 보내게. 유럽은 이제 곧 공산당 천지가 될 판이니까. 하지만 미국도 마침내는 완전히 고립되어 머지않아 소비에트 연방공화국* 앞에 무릎을 꿇게 될 거야."

"미국은 워낙 강한 나라니까, 미국까진 들어가지 못할 거요."

"그거야 모르는 일이지. 미래는 러시아의 손에 달려 있다네, 읍장 동지."

뻬뽀네가 한숨을 쉬더니 의자에 풀썩 주저앉았다.

"머릿속이 빙빙 도네. 1천만 리라라니!"

"빨리 자네 물건을 챙겨 들고 집으로 가져가게. 일이 다 끝난 뒤에 가방이나 돌려주게나. 가방은 내 것이니까."

"신부님, 지금은 안 됩니다! 제발 신부님이 맡아두고 계시오. 돈 문제는 내일 얘기합시다. 당장은 아무 생각도 못 하겠소."

삐뽀네는 집으로 돌아가 버렸다. 돈 까밀로는 돈 가방을 한쪽 구석에 치워놓고 침대로 기어들어갔다. 그는 피곤해 죽을 지경이었지만 아직도 잠을 제대로 잘 수 있는 상황은 아니었다. 새벽 2시에 누군가가 들창문을 두들겨댔기 때문이다. 이번엔 삐뽀네가 그의 아내를 데리고, 온몸을 외투로 겹겹이 감싼 채 아래층에 서 있었다.

"신부님, 양해해 주시오. 마누라가 1천만 리라가 어떻게 생겼는지 꼭 보고 싶다지 뭐요…."

돈 까밀로는 가방을 가져다가 탁자 위에 놓았다. 삐뽀네의 아내 마리아는 돈다발을 보자마자 얼굴이 새하얘졌다. 돈 까밀로는 그들의 구경이 끝나기를 참을성 있게 기다렸다. 그런 다음 가방을 닫고 두 사람을 현관까지 바래다주었다.

"제발 가서 잠 좀 자두라고!"

돈 까밀로는 침대로 돌아갔지만, 새벽 3시경 문을 두드리는 소리에 무거운 몸을 끌고 아래층으로 다시 내려와야 했다. 이번에도 역시 삐뽀네였다.

"이번에는 또 뭐야? 아직도 용건이 남았어?"

삐뽀네는 양팔을 벌리며 말했다.

"신부님, 아무래도 불안해서 안 되겠소. 돈을 넘겨주시오."

"지금 이 시각에? 헛소리 마. 아까 자네들이 돌아간 다음, 그

가방을 다락방 깊숙이 감춰두었다고. 분명히 말하지만 난 지금 가방을 가지러 올라갈 생각이 추호도 없네. 날이 밝으면 다시 와. 난 지금 너무나 춥고 졸리고…. 날 믿지 못하는 건가? 그렇지?"

"믿고 안 믿고를 떠나서, 그러니까 내 말은…. 신부님이 혹시 사고라도 당하면 어쩝니까. 그 돈이 내 것이라는 걸 어떻게 증명한단 말이오?"

"쓸데없는 걱정 집어치우고 가서 조용히 잠이나 자. 가방은 잘 봉해 놓았고, 자네 이름도 써놓았어. 내가 다 알아서 한다니까."

"물론 그렇겠죠. 하지만 신부님, 돈은 역시 내 집에 있는 게 좋겠지…."

돈 까밀로는 자기가 피곤해서 쓰러질 지경인데도 뻬뽀네가 자꾸만 고집을 부리자 갑자기 기분이 팍 상해버렸다. 그는 안색과 말투를 바꾸고 뻬뽀네에게 물었다.

"돈? 지쳐서 반쯤은 죽어가는 이 불쌍한 시골 신부한테 대체 무슨 돈을 내놓으란 거야?"

"내 돈 말이오! 신부님이 내 대신 로마에 가서 찾아온 돈 있잖소."

"정말 완전히 미쳤군. 뻬뽀네, 난 자네 돈 근처에도 가본 적이 없어!"

"내가 당첨된 복권! 페피토 즈베체구티란 이름으로 당첨된 복권을 내 대신 갖고 가서 상금을 찾아왔잖아, 이 망할 신부야!"

빼뽀네가 씩씩대며 말했다.

"그건 자네가 아니라며? 마을 여기저기에 나붙은 성명서에는 자네가 결코 페피토 즈베체구티가 아니라고 쓰여 있잖아? 자네가 직접 그런 성명서를 낸 걸로 알고 있었는데."

"그래도 나라니까! 딱 봐도 페피토 즈베체구티가 주세페 보타치의 철자를 섞어놓은 거라는 걸 알 수 있잖소."

"아니지. 페피토 즈베체구티는 주세페 보테치의 철자를 바꿔놓은 거네. 자네 이름은 보테치가 아니라 보타치잖나. 자넨 몰랐겠지만 나한텐 주세페 보테치라는 이름을 가진 삼촌이 계시다네. 삼촌 이름으로 내가 그 복권을 샀던 거지."

빼뽀네는 떨리는 손으로 탁자 위에 널려 있던 신문 한 귀퉁이에 페피토 즈베체구티라는 이름을 써보았다. 그리고 자신의 이름을 쓰고 비교했다.

"이런 빌어먹을! 'ㅏ' 대신 'ㅔ'를 썼군. 하지만 돈은 내 꺼란 말이오!"

돈 까밀로는 성가시다는 듯 손을 젓고는 2층으로 잠을 자러 올라갔다. 빼뽀네가 뒤따르며 자기 돈을 내놓으라고 계속 졸라댔다.

"거참 쫑알거리긴…."

돈 까밀로가 방으로 들어가 침대에 누우면서 경고했다.

"너무 걱정하지 말게. 나 혼자서 1천만 리라를 몽땅 꿀꺽하지는 않을 테니까. 난 그 돈을 자네의 이념을 위해, 인민을 위해서 쓸 작정이야. 다시 말해서 가난한 사람들에게 나눠줄 생각이네."

"가난뱅이들한테 내 돈을 왜 줘!"

빼뽀네가 이성을 잃고 악을 썼다. 돈 까밀로도 이불 속으로 기어들어가면서 소리쳤다.

"탐욕스런 반동분자 읍장 같으니라고! 잠 좀 자게 제발 꺼져버려."

"빨랑 내 돈을 내놔, 이 개똥 같은 신부야!"

빼뽀네가 다시 한 번 고래고래 악을 쓰자, 돈 까밀로는 돌아누운 채 쳐다보지도 않고 말했다.

"치사해서 더 이상 못 들어 주겠군. 돈은 탁자 아래에 있으니까 가져가서 구워먹든 삶아 먹든 맘대로 해!"

빼뽀네는 두리번거리며 탁자를 살피더니 곧 가방을 찾아내고 그 큰 손에 꽉 움켜쥐었다. 그러고는 외투 밑에 가방을 숨긴 다음 남에게 들킬세라 쏜살같이 사라졌다.

돈 까밀로는 현관문이 닫히는 소리가 들리자 한숨을 내쉬며 중얼거렸다.

"예수님, 어쩌자고 저자가 복권에 당첨되게 하셔서 그의 영혼이 탐욕에 눈이 멀도록 하셨나이까? 저 불쌍한 자는 그런 형벌을 받을 만큼 사악하지 않나이다."

"지난번에는 저 돈이 적절치 않은 상금이라고 나를 비난하더니, 이젠 저 돈이 부당한 형벌이라고 나를 비난하는구나…. 더 이상 너와 이러쿵저러쿵하고 싶지 않다, 돈 까밀로."

예수님이 대답하셨다.

"예수님, 그럼 저도 복권 얘기는 다시는 꺼내지 않겠습니다."

아주 길고 긴 밤을 보내야 했던 돈 까밀로는 마침내 마음 편히 잠들 수 있었다.

공갈협박

“예수님, 그자는 도를 넘어섰습니다. 도저히 용납할 수가 없습니다.”

돈 까밀로가 단호한 표정으로 말했다.

“돈 까밀로, 나를 십자가에 못 박은 자도 도를 넘지 않았었느냐? 하지만 나는 용서했느니라.”

십자가상의 예수님이 말씀하셨다. 그러자 돈 까밀로가 다시 반론을 펼치기 시작했다.

“예수님을 십자가에 못 박은 자는 자신이 무슨 짓을 하는지 몰랐습니다. 하지만 뻬뽀네는 자신이 저지른 짓을 잘 알고 있습니다. 그의 사기 행각에는 동정의 여지가 없습니다.”

"돈 까밀로, 뻬뽀네가 상원의원이 된 다음부터 네가 그에 대해 더욱더 가혹하게 말한다는 것을 알고나 있느냐?"

예수님이 웃으면서 말씀하셨다.

정곡을 찔린 돈 까밀로는 오히려 화를 냈다.

"주님!"

돈 까밀로가 외쳤다.

"사심을 가지고 그를 깎아내리려는 게 아니라는 걸 저보다 더 잘 아시지 않습니까!"

"그래, 네 진심이야 잘 알고 있지, 돈 까밀로."

예수님이 한숨을 쉬셨다.

돈 까밀로에게 이쯤에서 그만두어야 한다는 걸 깨달을 정도의 분별력은 남아 있었다. 그는 얼른 무릎을 꿇고 성호를 그은 다음, 살며시 성당을 빠져나왔다. 그러나 성당 밖으로 나오자 그의 분노가 또다시 끓어올랐다.

악당 몇 명이 사제관 문 바로 옆에다 돈 까밀로를 분노하게 했던 바로 그 성명서를 붙여 놓았던 것이다. 지난 2년간의 해묵은 감정이 다시 돈 까밀로의 머릿속에 생생하게 떠올랐다.

*

찌뿌둣한 어느 겨울날 저녁이었다. 돈 까밀로는 막 잠자리에 들려다가 누군가 사제관 문을 두드리는 소리를 들었다. 문 앞에는 추위에 꽁꽁 언 뻬뽀네가 서 있었다. 뻬뽀네의 행색이 워낙 말이 아니어서 돈 까밀로는 그를 한눈에 알아보지 못하고 머뭇거렸다.

돈 까밀로는 그를 부엌으로 데려와 의자에 앉히고 포도주 한 잔을 내밀었다. 불쌍한 뻬뽀네는 단숨에 포도주를 들이켰다. 뻬뽀네의 혀가 말을 듣게 되기까지는 포도주 두 잔이 더 필요했다.

뻬뽀네가 헐떡이며 말했다.

"신부님, 더 이상 못 견디겠어요."

그는 외투 밑에서 신문지에 싼 작은 보따리를 꺼내 탁자 위에 놓았다.

"이 물건을 집 안에 둔 뒤부터, 하루도 제대로 잠을 잔 날이 없소."

뻬뽀네가 구슬픈 목소리로 말했다. 이 물건이란 바로 복권 당첨금 1천만 리라였다.

돈 까밀로가 대답했다.

"은행에 돈을 넣어 두면 되잖나."

아직도 자존심이 남았는지 뻬뽀네가 작게 삐죽거렸다.

"농담하세요? 공산당 읍장이 갑자기 은행 계좌에 이 지방에선 만져볼 수도 없는 1천만 리라라는 거액을 입금했다고 생각해 보시오."

"그럼 20프랑짜리 금화로 바꾸어서 어디 밭에라도 묻어두게."

"이자가 안 나오잖소."

돈 까밀로는 졸리긴 했지만 인내심의 저장고가 아직 바닥을 드러낸 상태는 아니었기 때문에 차분하게 말을 이었다.

"읍장 나리, 구질구질한 얘기는 대충 하고 어서 요점을 말해 보게. 그래, 나한테 또 뭘 바라는 건가?"

뻬뽀네가 단추를 풀며 말했다.

"신부님, 맡은 돈을 잘 관리하기로 유명한 사채업자를 아시지요?"

"난 그런 사람 몰라."

돈 까밀로가 무 자르듯 딱 잘라 말했다.

"아니, 신부님은 틀림없이 그를 알고 있을 거요. 당신네 사람이니까. 교인들을 상대로 사채놀이를 해서 돈을 번 다음, 성당이나 수도원에 기부금을 내는 것으로 양심을 달래는 사람이 있다고 들었소."

"소문은 들었네만 난 그와 만나본 적이 한 번도 없네."

"돈 까밀로, 당신이 원한다면 언제든지 만날 수 있지 않습니까. 토리첼라에 있는 신부가 그 사채업자에게 돈을 맡긴다면서요."

돈 까밀로는 우울한 심정으로 고개를 흔들었다.

"뻬뽀네, 하느님께서 자비로이 내려주신 큰 선물에도 도무지 만족할 수가 없던가?"

“하느님하고 내 돈은 아무런 상관이 없어요, 신부님. 나는 다만 운이 좋았던 거고 지금은 그 행운을 활용해서 돈을 불리고 싶을 뿐이오.”

“그럼 간단하군. 자네가 직접 토리첼라의 신부한테 가서 그 전설적인 사채업자를 소개해 달라고 부탁하게.”

“불가능해요. 난 얼굴이 너무 알려졌단 말이오. 내가 토리첼라의 사제관을 들락거리다가 들키기라도 한다면 내 정치생명은 그날로 끝장난다고요. 상상해보시오! 공산주의자가 가톨릭 신자에게 자금을 위탁한다는 게 말이나 됩니까? 익명으로 돈을 맡긴다면 단순한 이자놀이에 지나지 않지만 공산당 읍장으로서 돈을 준다면 엄청난 정치적 문제로 비화될 거요.”

돈 까밀로는 아주 높은 이자를 받으면서 돈을 불려 준다는 소문난 사채업자 얘기를 탐탁지 않게 여겼었다. 그는 이자놀이를 통해 번 돈으로 교회 증축 헌금을 내는 사람이었다.

토리첼라의 사제는 점잖고 나이 지긋한 사람이었다. 그러나 그의 본당에는 영화관, 도박장, 수영장 등의 훌륭한 시설이, 공산당이 젊은이들을 끌어들이기 위해 벌이는 사업들과 맞먹을 정도로 갖춰져 있었다. 전부 그 악덕 사채업자가 본당에 제공한 헌금으로 세워진 것들이었다.

돈 까밀로는 차분하게 말했다.

“솔직히 더 이상 이 문제에 난 관여하고 싶지 않아. 마지막으로 내일 저녁 이 시간에 여기서, 토리첼라 본당 신부와 만남을 주선해 주겠어. 하지만 거기까질세. 나머지는 자네가 알아서 하라고. 이제부터 잠 좀 잘 테니까 귀찮게 하지 마."

다음 날 저녁, 빼뽀네는 돈 까밀로의 사제관 거실에서 토리첼라의 본당 신부를 만났다. 돈 까밀로는 그들을 남겨두고 자리를 떠났다. 그 사건에 대해서 빼뽀네도, 돈 까밀로도 다시는 이야기를 꺼내지 않았다.

*

1년 후, 빼뽀네는 상원의원에 선출되었다. 그날부터 꼬마 악마가 나타나 돈 까밀로의 주위를 맴돌면서 그를 밤낮으로 괴롭히기 시작했다.

꼬마 악마가 그의 귀에다 이렇게 속삭였다.

"빼뽀네는 은혜도 모르는 놈이야. 네가 그자한테 얼마나 잘해줬지? 안절부절못하던 그자 대신 가서 1천만 리라를 찾아 줬잖아. 그런데 그 불한당 같은 녀석이 어떻게 보답했는지 보라고. 고마움을 표현하기는커녕, 상원의원에 선출되자마자 네 머리카락이 쭈뼛 일어설 만큼 악랄한 연설을 광장에서 했잖아!"

돈 까밀로는 빼뽀네가 상원의원이 되던 날의 취임연설을 기억하고 있었다. 겸손하고 직무에 충실한 어떤 성직자를 모함하는 연설이었다.

빼뽀네가 말한 '성당지기 같은 언행을 일삼으면서 인민의 승리를 방해하기 위해 미친 듯이 날뛰는 어떤 신부, 종을 칠 줄만 알아도 차라리 종지기로 채용되는 편이 나았을 뻔한 망나니 신부' 는 비록 이름을 직접 언급하지는 않았지만 돈 까밀로를 가리킨다는 걸 모르는 사람은 인근에 하나도 없었다.

꼬마 악마는 돈 까밀로를 이렇게 자극하기도 했다.

"뻬뽀네가 비밀리에 백만장자가 되었다는 사실을 강론시간에 공표하는 건 어때? 그 교활한 공산당 놈을 박살 내 버리라고."

돈 까밀로는 꼬마 악마에서 벗어나기 위해 꼬박 1년이 넘는 세월 동안 고생고생해가며 자신의 마음을 다스려왔다. 겨우 그런 생각이 마음속에서 지워져 가고 있을 즈음, 새로 나붙은 성명서가 그의 신경을 긁었던 것이다.

토리첼라의 전설적인 사채업자에 얽힌 커다란 '스캔들' 이 터져 마을 전체가 어수선했던 시기였다. 이 비리 사건이 절정에 오른 틈을 노려, 뻬뽀네 상원의원은 재빨리 뜨거운 논쟁거리가 된 성명서로 온 마을을 도배해 버렸다. 그 성명서에는 이런 얼토당토않은 비난이 담겨 있었다.

> 오늘날의 성직자들에게 대체 양심은 있는가!
>
> 돈 몇 푼을 거머쥐기 위해서 주저 없이 사기꾼의 공범자가 되는 장사치 성직자!
>
> 본 의원은 이 성명서를 통해 가난하고 순진무구한 신자들을

기만하고, 그들의 땀이 밴 소중한 돈을 가로채는 장사치 성직자 들을 거세게 비난하며 배격하는 바이다.

상원의원 주세페 보타치

철면피가 아니고서야 이런 일을 벌일 수는 없었다. 삐뽀네의 파렴치한 비난 앞에 돈 까밀로는 마침내 폭탄을 터뜨리기로 마음을 굳혔다.

삐뽀네는 상원의원이 된 후로도 자주 고향에 돌아왔다. 그러나 그는 이제 예전의 삐뽀네가 아니라 눈빛에서까지 거만함이 드러나는 뚱뚱한 사내가 되어 있었다. 그는 중요한 서류가 가득 담긴 서류 가방을 들고, 마치 온 세상일들이 모두 자기 어깨에 달려 있는 것처럼 뽐내며 돌아다녔다. 처리해야 할 문제가 생기면 언제나 '로마에 우선 보고하고 나서 결정합시다.' 따위의 말로 즉답을 피할 만큼 정치적으로도 노련해져 있었다.

그는 항상 검은색 더블 재킷을 입었으며, 부르주아나 쓰고 다님직한 고급 중절모를 썼고, 와이셔츠 색깔에 어울리는 넥타이를 늘 매고 다녔다. 어디에서고 흐트러진 모습은 절대로 보여주지 않았다.

돈 까밀로는 삐뽀네의 집 주변에 잠복하고 그가 돌아오기만을 기다렸다.

밤 11시, 뻬뽀네가 집으로 돌아와서 막 대문 열쇠를 자물통에 넣고 돌리려는 찰나였다.

"실례하네."

돈 까밀로가 불쑥 튀어나와 뻬뽀네에게 말을 걸었다.

"몰지각한 장사치 성직자들로부터 약탈당했다는 가난하고 순진무구한 신자가 바로 자넨가?"

뻬뽀네가 아무 대꾸 없이 안으로 들어가려 하자 돈 까밀로는 대문을 잡고 그가 들어가지 못하게 막았다.

"상원의원 동지, 이제는 내 차례야. 내일부터 이탈리아 사람들 모두가 자네를 앞에 두고 비웃게 만들어주지. 모든 사실을 털어놓겠어. 낱낱이 말이야. 자네 유권자들은 상원의원 동지가 1천만 리라짜리 복권에 당첨되었을 때 어떻게 성직자와 한통속이 되어 당과 국세청을 속였는지 알게 될 거네. 사람들은 1천만 리라를 그 사채업자에게 맡기고 어떤 식으로 자네가 이익을 챙겼는지, 어떻게 당과 국세청을 속였는지 알 권리가 있어."

뻬뽀네가 가슴을 부풀리며 씩씩거렸다.

"어디 한번 해보시지! 무고죄로 고소할 테니까! 신부님은 아무 것도 증명할 수 없을 거요."

"아니, 전부 증명할 수 있네. 자네 이름이 그 소문난 사채업자의 명부에 올라가 있으니까. 이자가 수표 형식으로 자네한테 지불된 것도, 그 수표 번호까지도 난 알고 있다네."

뻬뽀네는 땀으로 흥건해진 이마를 닦았다.

"신부님, 나는 당신이 절대 그런 몰상식한 짓을 저지르지 않을 거라는 걸 믿소."

돈 까밀로는 앉아 토스카나 시가에 불을 붙이며 말했다.

"몰상식한 짓은 아니지. 자네 성명서에 대한 정당한 대응일 뿐이야."

뻬뽀네는 감정이 폭발했다. 그는 거칠게 윗옷을 벗어 내팽개치고 넥타이마저 풀어 던졌다. 그러고는 돈 까밀로 앞에 서서 으르렁거리며 소리쳤다.

"나도 피해자요! 그 빌어먹을 사채업자가 내 돈을 몽땅 날려 버렸단 말이오."

"하지만 지난 2년 동안 굉장한 이자를 받았으니 손해라고만은 할 수 없잖아?"

빠져나갈 길 없는 함정에 걸려든 기분이었다. 뻬뽀네는 절망적인 기분에 사로잡힌 나머지 어리석은 말을 내뱉고 말았다.

"신부님, 300만 리라면 되겠습니까?"

돈 까밀로가 인상을 찌푸렸다.

"뻬뽀네, 자네가 그따위 제안을 해서 나를 모욕할 권리가 있다고 생각하나? 그럴수록 자네는 더 곤란한 처지에 빠질 뿐일걸?"

돈 까밀로는 주머니에서 신문을 꺼내 펼쳐 놓고 짧은 기사 하나를 가리켰다.

"난 자네가 최근에 아주 중요한 임무를 맡게 되었다는 소식을 들었네. 이탈리아 전역에서 행동대원 10명을 선발하고 그들을 직접 인솔해서 러시아로 포상 여행을 떠날 예정이라는 걸. 난 자네의 그 고결한 임무를 방해할 생각은 없네. 하지만 자네가 러시아에 발을 들여놓자마자 고국에서는 곤란한 일이 터질 걸세. 자네 상관들이 곤혹스러워 할수록 내 즐거움도 몇 배로 커지겠지."

빼뽀네는 더 이상 말할 힘도 없었다. 오래전부터 돈 까밀로를 알아왔기 때문에 이번에도 역시 그를 말릴 수 없음을 깨달았다. 빼뽀네처럼 커다란 덩치가 넝마조각처럼 축 늘어진 모습을 보자 돈 까밀로의 마음에 동정심이 일었다.

"빼뽀네, 자네가 숙청되지 않도록 도와주겠네. 다만…."

돈 까밀로가 천천히 힘주어 말했다. 빼뽀네가 눈을 반짝이며 고개를 들었다.

"다만, 뭐요? 신부님이 원하는 게?"

빼뽀네가 조바심을 내며 채근했다.

돈 까밀로는 어떤 대가를 지불해야 위기를 모면할 수 있는지 자신의 계획에 대해 침착하게 설명했다.

빼뽀네는 기가 막혀 입이 떡 벌어졌다.

"설마 농담이시겠지!"

"농담이 아니야. 내 제안을 받아들이든지 그냥 흘려버리든지 둘 중 하나라고."

빼뽀네가 벌떡 일어서며 소리쳤다.

"이 똥물에 튀겨 죽여도 시원찮을 신부님 같으니! 정말 미쳤어. 미쳐도 단단히 미쳤군."

"그래, 미쳤네. 그렇기 때문에 동지, 자네는 내 제안에 안 된다는 대답을 하기 전에 열 번 정도는 곰곰이 생각해봐야 할 걸세. 미친 사람들은 위험하니까. 일요일 저녁까지 답변을 기다리겠네."

이틀 뒤 주교는 돈 까밀로와 사적인 만남을 가졌다. 주교는 돈 까밀로의 말을 주의 깊게 경청하다가 입을 열었다.

"얘기 끝났나?"

"네, 주교님."

"내 생각엔 말이야, 자네가 아펜니노 산맥에 있는 조용한 요양소에 가서 보름 정도 푹 쉬다 와야 할 것 같아. 그래야 이 신앙의 위기를 극복할 수 있을 걸세."

돈 까밀로는 고개를 저었다.

"주교님, 전 농담을 하는 게 아니라 진심입니다. 아주 유익한 경험이 될 겁니다. 이탈리아의 공산당 과격파들과 러시아 사람들을 직접 접촉할 수 있는 절호의 기회이지 않습니까. 그것도 두 주일씩이나요."

늙은 주교는 큰 눈을 동그랗게 뜨고 돈 까밀로를 쳐다보았다.

"돈 까밀로, 도대체 누가 자네 머리에 이런 희한한 생각을 불어넣은 겐가?"

돈 까밀로가 애원하듯 말했다.

"모르겠습니다, 주교님. 그냥 갑자기 뇌리를 스치고 지나갔습니다. 누가 알겠습니까? 주님이 계획하신 일인지도 모르지요."

"아니야, 그럴 리 없어."

주교가 투덜거리며 말했다.

"어쨌든 생각이 변함없다니… 어쩔 수 없군. 이번 여행은 철저히 비밀리에 떠나야 하는 거겠지? 소문이 나도 안될 테고. 그렇지만 혹시 자네 정체가 탄로 난다면 어쩔 생각인가?"

"탄로 나지 않을 겁니다. 감쪽같이 변장할 테니까요. 제가 말씀드리고 싶은 건, 어떤 옷을 입느냐가 중요한 게 아니라 제 마음가짐이 더 중요하다는 겁니다. 표정이나 말투 하나하나를 공산주의자들의 틀에 맞추려면 평소의 생각도 그들의 사고방식을 따라야 하는 거지요."

주교는 지팡이 끝으로 발치에 있던 등받이 없는 의자를 한동안 톡톡 두드리다 드디어 결론을 내렸다.

"돈 까밀로, 자넨 미쳤어."

"네, 주교님. 저도 그렇게 생각합니다."

돈 까밀로가 정직하게 인정했다.

"그럼, 잘 다녀오게."

돈 까밀로는 주교 앞에 무릎을 꿇었다. 늙은 주교는 작고 깡마른 손을 들어 돈 까밀로의 머리에 얹고 축복의 기도를 올렸다.

"하느님께서 언제나 자네와 함께하시기를…."

주교가 눈물이 글썽거리는 두 눈으로 하늘을 올려다보면서 말했다. 낮게 가라앉은 목소리여서 돈 까밀로는 그 속삭임을 거의 알아들을 수 없었다. 그러나 하느님은, 그 말을 알아듣는 데 조금도 지장이 없으셨다.

돈 까밀로의 변신

현관 마룻바닥을 닦고 있던 청소부 아줌마가 존경심을 표시하며 깍듯이 인사했다.

"안녕하세요, 상원의원님."

빼뽀네가 답례로 고개를 가볍게 끄덕였다. 입구에서 마주친 우유 배달원도 조심스럽게 인사를 건넸다.

"안녕하십니까, 동무."

빼뽀네는 이번에도 가벼운 목례로 답했다. 떡 벌어진 어깨의 건장한 남자가 길 한복판에 버티고 서서, 가벼운 조롱 조로 인사를 던졌다.

"안녕, 가엾은 멍청이야."

빼뽀네는 아무런 대답도 하지 않았다. 남자를 무시하고 가던 길을 재촉할 따름이었다.

아침 9시, 거대한 도시 로마가 꿈틀거리며 기지개를 켜고 있었다. 어느새 찾아온 가을날의 청량하고 서늘한 공기가 몸 안에 남아 있는 잠기운을 멀리 쫓아주었다.

"안녕하신가, 불쌍한 바보 양반."

그 남자가 다시 한 번 인사를 건넸다. 하지만 이번에는 아주 친밀한 사이인 것처럼 굴었다.

"우리 시골 고향 같았으면 아주 멋진 하루가 시작되었겠지. 막 갈아엎은 들판 위로 새벽 안개가 드리워지고, 초원의 목초에는 이슬이 반짝이겠지. 길게 일렬로 늘어선 포도나무에는 꿀처럼 달콤하게 영근 포도송이가 익어 주렁주렁 매달려 있을 테고…."

빼뽀네는 투덜거리며 대꾸했다.

"무슨 웬수가 졌다고 매일 아침 하숙집 앞에 잠복해 있다가, 마주치기만 하면 고향 마을 소식을 떠들어대는 거요?"

그는 마음을 가라앉히려는 듯 시가에 불을 붙여 물었다.

그러자 남자가 비아냥거렸다.

"아직도 시가를 피우나? 도시 사람들이 어찌나 냄새에들 민감한지…. 자네가 아무리 높으신 상원의원 나리라도 독한 냄새가 나는 토스카나 시가를 꼬나물고 서 있는 모습을 보기라도 한다면, 하숙집 마나님께서 별로 달가워하지 않을 걸세. 그런데 그 마나님은 아주 품위 있으신 분이더군. 자네가 무소속 상원의원이라고 얘기한 건 정말 잘한 일이야. 공산주의자라는 걸 알았다간 입에 거품을 물고 기절하셨을 테니까."

빼뽀네는 담배를 내던지고, 목에 맨 넥타이를 느슨하게 풀었다.

"그렇지, 와이셔츠 단추를 풀어헤치고 목에 붉은 손수건을 둘러매고 다니던 시절의 자네 모습이 훨씬 보기 좋았네. 하지만 높으신 상원의원 나리께서 시골의 자동차 수리공처럼 아무렇게나 입고 다닐 수야 없겠지. 이제 자네는 바닥에 대리석이 깔린 집무실에다, 책상 위에 개인 전화기까지 가진 거물급 인사가 아니시던가."

꼴도 보기 싫은 그 남자는 계속해서 주절주절 감상적인 이야기를 늘어놓고 있었다. 빼뽀네는 흘깃 시계를 보았다.

"걱정하지 말게. 자네 행동을 보고 비웃는 사람은 없으니까. 일은 잘 처리하고 있더군. 러시아에 데려갈 후보자들도 아주 신중하게 선발했고. 남은 건 오직 한 사람을 최종 명단에 올리는 일이네."

남자가 키득거렸다. 빼뽀네는 모자를 벗고, 이마에 흘러내리는 땀을 닦았다.

"빌어먹을! 그 망할 사기꾼 놈 때문에."

상대는 진심으로 걱정스럽다는 듯 이야기하기 시작했다.

"이보게 친구, 누가 자네보고 이런 일을 하라고 등을 떠밀기라도 하던가? 왜 사서 고생이냔 말일세. 지난 일은 다 잊어버리고 고향으로 돌아가는 게 어떤가?"

"절대로 그럴 수는 없소."

뻬뽀네가 신음하듯 말을 내뱉었다. 남자는 걸음을 멈추고 뻬뽀네를 바라보았다.

"내일 아침에 보세나. 주님께서 자네를 돌봐주시기를…."

어느새 버스 정류장에 도착했던 것이다. 뻬뽀네는 그 남자가 인파 속으로 멀리 사라지는 모습을 바라보았다. 보나 마나 내일도 그 남자는 하숙집 앞에서 노래를 불러 댈 것이 틀림없었다. 뻬뽀네는 걱정이 하나도 없는 사람처럼 보였지만 실제로는 무척 불행했고, 그 남자가 불러대는 유혹의 노래에 마음이 흔들리고 있었다.

"걱정은 그만두고 행복하게 미소 짓던 과거로 돌아가자. 아름다운 네 고향, 정겨운 네 이웃들이 기다리고 있으니…."

버스 안에서 뻬뽀네는 공산당 기관지 〈우니타〉를 읽고 있는 남자 맞은편에 자리를 잡았다. 그는 신문을 나무틀에 끼워 놓은 것처럼 쫙 펼쳐 들고 있었다. 남자의 얼굴은 신문에 완전히 가려져 하나도 보이지 않았지만, 뻬뽀네는 그가 일부러 자극적인 장면을 연출하는 걸 보아 멍청이가 틀림없을 거라고 생각했다.

"당 배지를 옷깃에 자랑스럽게 꽂고 다니는 것은 모든 투쟁

가의 의무이긴 하지. 하지만 지나친 과시는 오히려 역효과를 불러올 뿐이라고."

언젠가 바싸 마을의 풀미네가 낫과 망치 모양으로 정수리를 다듬고, 나머지 머리카락을 빡빡 밀고 나타났을 때, 삐뽀네가 단호하게 했던 말이었다.

풀미네가 그런 짓을 한 이유는 돈 까밀로 때문이었다. 성스러운 장소를 지날 땐 마땅히 모자를 벗어야 한다며 돈 까밀로가 손바닥으로 탁 쳐서 그의 모자를 벗긴 일이 있었다. 그 뒤로 풀미네는 돈 까밀로를 만날 때마다 모자를 벗고, 덤으로 고개까지 숙여 정중히 인사하면서 정수리에 있는 그 놀라운 그림을 보여줌으로써 멋지게 복수에 성공했었다.

삐뽀네가 한숨을 쉬며 중얼거렸다.

"휴우, 그때가 좋았지. 사람들의 영혼이 지금처럼 정치로 물들어 있지는 않았으니까. 주먹을 몇 번 휘두르면 쓸데없는 논쟁 따위가 없이도 쉽게 만장일치를 얻어냈는데…."

〈우니타〉 신문을 읽고 있던 낯선 남자가 신문을 내렸다. 삐뽀네는 그가 진짜 머릿속이 돌로 채워진 멍청이처럼 보이지 않음을 인정할 수밖에 없었다. 무표정한 얼굴 너머, 두껍고 커다란 안경 뒤에서 예리한 두 눈이 반짝이고 있었다. 남자는 밝은색 옷을 걸치고, 머리에 회색 모자를 쓰고 있었다.

삐뽀네는 기분이 몹시 상했다. 그가 싫어하는 어떤 사람과 정말 똑같이 생겼기 때문이었다. 더구나 그 사람이 자기와 같은 정류장에서 내리자 더욱 기분이 언짢아졌다.

"이봐요, 길 좀 물읍시다."

남자가 빼뽀네를 붙들었다.

빼뽀네는 자제심을 잃고 버럭 소리를 질렀다.

"당신한테 알려 줄 수 있는 길은 딱 하나요. 지옥으로 직행하는 길 말이오!"

"호오, 마침 내가 알고 싶었던 게 바로 그 길인데."

상대 남자가 조용히 대답했다.

남자는 성큼성큼 앞서가는 빼뽀네의 뒤를 따랐다. 5분쯤 지나 두 사람은 한적한 작은 카페의 구석진 탁자에 앉아 서로를 마주 보았다. 빼뽀네는 큰 잔에 담긴 차가운 음료를 들이켜며 이성적인 대화를 하기 위해 마음을 가라앉혔다.

"장난은 이만하면 충분하지 않소?"

빼뽀네가 말했다.

"아니. 이제부터 시작이네."

"내가 진짜로 신부님 말을 진지하게 받아들일 거라고는 기대하지 마시오!"

"기대가 아니야, 요구지."

"돈 까밀로…."

"지금부터는 나를 '타로치 동무'라고 부르게."

남자는 주머니에서 여권을 꺼내 한번 훑어본 다음 빼뽀네에게 내밀었다.

"정확히 말하자면 '타로치 까밀로' 네. 인쇄공이지."

빼뽀네는 불쾌하다는 표정으로 여권을 살피더니 한참을 만지작거렸다.

"가짜 이름에 가짜 여권. 모두 위조됐군!"

빼뽀네가 소리쳤다.

"아니네, 동무. 이건 인쇄공 타로치 까밀로에게 당국에서 발부한 진짜 여권이라고. 난 그와 닮게 꾸미려고 무진 애를 썼어. 의심이 가면 직접 확인해 보지그래."

돈 까밀로는 지갑에서 얇은 종이를 꺼내 빼뽀네에게 내밀며 설명했다.

"이건 인쇄공 타로치 까밀로 동무에게 발부한 공산당원증이네. 모두 진짜야. 합법적이라고."

빼뽀네가 무어라 말을 하려 하자 돈 까밀로가 가로막았다.

"빼뽀네, 그리 놀랄 일도 아니야. 자네처럼 뼛속까지 철저한 공산당원이 있고, 겉으로만 공산당원 행세를 하는 사람들도 있어. 타로치 동무는 후자에 속하는 인물이지. 다행스럽게도 그는 지부당에서 무척 신임을 받고 있거든. 우선 자네가 지부당에 편지를 써서 능력 있는 당원 다섯 명만 선발해 달라고 부탁하면 그의 이름이 명단에 오를 거야. 그리고 자네가 그를 선택하면…. 그가 어디 인적 없는 시골 마을에 가서 휴가를 보내는 동안 나는 자네와 러시아에 가서 하나하나 자세히 둘러보는 거지. 그리고 돌아온 다음에 내가 봤던 것을 모두 그에게 설명해

줄 생각이야."

빼뽀네는 치밀어 오르는 화를 삭이지 못했다. 그러나 마음을 억지로 가라앉히고 힘들게 입을 열었다.

"나도 지옥이 있는지 없는지 잘 모르겠소. 하지만 지옥이 정말로 있다면 분명 당신은 지옥에 갈 거요, 돈 까밀로."

"인정하네. 그럼, 우리 지옥에서 다시 만나세. 동지."

돌아오는 답변이 이쯤 되니 천하의 빼뽀네도 체념할 수밖에 없었다.

"신부님, 한 가지만 물어봅시다. 대체 왜 그리 기를 쓰고 나를 잡아먹지 못해서 안달하는 거요?"

돈 까밀로가 대답했다.

"내가? 자네를 잡아먹는다고? 자네야말로 내가 러시아에 가는 걸 왜 그렇게 두려워하나? 못난 신부 하나가 러시아에 간다고 달라지는 건 없어. 내가 가든 안 가든, 좋은 것은 좋은 대로, 나쁜 것은 나쁜 대로 지속될 걸세. 무얼 두려워하는 건가? 그곳에 자네네 당 기관지가 자랑하는 천국이 없을까 봐 두렵나?"

"…."

빼뽀네는 대답 대신 어깨를 으쓱해 보였다.

"나는 사실 우리 쪽 신문에서 그토록 떠들었던 지옥이 그곳에 없기를 바라고 있다네."

돈 까밀로가 말했다.

"얼씨구, 퍽도 관대하시구랴!"

뻬뽀네가 소리쳤다.

"천만에! 난 그렇게 관대한 사람이 못 되네. 다만 러시아 사람들이 편안해야 집안에 틀어박혀서 다른 나라 사람들을 괴롭힐 생각을 않으리라는 걸 알고 있을 따름이지."

돈 까밀로가 대꾸했다.

한 주가 분주하게 지나갔다. 바텔라페스카 공산당 지부의 타로치 까밀로 동무는 그의 이름이 러시아 여행자 명단에 올라갔다는 연락을 받았다. 돈 까밀로는 싸구려 가방을 들고 '선발된' 다른 아홉 명이 기다리고 있는 로마 공산당 본부에 나타났다.

중앙당의 젊은 간부가 당원들을 반갑게 맞이했다. 출발에 앞서 그는 여행의 의의와 목적을 설명하고 여행 중 주의사항에 대해 거만하게 지껄였다.

"이제 동무들의 두 어깨 위에는 막중한 사명이 실려 있소. 동무들은 본인을 위해서 뿐만 아니라 우리나라의 수많은 인민을 위해서도 모든 것을 꼼꼼히 학습해야 하오. 귀국한 다음, 적이든 동지든 가리지 않고 영광스러운 러시아의 발달된 기술과 평화정신, 진보의 이념을 전할 수 있도록 말이오."

뻬뽀네는 계속 조마조마한 심정이었다. 아니나 다를까, 돈 까밀로가 번쩍 손을 들더니 젊은 당 간부에게 질문을 던졌다.

"동무, 우리 당원들이 이미 잘 알고 있는 문제를 다시 설명하고, 적들이 절대로 인정하지 않는 문제를 가지고 설득하려고 멀리 러시아까지 여행할 필요가 있소? 내 생각에, 우리의 사명은 잔혹한 전쟁의 위협에서 우리 이탈리아 인민을 해방시켜 준 러시아에 기쁨과 감사에 넘치는 인사를 전하는 데 있는 것 같은데?"

"물론이오, 동무. 당연히 그 뜻이 포함되어 있소."

젊은 당 간부는 돈 까밀로에게 대답하고는 아무에게도 들리지 않게 작은 소리로 투덜거렸다. 당 간부가 물러가자 뻬뽀네가 돈 까밀로에게 다가와 험상궂은 표정으로 말했다.

"이봐요 타로치 동무, 어떤 뜻이 담겨있는지 자신이 알면 그만이지, 굳이 그걸 입 밖으로 꺼내 지적할 필요가 있소? 그리고 말을 할 때는 지위와 상황에 맞는 적절한 어투를 사용해야 하오. 당신은 아까 그 동무가 어떤 사람인지 아직 모르는 모양이군."

돈 까밀로가 딱딱하게 대답했다.

"알 만큼은 알고 있소. 스물네 살의 젊은 친구지. 1945년엔 열 살이었을 거요. 그 친구는 우리들처럼 독일군에 저항해 보지도 않았으니 전쟁이 얼마나 끔찍한 것인지 알 턱이 없지. 그래서 무장해제와 평화를 위해 흐루쇼프 동무가 지금 하고 있는 일이 얼마나 중요한지를 제대로 평가하지 못하고 있는 거요."

"맞습니다. 거 말씀 한번 속 시원하게 잘하셨소."

트라스테베 출신의 나니 스카모지아가 돈 까밀로의 말에 동의했다. 그는 키가 크고 건장한 몸집을 가지고 있었으며, 매사에 자신이 넘쳤다.

"당 간부들이란 것들이 하는 짓이 뭐 그렇지. 정작 자기들은 싸움에 나서지도 않으면서 거들먹대는 꼴이라니…."

밀라노에서 온 월터 론델라 동무도 급히 한마디 거들었다. 그러자 뻬뽀네가 잘라 말했다.

"우리는 당 간부들 비판이나 하려고 여기에 모인 게 아니오. 자, 기차를 놓치지 않도록 서두릅시다."

뻬뽀네가 당당히 걸음을 옮기기 시작했다. 그는 돈 까밀로 앞을 지나면서 화강암 기둥도 박살 낼 만한 원자폭탄급 눈초리로 노려보았다. 그러나 돈 까밀로는 뻬뽀네의 찌푸린 얼굴을 태연히 받아넘겼다.

*

기차 안에서 뻬뽀네는 오직 한 가지에만 신경을 썼다. 그것은 바로 악마 같은 타로치 동무를 한순간도 눈에서 놓치지 않는 일이었다. 뻬뽀네는 돈 까밀로를 가까이에서 감시하기 위해 그의 맞은편에 자리를 잡았다. 하지만 돈 까밀로는 말썽을 일으킬 의도가 전혀 없는 것 같았다. 지금 당장은 말이다.

돈 까밀로는 붉은 표지에 낫과 망치가 금박으로 새겨진 작은 책 하나를 주머니에서 꺼내더니, 다른 사람들의 대화에는 조금도 신경 쓰지 않은 채 독서에 몰두하고 있었다. 그는 이따금씩 책에서 시선을 들어, 차창 밖으로 빠르게 스쳐 지나가는 풍경과 들판을 물끄러미 바라보기도 했다. 돈 까밀로가 마침내 책장을 덮고 가방에 책을 다시 집어넣자 뻬뽀네가 말했다.

"책 내용이 흥미로운 모양이군."

"아주 재미있는 책이지. 레닌 동지의 어록이라오."

돈 까밀로는 가시 돋친 말투로 대답했다. 그런 다음 한번 훑어보도록 책을 건네주면서 한 마디를 덧붙였다.

"유감스럽게도 프랑스어로 적혀 있구려. 동무가 원한다면 몇 문장을 번역해 줄 수도 있는데."

"그럴 필요까지는 없소. 어쨌든 잘 봤소이다."

뻬뽀네가 책장을 덮고 다시 돌려주며 말했다. 돈 까밀로는 주위를 조심스럽게 돌아보고는 안도의 한숨을 내쉬었다. 다른 당원들은 잠을 자고 있거나 잡지를 훑어보고 있었다.

돈 까밀로가 가진 《레닌 어록》은 썩 훌륭했다. 공산당을 상징하는 낫과 망치가 붉은색 표지 위에 멋지게 장식되어 있었고, 프랑스어로 적힌 제목은 레닌의 뛰어난 사상을 생생하게 전해주는 것 같았다. 그러나 누구도 책 안에 성직자들이 기도할 때 쓰는 성무일도서의 내용이 라틴어로 적혀 있을 거라고는 생각하지 못했다.

첫 번째 역에서 일행 중 몇 명이 내렸다. 스카모지아는 포도주 한 병을 사가지고 왔고, 론델라는 석간신문을 들고 불쾌한 표정으로 차에 올라탔다.

신문 1면에 흐루쇼프의 미국 방문 마지막 날 기사가 나왔다. 흐루쇼프와 그를 둘러싼 군중이 웃고 있는 모습이 담긴 사진이 커다랗게 실렸다.

론델라는 고개를 좌우로 젓다가 갑자기 소리쳤다.

"하여간 자본가들의 웃음은 정말 역겹다니까. 흐루쇼프 동무는 대체 왜 이런 돼지 새끼들 속에 끼어서 얼간이처럼 웃고 있는 거야? 비위가 상해서 도저히 못 봐주겠군."

돈 까밀로가 말했다.

"동무, 정치는 감정으로 하는 것이 아니라 이성으로 하는 거네. 러시아은 평화적 공존을 이루려고 여태껏 노력해 왔어. 냉전 이데올로기를 키워 온 자본주의자들이 저렇게 활짝 웃을 날도 이제 얼마 안 남았네. 냉전의 종식은 곧 자본주의의 몰락을 가져올 테니까."

그러나 론델라는 전형적인 밀라노 노동자처럼 고집을 세우며 말했다.

"다 좋소. 하지만 난 자본주의자들을 증오한다고 말할 권리가 있다고요. 난 그들을 향해 웃어 주느니 차라리 나를 죽여 달라고 하겠소."

"동무에겐 당연히 자기가 좋아하는 걸 말할 권리가 있소. 하지만 우리 앞에서 말하지 말고 흐루쇼프에게 가서 말하게나. 우리가 모스크바에 도착할 즈음이면 그 양반도 거기 돌아와 있을 테니까. 동무는 그 양반 앞에서 이렇게 따지면 되네. '흐루쇼프 동무, 동무는 뭔가 착각하고 있는 것 아닙니까?' 라고 말이야."

돈 까밀로가 교활한 궤변으로 론델라의 입장을 난처하게 만들었다. 당황한 론델라는 안색이 하얗게 질려 소리쳤다.

"내 말을 엉뚱한 데다 갖다 붙이지 마시오! 난 흐루쇼프 동무의 정치적 판단을 두고 왈가왈부하는 게 아니니까."

그는 잠시 숨을 고른 다음 다시 입을 열었다.

"동무, 만약 내가 밭을 기름지게 하기 위해 거름을 써야 한다고 칩시다. 난 기꺼이 밭에다 거름을 뿌릴 거요. 그렇다고 해서 '거름에서 좋은 향기가 난다' 라는 말을 하라고 누구도 나에게 강요할 수는 없는 것 아니겠소?"

돈 까밀로가 침착하게 맞받았다.

"론델라 동무, 동무는 빨치산 투쟁을 하면서 한 소대를 지휘했다지? 그 당시, 위험한 작전을 수행하라는 명령을 받았을 때 어떻게 했나?"

"명령에 따랐소."

"그렇다면 동무는 동지들한테 내 생명을 걸고 싸우는 일은 비위가 상하는 일이라고 불평했나?"

"물론 그런 말은 안 했소. 그러나 그게 이 일과 무슨 상관이란 말이오?"

"상관있지. 냉전이든 열전이든 전쟁은 전쟁일세. 우리는 아직도 서구 자본가들과 전쟁 중이야. 대의명분을 위해 싸우는 사람은 개인적인 입장을 고집해서는 안 되네."

말다툼이 격해질 기미가 보이자, 옆에 있던 뻬뽀네가 재빨리 끼어들었다.

"두 사람 다 그만하시오. 우리는 지금 그 돼지 같은 자본가 놈들이 없는 나라로 가고 있지 않소!"

"휴우, 그 사실이 얼마나 큰 위안이 되는지 동무들은 모를 거요."

론델라가 흥분했던 마음을 가라앉히며 말했다.

"내가 가장 다행이라고 여기는 일이 뭔지 아십니까?"

스카모지아가 갑자기 흥분한 목소리로 끼어들었다.

"2주 동안 교활한 성직자 놈들의 꼬라지를 보지 않아도 된다는 사실이죠."

돈 까밀로가 고개를 저었다.

"동무, 아쉽지만 러시아에도 종교의 자유가 있어."

"종교의 자유가 있다고요? 기가 막혀서!"

스카모지아가 비웃음을 터뜨렸다.

"기막혀할 일이 아니네. 러시아는 인민의 자유를 진지하게 생각하거든."

돈 까밀로가 단호하게 말했다.

스카모지아가 가슴 깊은 곳에서 탄식을 내뱉었다.

"아니, 거기에도 신부들이 있다고요? 그럼 그 더러운 족속들을 완전히 뿌리 뽑을 수 있는 나라는 대체 어디랍니까?"

빼뽀네가 단호하게 말했다.

"이 세상에 가난과 무지가 사라지는 날, 저절로 사라질 걸세. 그 빌어먹을 수다쟁이들은 인민들의 무지와 가난으로 배때기를 불리며 살아가니까!"

돈 까밀로의 표정이 굳어졌다.

"상원의원 동무, 난 좀 궁금하다오. 동무 말대로라면 무지와 가난이 사라진 러시아에는 성직자가 없어야 마땅하지 않소? 그런데 아직도 성직자들이 남아있다, 이 말이지. 이것은 성직자들에게 뭔가 특별한 힘이 있기 때문에 완전히 사라지지 않았다는 뜻이 아니겠소?"

"그 개뼈다귀 같은 신부들한테 무슨 특별한 힘이 있겠습니까? 그자들도 우리처럼 살과 피로 만들어진 사람에 불과하잖아요?"

스카모지아가 열을 올리며 외쳤다.

"아니야."

빼뽀네가 큰 소리로 대꾸했다.

"신부들은 세상에서 제일 더러운 것으로 만들어진 인간들이야. 거짓말쟁이에다 위선자, 비겁자이고 공갈협박자에 살인자, 도둑들이지. 독사들도 물릴까 두려워서 그자들을 피해 다니거든."

돈 까밀로는 고개를 저었다.

“상원의원 동무는 지금 이성을 잃고 있구먼. 심사가 단단히 뒤틀린 모양이오. 잘 아는 성직자한테 사기라도 당했나? 마치 신부와 얽힌 개인적인 원한이라도 있는 것 같구려.”

“흥, 감히 내게 사기를 칠 만큼 배짱 있는 신부는 아직 없었소.”

“그럼 세례를 준 신부는 어땠소?”

돈 까밀로가 물었다.

“그때 난 태어난 지 하루밖에 안 되었다고!”

빼뽀네가 말했다.

“그럼 당신을 결혼시켜 준 신부는?”

돈 까밀로가 끈질기게 물고 늘어졌다. 스카모지아가 웃으면서 빼뽀네에게 말했다.

“상원의원 동무, 진정하십시오. 타로치 동무는 우리 모두를 멍청이로 만들 수 있는 궤변론자 같군요.”

그리고 돈 까밀로에게 몸을 돌리며 이렇게 덧붙였다.

“마음에 쏙 듭니다, 동무. 매사에 딱 부러지는 데다 나만큼이나 성직자들을 미워하고 있으니까요. 자, 한잔 합시다!”

모두 각자의 종이컵에 포도주를 따랐다.

“위대한 러시아를 위해 건배!”

스카모지아가 잔을 들면서 소리쳤다.

“자본주의의 멸망을 위해!”

론델라가 건배했다.

"전 세계 모든 성직자의 두꺼운 낯짝을 위해!"

빼뽀네가 돈 까밀로를 노려보며 고함쳤다. 돈 까밀로는 잔을 들어 올리는 동시에 빼뽀네의 정강이를 발로 후려 찼다. 많고 많은 뜻을 담고 있는 발길질이었다.

*

한밤중에 일행은 국경이 보이는 곳에 도착했다. 휘영청 달이 주위를 비추고 있었다. 산비탈에 드문드문 자리한 마을의 집들이 달빛에 반사되어 눈부시게 빛났다. 강물이 반짝이며 흘러갔고, 도시의 불빛이 깜박거렸다. 돈 까밀로는 복도 창문에다 얼굴을 내밀고 토스카나 시가를 피우며 경치를 마음껏 즐겼다.

빼뽀네가 다가왔다. 그는 매혹적인 밤 풍경을 한참 동안 지켜보다가 한숨을 내쉬었다.

"무척이나 아름다운 풍경이오. 사람은 어리석어서, 조국을 떠날 때에야 자신들의 조국이 얼마나 소중한지 알게 되는 법인 것 같소이다."

"빼뽀네 동무, 자네가 지금 한 말은 진부한 민족주의를 부르주아의 퇴폐적인 미사여구로 포장한 것에 지나지 않아. 기억하게. 우리의 조국은 전 세계란 걸."

돈 까밀로가 빼뽀네를 훈계했다.

"왜 바보같이 그 많은 사람이 달나라에 가고 싶어 안달복달

하는지 통 모르겠소?"

빼뽀네가 뜬금없이 물었다.

"뭐라고? 지금 뭐라고 말했나? 딴 생각하느라 자네 질문을 못 들었네."

"그냥 못 들은 걸로 해둡시다."

빼뽀네는 작은 목소리로 투덜거렸다.

만년필 속의 십자가

빼뽀네와 그의 일행은 동독에 있는 비행장에서 비행기를 탔는데, 엔진 소리가 너무 시끄러워 서로의 말소리를 알아들을 수조차 없었다. 돈 까밀로 동무는 입을 꽉 다물 수밖에 없었고, 빼뽀네 동무는 비교적 마음 편하게 여행할 수 있었다.

하지만 빼뽀네가 아주 마음을 놓은 건 아니었다. 돈 까밀로는 말을 하지 않을 때조차 지독히 위험한 인물이었기 때문에 한시라도 경계를 늦출 수 없었다.

시꺼멓게 타들어 가는 빼뽀네의 속을 아는지 모르는지 돈 까밀로는 아무렇지도 않게 또다시 《레닌 어록》을 꺼내 들고 읽기 시작했다. 그렇게 얼마나 지났을까, 그가 붉은 책을 덮고 성호를 그으려는 듯 오른손을 이마로 가져갔다.

빼뽀네는 순간적으로 가슴이 철렁 내려앉았다. 그는 벌떡 일어서서 머리칼을 뒤로 쓸어 넘기고 겉저고리 깃의 먼지를 털어내는 등 난리법석을 피움으로써 돈 까밀로를 일깨웠다. 아슬아슬한 순간이었다.

"아이쿠, 하느님. 내가 저 작자 때문에 제 명에 못 죽는다니까…."

빼뽀네가 안도의 한숨을 크게 내쉬며 중얼거렸다.

비행기가 천천히 고도를 낮추고 날개를 러시아 땅에 내리는 순간이었다.

"예수님, 당신이 살고 계시는 집에서 너무나 멀어졌습니다."

돈 까밀로는 생각에 잠겼다.

"하지만 천국은 언제나 네 곁에 있느니라."

예수님이 돈 까밀로를 안심시켜 주셨다. 돈 까밀로는 정신을 가다듬고 다시 타로치 동무로 돌아왔다. 그가 빼뽀네에게 나즈막한 목소리로 속삭였다.

"동무, 자네가 꿈에 그리던 러시아 땅에 왔는데 흙에다 입맞춤이라도 해야 하지 않겠나?"

"흥, 내 마음을 정말 잘 아시는구랴. 입 맞추고 난 다음에 흙을 한 삽 퍼서 신부님 목구멍에다 쑤셔 넣을까 싶어 미칠 지경입니다그려."

빼뽀네가 이를 악물며 대답했다.

방문객이 도착한다는 통보를 미리 받았는지, 사람들이 잔뜩 공항에 마중 나와 있었다. 젊은 여자 하나와 색이 바랜 긴 비옷을 입은 남자가 앞으로 한 발짝 나섰다.

"동무들, 안녕하십니까."

여자가 인사했다.

"저는 여러분의 통역을 맡은 나디아 페트로브나입니다. 이분은 정부 관광국 간부인 엔카 오레고브 동무이고요."

여자는 이탈리아어를 아주 유창하게 구사했다. 날카로운 눈매와 각진 어깨만 아니었다면 본토박이 이탈리아 여자라는 착각이 들 정도였다.

뻬뽀네가 먼저 자기소개를 마치고 함께 온 동료 10명을 차례로 소개하기 시작하자 한바탕 요란스런 악수가 오갔다. 관광국 간부 동무가 대표로 나서서, 자유와 정의, 평화를 위해 함께 싸우는 이탈리아 형제들을 진심으로 환영한다고 연설했다.

엔카 오레고브 동무는 40대 초반의 작달막한 남자로, 빡빡 깎은 머리에 네모난 턱, 얇은 입술, 밝은 눈, 짧은 목을 가지고 있었다. 발목까지 내려오는 헐렁한 코트를 입고 있어서인지 멀리서 보면 마치 형사 콜롬보 같은 인상을 주었다. 게다가 어찌나 표정이 굳어있고 말투가 딱딱한지, 나디아의 부드러운 통역이 없었다면 그가 인사말이 아니라 비난을 퍼붓고 있다고 생각될 정도였다.

나디아 페트로브나 동무 역시 웃음기 없는 딱딱한 표정을 짓고는 있었으나 관광국 간부와는 달리 여성 특유의 나긋나긋함을 가지고 있었다.

빼뽀네의 옆에 서 있던 나니 스카모지아 동무는 나디아를 보자마자 뭔가에 홀린 듯한 표정을 지었다. 그렇게 아름다운 여자는 생전 처음 본다는 표정이었다.

스카모지아는 여자들이 앞다투어 자기 집 주소를 알려줄 만큼 멋진 남자였다. 스물여덟 살의 그는 키가 크고 건장한 몸집에다, 윤이 나는 검은 곱슬머리, 긴 속눈썹과 약간 심술궂어 보이는 눈매를 갖고 있었다. 얄팍한 입술과 입가의 주름에서는 자만심이 느껴졌고, 튼튼한 어깨, 유연한 허리, 다리는 발레리노처럼 날렵했다. 그는 꽉 끼는 바지에 새빨간 셔츠와 검은 가죽 재킷을 입고, 언제나 라 모르트 담배를 비스듬히 꼬나물고 다녔다.

스카모지아는 진짜 사나이였다. 그는 주먹을 써야할 때 제대로 쓸 줄 알았으며, 여자를 다루는 솜씨도 능숙했다.

일행은 공항의 잔디밭을 가로질러 걸어갔다. 빼뽀네, 오레고브 그리고 나디아 페트로브나가 앞장서는 동안, 스카모지아가 돈 까밀로 옆으로 슬그머니 다가서더니 작은 목소리로 물었다.

"타로치 동무, 저 여자 정말 죽이게 생겼죠?"

돈 까밀로는 마음속으로 하느님에게 용서를 빌며 말했다.

"동감일세. 역시 러시아로군. 도착해서 처음 만난 여자가 이렇게나 아름답다니."

가까이 있던 밀라노 출신 론델라도 마침 그 말을 들었다.
"봐 줄만은 하네, 뭐."
그가 입을 열었다.
"하지만 저 정도 여자야 우리 이탈리아에도 흔한데요, 뭘."
돈 까밀로가 말했다.
"그건 아니지. 이탈리아 여자들은 옷을 잘 골라 입을 줄 알 뿐이야. 이탈리아에서 예쁜 여자를 데려다가 저런 치마와 윗도리를 입혀보게나. 언제 봤느냐 싶게 못생긴 여자로 변해버릴 테니까. 페트로브나 동무는 고전미를 갖춘 여성이야. 이탈리아 도회지에서 흔히 볼 수 있는 인형 같은 여자가 아니라고. 특히 밀라노의 여자들은 모두 판에 박은 듯 유행을 따라 해서…."
"허튼소리 마시오, 동무! 밀라노에는 한번 보면 꿈에서도 못 잊을 만큼 아름다운 여자들이 얼마나 많은데!"
론델라가 핏대를 세워가며 반발했다. 두 사람의 싸움에 스카모지아가 끼어들었다.
"이깟 일로 화낼 필요까지는 없지 않나요, 동무들? 우리나라에도 아름다운 여자들이 많지만, 저 러시아 여성 동무한테는 무언가가 특별한 아름다움이 있는 건 사실이에요. 구체적으로 무엇인지는 잘 모르겠지만요."
"어떤 환경에서 태어나고 자랐느냐가 문제 아니겠나. 환경이 외모를 만드는 법이니까. 이건 과학적인 사실이야. 물론 사람들은 대부분 그 사실을 모르고 있지만 말일세."

돈 까밀로가 말했다.

론델라 동무는 한두 마디 더 하고 싶었지만 갑자기 "잠깐!" 하는 소리가 들려와 그의 말문을 막았다.

"세관 검사입니다. 가방을 준비하시오."

뻬뽀네가 돈 까밀로에게 다가와 조심스럽게 속삭였다.

"설마 우리를 곤경에 빠뜨릴 물건을 몰래 넣어 온 건 아니겠죠?"

돈 까밀로가 안심하라는 듯 작은 목소리로 대꾸했다.

"뻬뽀네, 나도 세상 돌아가는 이치쯤은 아는 사람이라네."

검사는 아주 신속하게 이루어졌다. 뻬뽀네가 머리를 써서 세관 통과 준비를 미리 해 놓았기 때문이었다. 로마를 떠나기 전, 일행은 뻬뽀네가 가방을 구입했던 백화점에서 정확히 똑같은 규격의 가방을 구입했다. 그리고 가방마다 물건을 채운 후 무게도 똑같이 만들었다.

단지 한 가지 말썽이 있었는데, 그것은 스카모지아의 가방에서 나온 자그마한 병 때문이었다. 세관원은 병마개를 열고 냄새를 맡아 본 후 나디아에게 다시 맡아보도록 그 병을 넘겨주었다.

"세관원 동무는, 동무가 어째서 여성 향수를 가지고 다니는지 알고 싶답니다."

나디아가 스카모지아에게 돌아서서 통역했다.

"여성 향수라니요?"

스카모지아가 되물었다.

"그건 면도하고 나서 바르는 라벤더수요. 동무, 러시아에서는 면도 후에 가솔린이라도 바른 답니까?"

나디아는 울컥해서 답을 하려다가, 스카모지아 같이 유들유들하고 무례한 남자를 이해시키기란 쉬운 일이 아님을 문득 깨달았는지 고개를 돌리고 세관원에게 스카모지아의 대답 중 앞부분만을 통역해 버렸다.

세관원은 혼잣말로 투덜거리며 가방에 라벤더수 병을 집어넣었다.

"여기 남자들은 알코올로 얼굴을 소독합니다."

나디아가 스카모지아에게 설명했다.

"그리고 동무가 그걸 개인용품으로 간직하고 있는 건 상관없지만, 절대로 그 물건을 팔아서는 안 된다고 하는군요."

일행이 모두 공항을 빠져나온 뒤, 스카모지아가 나디아를 불러 세우고 여행 가방을 다시 열었다.

"동무, 잠깐 기다려 주시오."

그는 가방에서 향수병을 꺼냈다.

"이곳 남자들이 알코올을 사용한다면 나도 알코올을 사용하리다. 이것이 여성용 향수라고 생각하는 이상 여자인 당신이 이걸 가지는 게 맞을 것 같군요."

스카모지아가 향수병을 내밀었지만, 나디아는 그 손을 뿌리쳤다.

"동무는… 여자가 아닙니까?"

스카모지아가 말했다.

"물론…, 맞아요."

나디아가 더듬거리며 말했다.

"그럼 받아요. 파는 게 아니라, 당신한테 선물하는 거니까."

그녀는 잠시 당황해했지만 곧 향수병을 받아 어깨에 멘 핸드백 안으로 집어넣었다. 나디아가 간신히 입을 떼며 말했다.

"고맙습니다, 동무."

"천만에요…. 당신은 너무 아름다워요."

나디아는 스카모지아가 내뱉은 자본주의적인 말에 딱딱하고 거만한 표정을 유지하려고 애썼지만, 자본주의 국가의 사춘기 소녀처럼 얼굴이 붉어지고 말았다. 그녀는 앞서 간 일행의 뒤를 쫓아 뛰어가 버렸다.

스카모지아는 가방을 닫고, 담배에 불을 붙여 천연덕스럽게 입에 꼬나물고는 기분 좋은 듯 천천히 걸음을 옮겼다.

버스 한 대가 그들을 기다리고 있었다. 일행이 모두 올라타고, 뻬뽀네가 짐 놓는 선반에 가방을 올려놓는데 돈 까밀로가 그의 어깨를 툭 치며 말했다.

"대장 동무, 실수를 하셨구먼. 동무의 가방과 내 가방이 바뀌었습니다그려."

뻬뽀네가 이름표를 확인해보니 자신의 가방이 맞았다. 선반에서 가방을 끌어내려 보니 '타로치 까밀로 동무' 라는 불길한 이름표가 달려 있었다. 돈 까밀로는 다 들으라는 듯 큰 소리로 말했다.

"대수롭지 않은 실수를 가지고 뭘 그리 인상을 쓰고 그럽니까. 기껏해야 잠시 가방이 바뀌었던 걸 가지고."

빼뽀네는 자리에 앉았고 돈 까밀로도 맞은편에 자리를 잡았다. 차가 움직이자 빼뽀네가 속삭였다.

"그러면, 세관을 통과할 때 내가 신부님 가방을 들고 있었던 거요?"

돈 까밀로는 고개를 끄떡이며 대답했다.

"우연하게도 그랬군."

"신부님 가방 안에 반입 금지품이 들어 있던 것도 우연이었소?"

"별로 특별하다고 할 만한 물건은 없네. 고작해야 작은 십자가상과 교황님의 사진, 그리고 미사에 쓰는 성구 몇 개뿐인 걸."

빼뽀네는 그 말을 듣고 온몸을 부르르 떨었다.

*

버스가 광활한 들판을 달렸다. 삐쩍 마른 암소들이 노랗게 물든 가을 초원에서 한가로이 풀을 뜯고 있었다.

나디아 동무가 자리에서 일어나서, 일행이 계획된 일정에 따라 트랙터 공장을 방문하고 이어 숙소인 호텔로 가서 만찬과 하룻밤 휴식을 갖게 된다고 설명했다.

트랙터 공장은 R시 외곽에 있었다. 끝없이 펼쳐진 초원 중앙에 우울한 회색 시멘트 건물들이 모여 있었다.

"러시아가 이렇게 볼품없는 모습이라니, 이거야말로 '산업문명'의 폐해를 증명하는 거로군."

돈 까밀로는 자신의 고향, 바싸를 떠올리며 갑작스러운 향수에 젖었다. 그의 고향 마을에선 사람들이 벽돌 한 장 한 장을 직접 손으로 쌓아 올릴 정도로 모든 것에 애착을 보였고, 사람과 사물은 눈에 보이지 않는 단단한 끈으로 묶여 있었다.

거대한 공장 안에서 일하고 있는 노동자들은 으레 그렇듯이 따분하고 무심한 표정을 짓고 있었다. 대부분의 공장들에는 여공들만 잔뜩 있었는데, 그들은 나디아와는 달리 키가 작고 뚱뚱했다.

론델라는 입이 근질근질했던 나머지, 돈 까밀로에게 다가가 이렇게 말했다.

"동무, 여기 있는 여자들은 우리의 매력적인 통역관처럼 좋은 환경에서 태어나고 자란 것 같진 않습니다만?"

돈 까밀로가 그에게 따끔하게 말했다.

"거참, 밀라노 지부당에서는 미인이나 구경하라고 러시아에 당원들을 유람 보내나? 러시아 여행단에 뽑힐 정도의 동무라면 마땅히 공장의 여성 노동자 동무들을 그런 시선으로 바라봐서는 안 된다는 상식쯤은 알고 있어야 하는 거 아니오."

두 사람은 더 이상의 논쟁을 벌일 수가 없었다. 삐뽀네가 그들을 바라보며 눈살을 찌푸리고 있었기 때문이다.

공장 견학은 도통 끝날 기미가 안 보였다. 열성적인 젊은 공장장 동무가 두툼한 통계자료를 들고, 한 걸음 한 걸음 옮길 때마다 별로 설명이 필요 없는 부분까지 일일이 설명했기 때문이었다. 나디아가 통역하는 데 애를 먹을 정도였다.

마침내 트랙터 조립 작업의 마지막 단계에 도착했다. 목적지로 보내질 날만 기다리는 트랙터 완성품들이 줄지어 서 있었다. 돈 까밀로는 완성된 트랙터를 보고는 뒤통수를 한 대 얻어맞은 것처럼 놀라서 삐뽀네 쪽으로 몸을 돌리며 외쳤다.

"상원의원 동무, 이건 동무가 세운 협동농장에 러시아에서 선물로 줬다던 그 멋진 트랙터와 같은 기종 아닙니까! 우연도 이런 우연이…."

돈 까밀로는 삐뽀네가 기억 저편에 묻어두었던 케케묵은 옛일을 상기시켰다. 러시아 인민들이 삐뽀네의 협동농장에 보내왔던 문제의 트랙터는 아무리 해도 작동이 되지 않았었다. 마을 사람들이 그 꼴을 보고 얼마나 배꼽을 잡고 웃어댔는지를 생각하면 삐뽀네는 아직도 머리통이 지끈거렸다.

그러나 그는 억지로 미소를 지으며 눈앞에 있는 이 트랙터에 대해 감탄사를 연발했다. 필사적인 노력이 거의 한계에 달할 때쯤, 뻬뽀네의 내부에서 잠자고 있던 기계공으로서의 직업의식이 갑자기 고개를 들고 발동되었다.

일행이 앞서 가고 있는 사이, 그는 방문객들을 안내하는 기술자 한 사람의 소매를 붙들고 늘어졌다. 그러고는 트랙터로 다가가 연료분사 펌프의 한 부분을 가리키며 이러저러한 경우에 트랙터가 작동하지 않는다고 손짓 발짓 사용해가며 설명하려 애썼다.

기술자는 주의 깊게 귀를 기울였으나 적절한 답변을 할 수가 없는지 어깨를 으쓱해 보였다. 다행히 나디아가 달려와서 기술자의 말을 통역해 주었다.

"상원의원 동무가 하는 말을 다 알아들었답니다. 이 동무는 지금 당국에서 부품 교체 허가가 나기를 기다린대요."

기술자는 키득거리며 통역관에게 다시 뭐라고 말했다. 그러자 나디아가 미간을 찌푸리며 잠시 주저했다. 이윽고 결심한 듯, 뻬뽀네의 얼굴도 보지 않은 채 모기만 한 소리로 내용을 전달했다.

"그러면서 하는 말이, 권위적인 당국은 아마 간단한 부품 교체 허가조차 올해를 넘겨야 해줄 거라는군요."

나디아가 다시 일행과 합류하려고 발을 떼기 시작했을 때, 스카모지아가 그녀를 불러 세웠다. 그는 할리우드 배우처럼 하얀 치아를 반짝이며 말했다.

"동무, 아쉽게도 교체 부품 생산에 대한 마지막 부분의 설명을 듣지 못했네요. 기술자 동무더러 다시 설명해달라고 부탁해 주겠어요?"

질문을 받은 기술자는 다시 통계수치를 쏟아냈다. 나디아 동무는 전자계산기가 고장 날 정도의 빠르게 쏟아지는 통계수치를 정확하게 통역해냈다. 스카모지아는 고개를 크게 끄덕여가며 열심히 집중해서 설명을 들었다. 그러고는 기술자에게 악수를 청하고, 나디아에게 감사의 인사를 했다.

"정말 고마워요, 동무. 이 일이 내게 얼마나 큰 기쁨이 되었는지 당신은 모를 거예요."

나디아는 순진하게도 물었다.

"어머, 농기계에 관심이 많으신가 봐요?"

"아니요. 당신 목소리를 듣고 있으면 마냥 즐거워지거든요."

스카모지아의 말이 지나쳤다. 더군다나 그들이 있는 곳은 신성한 노동의 현장이었기 때문에 더더욱 불경스럽게 느껴졌다. 그녀는 얼굴이 창백하게 변하더니 몸을 움츠리며 딱딱한 목소리로 차갑게 대꾸했다.

"동무…."

하지만 나디아는 말을 끝까지 잇지 못했다. 그녀는 스카모지아가 지금 보여주는 그런 눈빛이 처음이었다. 이글이글 불타오르는 스카모지아의 강렬한 눈빛에 그녀는 조금씩 허물어져 갔다.

*

R시는 15만 명의 주민이 사는 작은 도시였다. 러시아에서 흔히 볼 수 있는, 인구가 적고 도로를 달리는 자동차도 드문 조용한 전형적인 시골 마을이었다.

호텔도 초라했다. 돈 까밀로에게 배정된 방은 더욱 볼품없었다. 돈 까밀로는 방을 같이 쓰게 될 사람이 누군지 궁금했다. 하지만 궁금증은 곧 가셨다. 그가 막 세수를 하고 있을 때 빼뽀네가 들어왔던 것이다. 빼뽀네가 씩씩거리며 소리쳤다.

"이것 보시오, 신부님! 아니, 동무! 론델라를 들쑤시는 행동은 자제하시오. 그가 마음에 안 드는 행동을 하더라도 좀 가만히 놔두란 말이오."

"왜? 내가 뭘 어쨌다고? 난 그 친구를 무척 좋아한다네."

돈 까밀로가 뻔뻔스럽게 말했다.

"당과 직접 연관된 문제에 대해서는 나도 나름대로 조심하고 있어. 하지만 론델라는 정말 갈피를 못 잡고 있다고. 내가 보기에 그자는 공산당 물이 덜 들었어. 어쩌면 머릿속에 부르주아의 찌꺼기가 잔뜩 남아 있기 때문인지도 모르지. 그렇다면 그 친구 머릿속에 남아있는 쓰레기를 치워주는 게 오히려 우리의 임무가 아닐까?"

빼뽀네는 분을 이기지 못해 모자를 바닥에 내던졌다. 그러고는 돈 까밀로의 코앞까지 성큼성큼 다가와서 이를 꽉 깨물고 부르짖었다.

"언젠간 반드시 내 손으로 당신을 목 졸라 죽이고 말겠소."

일행들이 어두침침한 식당에 모두 모였다. 식탁 한가운데에 오레고브 동무가 앉았고, 그 오른쪽에는 뻬뽀네가, 왼쪽에는 나디아 동무가 앉았다.

돈 까밀로는 일부러 론델라의 맞은편에 자리를 잡았다. 뻬뽀네는 화가 치밀어 올랐지만 일부러 아무렇지도 않은 척했다. 그러나 돈 까밀로가 식사를 하기 전 이마에 손을 뻗어 성호를 그으려고 했을 때, 뻬뽀네의 얼굴은 금방이라도 폭발할 듯 울그락푸르락해졌다. 뻬뽀네는 큰 소리로 말했다.

"동무들, 우리는 얼마 전까지 이탈리아에서 러시아에 대해 험담하는 못된 반동분자들과 함께 있었소. 그러나 지금 이 순간, 반동분자들이 이곳에 와서 그들의 비난이 얼마나 잘못된 것인지 똑똑히 봤으면 좋겠소!"

"그래 봐야 소용없을 거요, 상원의원 동무."

이마를 닦고 옷의 먼지를 털어내는 척하며 십자가의 성호를 긋는 데 성공한 돈 까밀로가 대꾸했다.

"그자들은 믿지 않을 겁니다. 두고 보시오. 그들은 증오심이라는 눈가리개로 두 눈을 꽁꽁 가리고 눈뜬상님처림 분명한 사실도 외면하려고 할 테니까요."

나디아는 돈 까밀로의 말을 오레고브에게 통역했다. 관광국 동무는 동의의 뜻으로 빡빡 깎은 머리를 크게 끄덕이며 우물우물 대답했다.

"오레고브 동무는 타로치 동무의 말이 정곡을 찔렀다고 지적

했습니다."

나디아가 돈 까밀로에게 통역해 주었다. 돈 까밀로는 흡족한 듯 살짝 고개를 숙여 오레고브에게 답례했다.

이제껏 타로치 동무의 말에 계속 동의해왔던 스카모지아가 자신이 관찰한 결과를 덧붙였다.

"우리는 러시아에 비하면 한 세기나 뒤처져 있습니다. 구린내 풀풀 나는 우리 이탈리아의 산업 자본가들은 형편없는 불량품을 생산해 놓고도 뭔가 대단한 걸 만들어냈다고 자랑스러워합니다. 우리가 견학했던 공장을 그자들이 본다면 부끄러워서 고개를 푹 숙일 겁니다. 그런데 오늘 본 공장이 제일 큰 공장은 아니겠죠, 그렇죠? 나디아 동무."

"아, 물론이에요!"

나디아가 외쳤다.

"이류의 소규모 공장에 지나지 않아요. 최첨단 시설을 갖추고 있다고는 하지만, 다른 공장들에 비하면 보잘것없는 생산량일 따름인 걸요!"

돈 까밀로가 슬픈 표정을 지으며 말했다.

"러시아의 이류 공장이 우리나라의 가장 큰 자동차 회사인 피아트보다 훨씬 앞서 있다는 사실에, 우리 이탈리아 인민들은 부끄러움을 금할 수 없습니다."

지금까지 말이 없던 토리노 출신의 페라토가 입을 열었다.

"동무, 그게 무슨 소립니까? 우리 객관적으로 말해봅시다.

물론 트랙터 부문에서는 러시아가 최고라는 걸 인정합니다. 하지만 자동차 부문에서는 우리 피아트를 쉽사리 무시할 수는 없다고요. 피와 땀으로 피아트를 세계 최고로 만들어 낸 이탈리아 노동자들의 수고를 하찮게 여겨서는 안 되죠."

"동무, 진실을 왜곡하지 말게. 진실은 피아트 회사의 자부심 따위보다 훨씬 더 소중한 걸세. 우리가 민족주의나 지역감정 따위에 연연하느라 사회적, 경제적 분야에서의 우리의 무능력을 옹호하기에 급급하다면, 위대한 러시아에서 모든 분야에 걸쳐 세계 각국에 보여준 교훈을 어찌 이해하겠나? 내 예를 하나 들어보도록 하지. 어떤 남자가 다리가 하나뿐인 여자와 약혼했다고 치자고. 남자는 그녀가 세상에서 가장 아름다운 여자로 보였기 때문에 오히려 다리가 두 개인 여자들을 불구라고 생각하게 되었네. 바로 이것이 우리가 산업에 대해 갖고 있는 태도일세. 이곳 러시아에서는 모든 산업체가 튼튼한 두 다리를 가지고 있다고!"

"오, 멋진 비유입니다!"

스카모지아가 감탄했다. 론델라 농부가 끼어들었다.

"타로치 동무, 난 동무가 원하는 게 도대체 뭔지 모르겠습니다."

돈 까밀로가 말했다.

"내 말인즉슨, 진실이 아무리 고통스럽더라도 우리 공산당원들은 정직하게 진실을 바라봐야 한다는 거야. 우리가 위대한 러시아 공화국까지 온 것은 감상주의에 빠지기 위해서가 아니라 바로 그 진실을 알기 위해서라고."

오레고브는 나디아에게 이들의 대화를 한마디도 빼놓지 않고 통역해 달라고 요청했다. 뻬뽀네는 피 말리는 긴장감에 숨도 제대로 쉴 수 없었다. 다행히 마침 때맞춰 식사가 나왔다. 모두 몹시 배가 고팠기 때문에 허겁지겁 식사에 골몰했다.

양배추 수프는 맛이 형편없었지만 양고기는 그런대로 괜찮았다. 누가 선심을 썼는지는 몰라도 식탁에는 포도주까지 나왔다. 포도주는 입맛을 돋우는 데도 효과가 있었지만, 일행이 마땅히 가지고 있어야 할 긴장감까지 완전히 풀어버리는 역할도 했다.

트랙터 공장 얘기가 다시 도마에 올랐다. 페라토 동무는 피아트에 대해 경솔하게 자랑하다가 잃은 점수를 만회하기 위해 조립 과정에서 발견한 러시아인들의 창의성에 대한 칭찬을 돈 까밀로에게 늘어놓았다.

"맞아."

돈 까밀로가 인정했다.

"러시아 사람들은 다른 나라 국민보다 재주와 창의력이 아주 뛰어나지. 라디오나 우주선뿐만 아니라 그 외의 사소한 작은 부분에서도 그렇지. 우리 호텔 방에 있는 세면대를 보라고. 보통은 찬물과 뜨거운 물, 수도꼭지가 두 개로 나뉘어 있는데 여기는 수도꼭지가 하나더군. 미지근한 물을 원하는 대로 조절

할 수 있더라니까."

밀라노 출신이자 배관공인 론델라도 이 말엔 가만히 있을 수가 없었다.

"동무, 바보 같은 소리 작작하쇼. 우리 할아버지께서 젊을 때도 이미 수도꼭지가 하나인 혼합기는 발명되어 있었어요. 동무는 어디 시골 깡촌에서라도 살다 온 겁니까?"

"이젠 나를 시골뜨기로 취급하기까지! 어이가 없군. 난 이탈리아를 통틀어 공산주의자 수가 가장 많은 지방에서 왔어. 다시 말해 가장 진보된 지역이란 얘기지. 처칠 같은 유명한 사람도 그의 자서전에 우리 고향이 얼마나 대단한 지역인지 언급했을 정도야. 물론 처칠이 친 공산주의자는 아니었지만 말이야."

이쯤 되면 물러설 법도 한데, 론델라는 자기주장을 전혀 굽히고 싶지 않은 모양이었다.

"처칠 따윈 알게 뭐요! 난 솔직히 동무의 이런 과장된 주장이 오히려 적을 유리하게 만들지도 모른다는 걱정이 드는구려. 아까 동무가 말했듯이, 진실이 가장 중요한 것이라면 진실에 마땅히 경의를 표해야 하는 것 아닙니까?"

돈 까밀로는 김이 서린 안경을 벗어 잘 닦은 다음 다시 코에 걸쳤다. 그리고 다시 엄숙하게 말했다.

"진실이라…. 쯧쯧, 진실이란, 바로 노동자 인민의 이익과 일치하는 것이어야 하오. 동무가 직접 눈으로 보고 판단하길 바라네. 동무의 머릿속에는 부르주아의 찌꺼기가 너무 많이 남아서 올바른 판단을 가로막고 있는 게 틀림없어."

론델라가 냉정함을 잃고 크게 소리쳤다.

"뭐라고? 내 머릿속이 그렇다면 당신 머릿속에는 호박씨가 가득 들어있어! 빌어먹을, 우리가 처음 만난 날부터 당신은 나를 괴롭히고 있다고. 이탈리아로 돌아가는 날, 당신 주둥이를 짓밟아 주고 말 거야!"

"난 동무처럼 인내심이 없네. 여기서 손을 봐 주도록 하지, 지금 당장 말일세!"

돈 까밀로가 벌떡 일어나서 번개같이 론델라에게 주먹을 날렸다. 순식간에 일어난 일이었다. 론델라 역시 가만히 있지는 않았다. 돈 까밀로에게 반격을 가했다.

오레고브가 나디아에게 뭐라고 빠르게 말했고 나디아는 뻬뽀네에게 그 말을 전했다. 뻬뽀네는 론델라를 일으켜 세운 다음, 밖으로 데리고 나가 바람을 쐬게 했다. 불쌍한 친구가 정신을 좀 차리자 뻬뽀네가 말했다.

"오레고브 동무는 자네 신경이 너무 날카로운 게 아닌가 걱정하고 있다네. 아무래도 이곳 공기가 자네에게 잘 맞지 않는 것 같군. 한 시간 후에 베를린으로 떠나는 비행기가 있네. 자네가 즉각 이탈리아로 돌아갈 수 있도록 모든 준비를 해 놓겠네."

"흥, 좋습니다! 가겠소, 갑니다! 이 지겨운 패거리들을 다시는 안 보게 돼서 속이 다 시원하군."

론델라가 소리쳤다.

"입 조심하게. 그럼 이탈리아에서 다시 만나세."

론델라는 주머니에서 지갑을 꺼내더니 공산당원증을 꺼내 발기발기 찢으며 거칠게 소리쳤다.

"좋소, 다시 만납시다. 그땐 내가 반대편 진영에 있을 거요!"

뻬뽀네는 그의 엉덩이를 걷어차고 싶은 마음이 굴뚝 같았지만 잘 참아냈다. 론델라를 살살 달래서 돌려보낸 뒤, 뻬뽀네가 웃으면서 다시 들어왔다.

"모두 잘 되었습니다. 그는 오레고브 동무의 배려에 깊은 감사를 전한답니다."

뻬뽀네가 말했다. 그리고 잔을 들며 위대한 러시아 공화국을 위해 건배를 청했다. 오레고브 동무는 자본주의 억압에 놓인 이탈리아 노동자의 해방과 자유를 위해 건배했다.

"동무, 이제 나디아를 위해 건배하는 건 어떨까요?"

스카모지아가 돈 까밀로에게 작은 목소리로 소곤거렸다.

"동무, 도를 넘어서는 안 되네."

돈 까밀로가 형제의 마음으로 따뜻하게 충고했다.

식사는 순조롭게 끝이 났다. 전 공산당원 론델라 동무가 혼란스런 머리를 안고 베를린으로 날아가는 동안, 뻬뽀네와 돈 까밀로는 자신들의 방으로 들어갔다.

"불을 끄게, 동무. 내가 옷을 벗고 침대에 들어가면 불을 다시 켜게나."

돈 까밀로가 말했다.

"웃기시네! 이번엔 또 무슨 바보 같은 짓거리를 하려고 그러시오?"

뻬뽀네가 외쳤다.

"바보 같은 소리가 아니야. 공산당 상원의원이라고 해서 팬티 차림의 신부를 볼 자격이 있다고 생각하나!"

뻬뽀네가 불을 껐다가 다시 켜자 돈 까밀로는 침대 속에서 수첩을 꺼내 메모를 했다.

'월터 론델라 동무를 악의 소굴에서 구출해 내다.'

"흐음, 목표물 중 한 사람이 줄었군!"

돈 까밀로가 즐거운 목소리로 말했다.

"신부만이 이런 더러운 게임을 할 수 있지. 하지만 다음 목표를 나로 잡지는 마시오."

뻬뽀네가 화를 내며 말했다. 돈 까밀로는 커다란 만년필을 꺼내 들면서 뻬뽀네에게 말했다.

"그분의 의견을 들어볼까?"

뻬뽀네는 멍한 표정으로 만년필을 바라보았다. 돈 까밀로는 커다란 만년필 뚜껑을 열고 안에 있는 작은 마개를 뽑았다. 그리고 두꺼운 튜브에서 길고 가느다란 무언가를 꺼냈다. 그것은 순식간에 작은 십자가로 변했다.

"주님."

돈 까밀로가 천장을 올려다보며 말했다.

"십자가와 함께 당신의 양팔을 접었던 걸 용서하십시오. 하지만 당신은 저의 깃발이시니, 제 가슴에 당신을 늘 모시고 다니려면 이 방법밖에 없었습니다."

"아멘!"

빼뽀네가 이불 속으로 머리를 처박으며 으르렁거렸다.

간이침대에서의 휴식

빼뽀네는 어리둥절했다. 러시아행 비행기에 토리첼라의 마오쩌둥주의자 의사인 보뇨니가 함께 타고 있었기 때문이다. 그는 벌떡 일어나 보뇨니에게 호통을 치려다 비행기가 갑자기 곤두박질치는 바람에 땅바닥에 내팽개쳐졌다. 머리가 빠개지듯 아파져 왔다. 어째서 이 증오스런 반동분자 녀석이 러시아로 가는 비행기, 그것도 자기 앞좌석에 타고 있는지, 그가 왜 라틴어를 읊어대고 있는지 도무지 이해가 가질 않았다.

빼뽀네는 천근만근 무거운 눈꺼풀 하나를 간신히 들어 올렸다. 점차 빛바랜 벽걸이 장식이 걸린 벽면이 눈에 들어왔다. 그의 눈은 러시아 글자가 새겨진, 융단으로 된 벽걸이에

머물렀다.

빼뽀네는 다른 한쪽 눈을 힘겹게 마저 뜨다가 놀라운 광경을 보고 정신이 나가버릴 뻔했다. 호텔 지배인이 넣어준 탁자에서 돈 까밀로가 미사를 드리고 있는 게 아닌가. 제단 역할을 하는 탁자에 펴놓은 건 분명히 붉은 표지의 《레닌 어록》인데, 소리 내서 읽고 있는 건 루카복음이라니!

빼뽀네는 침대에서 벌떡 일어나 문 쪽으로 달려갔다. 그는 열쇠 구멍에 귀를 바싹 갖다 대고 바깥의 동정을 살폈다. 혹시 누가 들을세라 심장이 벌렁거렸다. 그 순간, 돈 까밀로의 머리 위에 침대 시트를 뒤집어씌워 버리는 수밖에 없다는 생각이 들었다. 아니, 그보다도 저 빌어먹을 라틴어 소리가 들리지 않도록 하는 게 우선이라고 생각했다. 그래서 될 수 있는 한 요란하게 발소리를 내면서 방안을 돌아다녔다. 돈 까밀로가 성찬용 성작 대신 초라한 알루미늄 잔을 들어 올리자, 빼뽀네는 불안한 마음을 애써 가라앉히고 함께 고개를 숙였다.

그때, 복도에서 무거운 발소리가 들렸다. 하지만 빼뽀네는 꼼짝할 수 없었다. 그는 이를 악물고 마음속으로 중얼거렸다.

'에잇! 될 대로 돼라.'

발걸음 소리가 문 앞에 멈추더니 누군가 문을 두드리며 서툰 이탈리아어로 퉁명스럽게 말했다.

"동무, 기상 시간이오!"

빼뽀네가 알았다고 큰소리로 대답했다. 그러자 문밖의 남자가 자리를 뜨며 옆 방문을 두드렸다.

돈 까밀로가 마지막 기도를 드리는 참이었다.

"이제 그만 하시오! 감사 기도는 나중으로 미뤄도 되잖소!"

빼뽀네가 식은땀을 흘리며 헐떡였다.

"주님, 이자를 용서하십시오. 그는 두려움에 사로잡혀 불경하게 굴었을 뿐입니다."

물병을 받침대 삼아 작은 십자가상을 올려놓고 그 앞에 무릎을 꿇으며 돈 까밀로가 중얼거렸다.

"흥, 문 두드리는 소리가 들렸을 때 나만 심장이 덜컹거렸던 건 아니겠지요?"

빼뽀네가 버럭 화를 내며 말했다.

"누가 문을 두드렸다고? 난 전혀 못 들었는걸."

돈 까밀로가 어리둥절해하며 대답했다. 빼뽀네는 돈 까밀로의 말이 진담인 것을 깨닫고 더 이상 다그치지 않았다.

그는 침대로 다시 들어가 잠을 자고 싶은 마음뿐이었다. 돈 까밀로와 이야기를 하느니 차라리 꿈속에서 의사 보뇨니를 껴안고 비행기 여행을 하는 편이 백번 나을 것 같았다.

"신부님이 간이 배 밖으로 튀어나온 사람임을 진작에 알고 있었어야 했는데! 이제 무기를 제자리에 다시 넣고 좀 나가 계시오. 나도 혼자 시간을 좀 가지고 싶소."

빼뽀네가 거칠게 소리쳤다.

"동무. 자네 신경이 지나치게 날카롭구먼. 역시 러시아의 공기가 자네한테 맞지 않는가 보네."

돈 까밀로가 진지하게 대답했다.

"내 신경을 긁는 건 바로 신부님이오!"

뻬뽀네가 방문을 열고 돈 까밀로를 밖으로 내쫓으며 부르짖었다.

이내 두 사람은 끔찍한 사실을 깨닫게 되었다. 출입문이 잠겨 있지 않았던 거라는 사실을…. 문을 두드리러 왔던 사람이 손잡이를 살짝 돌리기만 해도 문은 당장 열렸을 것이다.

*

나디아 페트로브나가 식당에서 그들을 기다리고 있었다. 식당에는 푸짐한 아침 식사가 준비되어 있었다. 일행이 모두 모이자 나디아가 입을 열어 설명했다.

"모두 자리에 앉으세요. 오레고브 동무는 잠시 후에 도착하실 겁니다."

나디아는 인상을 잔뜩 찌푸린 채 누구의 얼굴도 보지 않고 딱딱한 목소리로 말했다. 그녀의 태도는 얼음처럼 차갑고 냉정해서 어제와는 달리 거리감이 느껴졌다. 그녀는 식탁에 앉아서도 필요 없는 행동은 절대 하지 않았다. 그녀는 차 한 잔을 홀짝이는 걸로 아침 식사를 대신했다. 그것조차도 불편하다는 기색이었다.

그녀의 주위에는 마치 무쇠로 만든 장갑차처럼 보이지 않는 철의 장막이 둘러쳐져 있었다. 그런데 불행히도 장갑차 이음새에서 이 모든 효과를 일시에 해치는 가볍고 상큼한 향수 냄새가 풍겨왔다. 나디아 페트로브나 동무는 국가 공무원 신분이라는 사실을 망각하고 나니 스카모지아 동무가 선물해 준 라벤더수 한 방울을 몸에 뿌렸던 것이다. 스카모지아는 나디아로부터 멀리 떨어져 있었지만 후각이 예민한 그의 코는 한 방울의 향수 냄새도 놓치지 않았다.

엔카 오레고브 동무는 아침 식사를 마칠 때가 되어서야 나타났다. 그는 다른 데 정신이 팔려 있는 사람 같았다. 아침 인사도 하는 둥 마는 둥 한 다음, 페트로브나 동무를 한쪽으로 데리고 갔다. 두 사람은 오레고브가 가방에서 꺼낸 서류 한 장을 들여다보며, 오랫동안 토의를 계속했다.

그들은 진행 계획을 완벽하게 세운 다음, 뻬뽀네에게 내용을 전달했다.

"엔카 오레고브 동무가 관광국으로부터, 반가운 이탈리아 손님들이 러시아 공화국에서 보내게 될 정확한 프로그램 일정을 받아왔습니다. 오늘 아침 9시에 이탈리아 동무들은 '붉은 별' 트랙터 공장을 방문하게 될 겁니다."

뻬뽀네가 놀란 눈으로 여자를 쳐다보았다.

"동무, 내가 혹시 잘못 알아들었소? '붉은 별' 공장은 어제 우리가 도착하자마자 방문했던 곳이 아니오."

뻬뽀네가 항의했다.

“오늘 아침 엔카 오레고브 동무가 받은 프로그램은 변경될 수 없습니다.”

나디아가 뻬뽀네에게 서류를 보여주며 해명했다.

“계획상 이탈리아 동무들은 어제 오후 긴 비행기 여독을 풀고, 오늘 오전 ‘붉은 별’ 공장을 견학하기로 예정되어 있습니다. 이전 프로그램은 취소되고 새 프로그램으로 대치되었습니다. 그래서 어제 견학 역시 없었던 것으로 생각해야 합니다.”

뻬뽀네는 양팔을 펼쳐 보이는 것 외에 달리 어쩔 수가 없었다. 나디아는 다시 오레고브와 이야기를 나누었다. 그리고 토론 결과를 보고했다.

“오레고브 동무는, 오늘 오후로 예정되어 있는 시내 관광 계획을 앞당길 수는 없다고 합니다. 그렇지만 이탈리아 동무들이 공장을 두 번 방문하는 것도 옳은 일은 아니라고 생각한답니다. 그래서 오늘 오전에는 각자의 호텔 방에서 휴식을 취하는 게 어떤가 권하고 있습니다.”

어제 도착하자마자 강행했던 여정이 힘들고 지루했기 때문에 모두 잠이 덜 깬 상태였다. 뻬뽀네와 일행은 현명한 해결책에 모두 만족을 표했다.

“하지만 오레고브 동무는 견학 보고서를 새로 작성해야 하기 때문에 ‘붉은 별’ 공장에 다시 가야 합니다. 저는 여러분의 편의를 위해 이곳에 남아있을 겁니다. 그럼 다시 올라가서 푹 쉬십시오, 동무들."

나디아가 말했다.

그녀는 호텔 로비의 부서진 소파에 가서 앉았다. 누구든 호텔로 들어오거나 나가려면 반드시 그곳을 지나가게 되어 있었다. 나디아는 거만하고 차가운 표정을 하고 앉아 있었지만 옅은 라벤더 향수 냄새는 숨길 수가 없었다.

*

돈 까밀로는 자신의 방으로 들어오자마자 신발을 벗고, 아직 정리되어 있지 않은 침대에 몸을 던졌다. 그런데 막 잠들려던 참에 뻬뽀네의 투덜거리는 목소리에 잠이 깨고 말았다. 뻬뽀네는 기차에서 깜빡 잊고 두고 내린 면도기를 찾으며 수선을 떨고 있었다.

"내 면도기를 가져다 쓰고, 소란 좀 그만 피우게!"

돈 까밀로가 소리쳤다.

"난 내 면도기만 써요. 구식 면도기로는 면도를 못 한단 말이오."

뻬뽀네가 대답했다.

"그럼 내려가서 자네가 가져온 리라를 루블로 바꿔다 하나 새로 사서 쓰면 되잖나. 들어올 때 보니 호텔 맞은편에 백화점이 있더군. 참, 길을 건널 때는 차에 치이지 않도록 조심해야 할 거야. 차가 오죽 붐벼야지."

창밖엔 그들을 호텔로 태워다 준 버스 외에 차량이라고는 하나도 없었다. 빼뽀네가 코를 씰룩거리며 화를 냈다.

"머지않아 자동차로 북적거릴 거요. 우린 서두르지 않소. 지금으로서는 달에 갈 우주선을 만드는 걸로 충분하오. 자동차는 나중 문제요."

"연설은 그만 집어치우고 내가 신을 모 양말이나 하나 사다 주게."

돈 까밀로가 부탁했다.

"혁명이 시작된 지도 40년이 지났으니, 적어도 양말 한 짝쯤은 만들어 놨겠지."

빼뽀네는 문을 쾅 닫고 방을 나갔다.

나디아가 친절하게 빼뽀네를 도와주었다. 호텔 지배인은 나디아의 부탁을 받고 빼뽀네의 고액권을 루블로 바꾸어 주었다. 빼뽀네는 안심하고 백화점으로 향했다. 나디아 동무가 친절하게도 종이 위에 러시아어로 '안전면도기 한 개와 면도날 열 개. 보통 치수의 남성용 모 양말 한 짝' 이라고 적어주었기 때문이다.

백화점은 코앞에 있었고 거래는 신속하게 이루어졌다. 판매원 동무가 쪽지를 읽고, 빼뽀네의 손에 요구한 물건들을 넘겨주며 가격을 써서 보여주었다.

하지만 호텔 방으로 돌아온 빼뽀네는 흡족한 얼굴이 아니었다. 사 온 양말을 침대에 휙 던진 그는 다시 침대 안으로 파고들었다. 돈 까밀로는 양말을 낚아챈 뒤 싱글거리며 말했다.

"멋지군. 이런 양말은 우리 이탈리아에서는 꿈도 꿀 수 없네. 한쪽은 길고 한쪽은 짧게 만든다는 발상이 기발하지 않나. 사실 두 발이 완벽하게 똑같은 사람은 하나도 없거든. 아참, 양말은 얼만가?"

돈 까밀로가 물었다.

"10루블 들었소."

면도기를 만지작거리고 있던 뻬뽀네가 투덜거렸다.

"환율은 얼마지?"

"모르겠소. 내가 말할 수 있는 거라곤 1만 리라 지폐 한 장에 70루블을 줬다는 것뿐이오."

뻬뽀네가 으르렁대며 말했다. 돈 까밀로가 계산을 했다.

"1루블에 150리라나 하다니, 스위스 프랑과 맞먹는 엄청난 환율이군. 면도기는 얼만가?"

"9루블 주었소."

"면도기가 1,300리라나 한단 말인가? 양말은 1,450리라고?"

뻬뽀네는 거칠게 비누 거품을 내며 대답을 하지 않았다.

"이런 면도기가 이탈리아에서는 얼마더라?"

돈 까밀로가 짓궂게 물었다.

"미제 면도기 하나에 200리라라고…."

뻬뽀네가 이를 악물며 대답하더니 혼자 중얼거렸다.

"이렇게 차이가 나다니, 믿을 수가 없어. 뭔가 잘못 계산한 게 분명해."

"난 그렇게 생각하지 않네, 뻬뽀네. 자네가 이탈리아에서 구입한 면도기는 세일할 때 산 게 아닌가? 여기에서는 있을 수 없는 일이지. 공산주의 덕분에 상점과 공장은 국유제로 운영되고, 국가는 어떤 경쟁도 인정하지 않으니까. 미제 면도기와 러시아제 면도기의 질적인 차이도 무시할 수 없지. 게다가 듣기로는 암시장에서 1루블이 대략 40리라 한다는데, 관광객들에게는 150리라씩이나 받는군."

뻬뽀네는 면도를 시작했다. 그는 갑자기 면도를 멈추더니 얼굴에 또 비누칠을 했다. 면도날을 갈아 끼우고 턱밑을 다시 면도해 보았다.

돈 까밀로는 짓궂은 표정으로 뻬뽀네를 관찰했다. 그의 시선을 느끼자 뻬뽀네는 억지로 면도를 계속했다. 그러나 결국 그는 온갖 욕설을 퍼부으며 면도기를 벽에다 냅다 던져버리고 말았다.

"당성이 부족한 동무구먼."

돈 까밀로가 빈정대는 어조로 말했다. 뻬뽀네는 얼굴에 묻은 비누거품을 수건으로 쓱쓱 닦아내고는 그를 무섭게 노려보았다.

돈 까밀로는 미소를 지으며 가방을 뒤지더니, 뭔가를 꺼내 뻬뽀네에게 내밀었다.

"어, 이게 뭐지? 혐오스러운 미제 면도기가 내 가방에 있네?"

빼뽀네는 그의 손에서 면도기를 와락 낚아채며 말했다.

"신부님을 죽이는 게 죄가 아니라는 확신이 점점 더 굳어지고 있소."

*

나디아는 호텔 입구를 지키고 있었다. 스카모지아가 그녀의 앞에 갑자기 나타났다. 그가 입을 열기도 전에 그녀는 퉁명스럽게 말을 던졌다.

"엔카 오레고브 동무께서는 오전 중엔 여러분 모두 호텔에서 휴식을 취하라고 지시했습니다. 외출은 허용되지 않습니다."

"난 밖으로 나가려는 게 아닙니다. 동무 곁에 앉아 휴식을 취하며 오전 시간을 보내려는 거죠."

스카모지아가 대답했다. 나디아는 영문을 모르겠다는 듯 그를 쳐다보았다.

"호텔의 그 넓은 방을 두고 무엇 때문에 이런 곳에서 쉬려고 하는지 모르겠네요."

"동무, 러시아 동지들끼리는 그렇게 격식을 차리면서 대하나요?"

"아니요. 하지만 자본주의에 푹 젖어있는 부르주아에게는 격식을 차려서 대해야 할 것 같아서요."

"난 부르주아가 아니오!"

스카모지아가 항의했다.

"어쩌다 보면 악질 부르주아 못지않던데요."

"동무, 내가 실수를 했나 봅니다. 동무가 도와준다면, 난 언제라도 정직한 자아비판을 할 준비가 되어 있소."

나디아는 스카모지아의 솔직한 말에 마음이 흔들렸다.

"앉으세요, 동무."

그녀는 스카모지아에게 앉으라고 권하긴 했지만 표정은 그리 밝지 않았다.

"그럼 동무의 얘기를 해 보세요."

"내 이름은 나니 스카모지아요. 스물여덟 살이고, 당원이오. 철이 든 날로부터 공산주의자였지. 조그마한 스쿠터 정비소를 가지고 있소."

"스쿠터가 뭐죠?"

"이런 거죠."

그는 주머니에서 사진 한 장을 꺼냈다. 체격이 건장하고 늠름한 스카모지아가 깨끗한 작업복 차림으로 '베스파'에 걸터앉아 있는 사진이었다.

"이것이 스쿠터요. 이탈리아에서 가장 대중적인 교통수단이지요."

"재미있군요. 동무의 가족은 당과 어떤 관계인가요?"

나디아가 물었다.

"아버지는 내가 어렸을 때 당에 입당했죠. 어머니는 돌아가셨고, 누이는 의류 제조 노동조합의 세포*책임자라오."

"동무의 부인은요?"

스카모지아가 씨익 웃으며 반문했다.

"내가 결혼한 남자 같아 보여요?"

나디아는 그를 진지하게 쳐다보았다.

"글쎄요, 동무 나이쯤 되면 여자가 필요하죠."

"아직 많은 여자를 만날 기회가 있는데, 어째서 한 여자에게 얽매여야 하죠?"

이 말을 들은 나디아가 본능적으로 뒤로 물러앉으며 정색했다.

"그게 바로 부르주아 정신에 물들어 있다는 것을 여실히 보여주는 증거입니다. 여성을 노리개로 취급하는 부르주아 착취자들의 태도란 말이에요. 여자도 남자와 동등한 권리와 존엄성과 역할을 갖고 있습니다. 적어도 러시아에서는요."

"동무, 내가 표현을 잘못한 것 같군요."

스카모지아가 부드럽게 말했다.

"내 말은, 일하기 싫어하고 정치적 신념이나 사회적 원칙 따위는 눈곱만큼도 가지고 있지 않은 그런 종류의 여성들에 대한 겁니다. 그런 여성들에게는 존엄성도 없고, 따라서 권리도 없지요."

* 세포 : 정당이나 단체의 기반이 되는 조직. 특히 공산당의 하부 조직을 뜻한다.

"알겠습니다."

나디아가 말했다.

"그러나 적당한 나이가 된 동무는 가족을 이루어 당의 새로운 도약에 적극 협조해야 하는 법이에요."

"동무, 나도 그 말엔 동의해요. 하지만 우리는 동무와는 완전히 다른 세상에서 살고 있다고요. 이기심과 위선이 가득한 세상 말이에요. 우리나라에선 대부분의 여자들이 성직자들의 노예가 되어, 그들의 말에 순종하죠. 게다가 너무나 많은 여자들이 신부들의 앞잡이 노릇을 하고 있기 때문에 남자들은 여자를 만날 때 무척 조심스럽답니다."

"당을 전폭적으로 지지하는 여성 동무가 하나도 없단 얘기인가요?"

스카모지아가 양팔을 벌리며 말했다.

"있지요, 하지만 극소수에 불과해요. 어쩌면 내 탓인지도 모르지만… 여태껏 나는 마음에 드는 여성 동무를 찾을 수 없었소."

"믿어지지 않아요, 동무. 어떻게 한 명도 없을 수가 있어요?"

"물론 한둘은 있었지요. 그러나 그들은 이미 결혼했어요."

나디아는 잠시 생각하다가 말했다.

"힘든 상황이군요. 혹시 동무가 평소 여자를 불성실하게 대하는 건 아닌가요?"

"아닙니다."

스카모지아가 나디아를 향해 뜨거운 눈빛을 던지면서 말했다.

"세월은 흘러도, 저 아랫녘에 있는 이탈리아의 태양, 파란 하늘, 꽃, 음악, 좋은 포도주는 언제나 젊은 그대로지요. 우리 이탈리아는 하느님의 축복을 받은 나라…."

"동무!"

나디아가 말을 가로챘다.

"지금 당의 체면을 심각하게 깎아내리는 발언을 하는 겁니까? 하느님의 축복이나 저주를 받은 나라는 없습니다. 신은 존재하지 않으니까."

"알고 있소. 빌어먹을 신부들, 그 모든 성당들, 교회들 때문일 거요. 하지만 왠지 이탈리아에는 신이 실제로 있다는 환상을 갖게 된단 말이죠."

"동무는 지금 제정신이 아니에요."

스카모지아는 반쯤 넋이 나가 중얼거렸다.

"당신 말이 맞을 거예요. 그런데 동무, 내게 이야기할 때는 내 눈을 바라봐 줄 수 없겠소?"

이탈리아 인민들과 러시아 인민들 사이에는 커다란 차이가 있다. 그것은 아마도 사람들은 자신들의 환경과 습관대로 판단하기 때문일 것이다. 같은 열쇠로 모든 자물쇠를 열려는 것은 비합리적인 짓일 수밖에 없다. 나디아는 이런 생각을 하며 스카모지아를 바라보았다.

한참 자기 이야기에 몰두해 있던 스카모지아가 나디아에게 말했다.

"동무, 이제는 동무 이야기를 좀 해 주세요."

"난 러시아 여자예요. 당원이고 러시아 관광국 직원이죠. 스물여섯 살이고 모스크바에서 살아요."

"혼자 살고 있습니까?"

스카모지아의 질문에 나디아는 한숨을 내쉬었다.

"…"

그녀는 고개를 숙이면서 말을 이었다.

"한방에서 여성 동무와 함께 살아요. 하지만 불만은 없어요."

"아, 하마터면 내가 불만을 가질 뻔했소."

스카모지아가 큰 소리로 말했다. 나디아는 눈을 들어 어리둥절한 표정으로 그를 바라보았다.

"그게 무슨 소리지요?"

"순간적으로 동무가 남성 동무와 살고 있다고 생각했소. 내 입장에서는 동무가 남성 동무와 사느니 여성 동무와 살고 있는 게 훨씬 더 기쁜 일이지요."

스카모지아가 말했다. 그녀는 계속해서 그를 빤히 쳐다보았다.

"동무의 말은 이해할 수가 없네요."

하지만 이건 부끄러운 거짓말이었다. 그녀가 '베스파'를 탄

작업복 차림의 잘생긴 청년 사진을 스카모지아에게 돌려주는 대신 손에 올려놓고 만지작거리다가 핸드백 속에 슬쩍 밀어 넣은 사실만 봐도 단번에 알 수 있는 일이었다.

비록 사회주의의 뜨거운 용광로에서 사상의 틀이 만들어지긴 했지만, 러시아의 당원들도 역시 인간이었던 것이다.

우주 세포 창립 선언

돈 까밀로를 제외하고는, 빼뽀네가 선발한 여러 당원은 오랫동안 당에 대한 충성심을 입증해온 동무들이었다. 심지어 돈 까밀로가 나락으로 몰아붙여 당에서 쫓아낸 불쌍한 론델라마저도 그랬다.

나머지 여덟 명의 열성 당원 가운데에서도 바치카 동무는 특별히 확고한 공산주의 이론으로 무장한 인물이었다. 그는 대화를 나눌 때에도 종종 공산주의 이론의 중요한 문장들을 인용하곤 했다.

바치카는 이탈리아 서북부의 제노바 출신이었다. 알다시피 제노바 사람들은 타고난 사업가 기질로 유명하다. 바치카 역시 타고난 사업 수완을 지닌 현실적인 사람이었다. 그러나 돈 까밀로가 그를 두 번째 목표로 찍은 다음에야, 바치카의 뛰어난 사업적인 감각은 그에게 커다란 재앙이 될 뿐이었다.

사건은 '공식적인 첫날'의 일정을 따라 시내를 관광하고 있을 때 일어났다. 첫 번째 방문지는 호텔에서 가까운 곳에 있는 국영 백화점이었다. 엔카 오레고브 동무는 러시아의 1965년까지 모직물 생산이 80억 미터에 달할 것이고 양말 생산량은 51억 5천만 켤레에 이를 것이라고 한바탕 연설을 펼쳤다. 그러고는 누구나 각자 원하는 것을 마음대로 쇼핑하라고 시간을 준 다음, 그 지시가 어떻게 이루어지는지 출입구에 자리를 잡고 감시하기 시작했다.

스카모지아는 기회를 놓치지 않고, 나디아에게 국영 백화점이 어떻게 돌아가는지 전문적인 정보를 알고 싶다고 물어보았다. 그러면서 자연스럽게 나디아를 가정용품 코너로 몰고 갔다. 빼뽀네는 집 지키는 개처럼 돈 까밀로를 감시하기 위해 그의 옆에 찰싹 붙어 있었고, 다른 사람들은 각각 이리저리로 흩어져 돌아다녔다.

백화점은 여자들로 만원이었다. 대부분은 작업복이나 전차 차장 또는 우편배달부 제복을 입고 있었다. 그녀들은 대개 식료품이나 가정용품 코너에서 물건 몇 상자를 산 다음에 구두와 옷, 속옷 등의 여성용품이 진열되어 있는 쇼윈도를 넋 나간 표정으로 구경하고 있었다.

"공산당의 이념에 진정으로 충실한 당원은 자발적으로 근검 절약하며, 허영심에 가득 차 흥청망청 돈 쓰는 것을 경멸하지. 이런 관점에서 본다면, 여기에 여자들이 이렇게 많은 이유는 둘 중의 하나야. 이 여자들이 훌륭한 공산주의자가 아니든가, 아니면 그들이 갈망의 눈길로 바라보고 있는 물건들이 러시아 공화국이 이룬 높은 경제성장 덕분에 더 이상 사치품으로 여겨지지 않든가."

돈 까밀로가 뻬뽀네에게 말했다.

"이번에는 또 무슨 의도로 그런 말씀을 하시는지 모르겠구랴."

뻬뽀네가 의심쩍게 투덜거렸다.

"러시아에서는 사치품들이 흔해 빠져서, 여자들이 저 비싸 보이는 미니스커트를 입는 것을 당연한 일로 생각하는 게 아니냔 말일세."

뻬뽀네는 아직도 돈 까밀로가 비꼬고 있다는 걸 눈치채지 못하고 있었다.

"1만 리라나 루블화로 환전했는데, 그 김에 자네 부인에게 선물할 치마나 하나 사지그래? 물론 러시아 정부 공식 디자이너가 국영 옷감을 가지고 대량으로 생산해 낸 치마는 자본주의 국가에서 개인의 이름을 내걸고 만든 화려하고 아름다운 치마 따위와는 비교가 안 될 테지만."

이제 빼뽀네도 돈 까밀로가 뭘 비아냥거리는지를 깨달았다
"크리스찬 디올 치마를 선물해서 내 마누라를 자본주의의 노예로 만드느니 차라리 평범한 치마를 가져다주고 자유로운 쪽을 선택하겠소."
"그렇지, 말 잘했네."
돈 까밀로는 재빨리 대답하고 자리를 옮겼다. 다음 목표로 노리고 있는 당원의 모습이 그의 눈에 들어왔던 것이다.
바치카 동무는 일행에서 조용히 빠져나가, 모피코트 코너의 판매원과 대화를 주고받고 있었다. 비록 말은 통하지 않았지만 손짓 발짓만으로도 충분히 뜻이 전달되고 있었다. 바치카가 마지막으로 종이쪽지에 숫자를 적어 흔들어 보이자, 판매원은 동의한다는 의미로 고개를 끄덕이고 수첩에 숫자를 옮겨 적었다.
바치카 동무는 주머니에서 반짝이는 셀로판 봉투를 꺼내 건네자, 판매원은 재빠르게 그것을 계산대 밑으로 밀어 넣었다. 그런 다음 모피 코트를 포장해 주는 걸로 거래가 끝났다.
빼뽀네는 물론 다른 사람들도 그런 비밀 거래가 있었는지 몰랐다. 하지만 돈 까밀로는 바치카를 유심히 바라보고 있었기 때문에 모든 자초지종을 파악할 수 있었다. 이제 서둘러 호텔로 돌아갈 시간이 되었다.
그들은 저녁 늦게나 되어서야 호텔로 돌아올 수 있었다. 국영 백화점을 구경한 후 베어링 공장과 병원을 방문했기 때문이었다.

호텔에 도착하자마자 돈 까밀로는 곧장 자신의 방으로 올라갔고, 뻬뽀네는 돈 까밀로가 눈에 안 띄자 불안해져 서둘러 그를 찾아 나섰다. 돈 까밀로는 호텔방 바닥에 앉아 여행 가방에서 꺼낸 노트를 열심히 살피고 있었다.

"《레닌 어록》 가지고는 성에 안 찹니까? 또 무슨 음모를 꾸미고 있는 거요?"

돈 까밀로는 고개도 들지 않고 계속 자신의 노트와 책을 훑어보다가, 책에서 찢어낸 종이 한 장을 뻬뽀네에게 건네면서 말했다.

"이걸 받아. 거기, 파란색으로 줄 쳐진 데를 외워두게."

뻬뽀네는 종이를 힐끗 보더니 흠칫 놀라며 소리를 질렀다.

"아니, 이건 '공산당 강령' 아니오?"

"자네는 내가 성경책이라도 잘라 온 줄 알았나?"

"이 서류는 인민의 집 도서관에 딸려 있는 내 개인 서재에서 훔쳐온 거잖아! 여기 내 도장이 찍혀 있소! 어떻게…."

뻬뽀네의 얼굴이 잘 익은 토마토처럼 붉게 변했다.

"흥분하지 말게, 동무. 공산주의 사상을 배우기 위해 주교님 서재에 갈 수야 없잖은가!"

그는 고개를 숙이고 땅바닥에 널려있는 종이와 책자들을 살펴보기 시작했다.

"아니, 도대체! 모두 내 물건들이잖아!"

뻬뽀네가 기겁을 하며 소리쳤다.

"내 서재를 모조리 싹쓸이했군. 이런…."

"됐네, 동무."

돈 까밀로가 말을 끊었다.

"멀리 외국 땅에 와서까지 사사로운 문제로 다투어서야 쓰겠나. 자넨 파란색으로 줄 친 부분이나 외워두게. 난 붉은색 줄이 쳐진 문장을 외울 테니까."

빼뽀네는 눈을 크게 뜨고 돈 까밀로를 쳐다보았다.

"분명히 무슨 꿍꿍이 수작을 벌이고 있구먼."

"꿍꿍이 따윈 없어. 망신당하고 싶지 않다면 입 다물고 내가 준 문장이나 외워. 서두르게, 30분의 여유밖에 없으니까."

"좋소. 그럼 나머지는 나중에 따져보자고요."

빼뽀네는 탁자에 앉아서 종이에 시선을 고정하고 돈 까밀로가 알려준 내용을 외우기 시작했다. 실제로는 단 두 문장에 밑줄이 그어져 있었지만, 그는 머리끝까지 화가 치밀어 빽빽한 글씨로 적힌 한쪽을 몽땅 외워버렸다.

"어디 그럼 외운 것을 읊어보게."

돈 까밀로가 가방에 자신의 노트를 다시 넣으면서 말했다. 빼뽀네가 으르렁거리며 대답했다.

"레닌이 말하기를, 강경주의자들은 절대로 마음이 약해져서는 안 된다. 어떤 선택이 필요한 경우라도 우리는 명확한 해명을 원한다. 비록 애매모호하고 분명치 않아 그 해명이 조잡하고 참을 수 없는 경우에도 말이다."

"좋았어! 내가 레닌의 말이 생각나지 않는 척할 테니까, 그때 자네가 이 문장을 말하게. 그리고 다른 문장은 내가 당의 공식적인 의견을 자네한테 물을 테니까 그때 말하고."

"하느님 맙소사, 지금 무슨 당을 말하는 거요?"

뻬뽀네가 화가 나 툴툴거리며 말했다.

"당연히 단 하나밖에 없는 공산당이지."

돈 까밀로가 엄숙하게 대답했다.

"그러니까 자네는 공산당 강령 9항에 적혀 있는 것처럼 이렇게 말하는 거야. 당은 '모든 당원들이….' '그들의 개인행동에서까지도….'"

뻬뽀네가 끼어들며 말했다. 그는 쉼표 하나 틀리지 않고 마지막 한 마디까지 완벽하게 수칙을 암기했다. 돈 까밀로는 조용히 귀를 기울여 듣고 있다가 뻬뽀네의 암기가 끝나자 이윽고 이렇게 말했다.

"훌륭해! 자네가 우리 본당 소속이라는 게 이렇게 자랑스럽기는 처음이네."

*

저녁 만찬은 푸짐했지만 다분히 이념교육을 강조하는 분위기로 흘러갔다. 오레고브가 러시아 산업이 1965년에 달성할 예상목표를 엄청난 양의 통계 자료를 써가며 설명했기 때문이었다. 마지막으로 국제적인 긴장 완화와 공산주의의 필연적인 승리를 장담하며 의례적인 축배를 들었다. 그러자 돈 까밀로가 자리에서 일어섰다.

"동무들, 당은 모든 공산주의자에게 '행동대원 수칙'을 따르고, 비판과 자아비판을 활성화시키도록 시시하고 있습니다…."

돈 까밀로는 천천히 목소리에 힘을 주어 말하며 오레고브를 자랑스럽게 쳐다보았다. 나디아는 돈 까밀로의 말을 한마디도 빼놓지 않고 통역했다.

"당 앞에서, 모든 공산주의자는 자신의 행동을 엄중히 검열하고, 자신의 행동에 잘잘못이 있는지 깊이 반성해보아야 합니다. 또한 공산당원은 진실을 말하기를 절대 두려워해서는 안 됩니다. 설사 불쾌한 평가가 나온다 해도 공개적으로 자신을 비판해야 하오. 동무들, 난 이 문제에 관해서 레닌의 어록을 확실히 기억할 수는 없소만, 그분의 말에 의하면…."

돈 까밀로가 고민하며 머리를 쥐어짜내는 척하자 빼뽀네가 끼어들었다.

"괴로워하지 마시오, 동무. 레닌이 말하기를, '강경주의자들은 절대로 마음이 약해져서는 안 된다. 어떤 선택이 필요한 경우라도 우리는 명확한 해명을 원한다. 비록 애매모호하고 분명치 않아서 그 해명이 조잡하고 참을 수 없는 경우에도 말이다'라고 했소."

엔카 오레고브 동무는 부지런히 나디아 동무로부터 통역을 전해 듣고는, 빼뽀네에게 돌아서 고개를 끄덕이며 흡족한 미소를 보여주었다.

“고맙소, 동무!”

돈 까밀로가 오레고브의 시선을 다시 붙잡으며 말을 이었다.

“이런 입장에서 나는 동무들 앞에서 분명히 말할 수 있는 권한을 얻었다고 생각합니다. 어제 론델라 동무에게 일어났던 불쾌한 사건은 공산당 강령 제 5조를 기억나게 했소. ‘모든 공산주의 당원은 징계받을 과실을 저질렀을 경우 정식 당 조직으로부터 재판받거나, 상고심은 물론이고 당원 총회에까지 도움을 청할 권리가 있다.’ 내 말인즉, 보타치 상원의원 동무가 이끌고 온 우리 중 누군가 징계 사유가 되는 과실을 저지른다면 어떤 정식 당 조직이 있어 그를 재판할 수 있겠느냐는 거요. 여기 상원의원 동무는 당 대표이니 잘못을 저지른 자를 공산당 연맹이나, 지부당, 또는 그자가 소속된 세포에 고발 조치할 수 있소. 하지만 이곳 러시아 땅에서 저질러진 과실은 러시아의 생활환경과 밀접한 관련이 있소. 그러니 검열 대상이 된 동무의 행동을 냉정하고 합리적으로 평가할 조직이 바로 여기 있어야 하오. 하지만 현재 우리는 당 강령 10조에 적합한 어떤 정식 당 조직에도 소속되어 있지 않소. 그러므로 우리는 우리 자체 내에서 세포를 조직하는 것이 급선무라고 생각하는 바요.”

나디아는 오레고브에게 내용을 통역했다. 그는 미동도 않고 의연하게 돈 까밀로의 입에서 나올 다음 말을 기다렸다.

"동무들,"

돈 까밀로가 말을 이었다.

"동무들은 의아한 표정으로 나를 보고 있소이다. 어떤 종류의 세포를 조직해야 할 것인지 궁금하겠지요. 우리는 여기서 일하는 게 아니니까, 노동 세포는 아니오. 또한 여기에 살지 않으니까, 지역 세포도 아니오. 동무들, 궁금증에 답하건대, 우리는 러시아에 놀러 온 게 아니오. 러시아에서 배우고 이탈리아로 돌아가 가르치려고 온 것이오. 그러니 이것은 임무요. 그것도 아주 중요한 임무란 말이오. 또 답하건대, 우리는 물리적으로 여기 러시아에 살고 있지 않지만 러시아 공화국은 우리의 위대한 조국이므로, 정신적으로 여기 살고 있소. 내 마음을 진심으로 동무들에게 열게 해 주시오."

돈 까밀로는 평소와는 달리 유난히 흥분한 모습이었다. 사람들은 모두들 주의 깊게 돈 까밀로의 말을 듣고 있었다.

"동무들, 우리는 보일락 말락 하는 작은 점에 불과하오. 늙고 쇠약한 행성에서 떨어져 나와 놀랍도록 젊은 신세계에 떨어진 거요. 우리는 부패한 자본주의 세계를 버리고 매력적인 사회주의 땅을 비행하면서 놀라운 현실을 발견하고 있는 우주선의 미약한 승무원들이오. 그 미약한 승무원들은 독자적인 개인들로 구성된 게 아니라, 하나의 사상으로, 하나의 믿음으로, 하나 된 필사적인 의지로 뭉쳐진 사람들이오. 바로 공산주의 세계의 건설을 위해서 말이오! 동무들, 우리는 노동 세포도, 지역 세포도 아니지만 우주의 세포인 것이오. 왜냐하면 우리가 속해있는 세계, 퇴폐한 자본주의 세계는 거룩하고 자비로운 사회주의 세계로부터 멀리 떨어져 있기 때문이오. 지구와 달 사이의 거리보다 훨씬 더 멀리 말이오! 그래서 나는 우리 일행의 세포를 구성하기를 제안하는 바이오. 평화, 진보, 문화, 위대한 러시아 인민의 복지를 온몸으로 갈망했던 그분의 이름에 바치는 세포를 말이오. 바로 니키타 흐루쇼프요!"

통역되는 말을 들으며 흥분으로 얼굴이 달아오른 오레고브 동무가 박수갈채를 퍼부으며 일어났다. 그는 돈 까밀로의 오른손을 붙잡고 뜨겁게 악수를 나누며 포옹했다.

뻬뽀네와 오레고브 동무가 잠시 이야기를 나누더니, 이윽고 선언문을 발표했다.

"이탈리아 공산당의 이름으로, 러시아 공산당의 대표자와 완벽한 합의 아래 '니키타 흐루쇼프' 세포가 성립되었음을 선포합니다."

세포 총회가 즉시 소집되었다. 이미 모두들 한 탁자에 앉아 있었기 때문에 회의는 무척 쉽게 이루어졌다. 당 강령 28조를 기초로 세포 집행부 선거를 치른 후, 각자의 직책이 정해졌다. 세포의 대표는 타로치 까밀로 동무, 운영 비서는 나니 스카모지아 동무, 행정 비서는 페라토 비토리오 동무가 맡았다.

뻬뽀네는 선거에 참여하지 않았기 때문에, 우주 세포 집행부의 발족을 축하하며 축배를 들고 나서야 비로소 세포의 책임자가 돈 까밀로라는 사실을 알게 되었다. 목으로 넘어가는 포도주 맛이 씁쓸했다.

"동무들이 내게 보내준 믿음에 감사드립니다. 나는 그 믿음에 보답하기 위해 최선을 다하도록 하겠소. 그래서 말인데, 우리 세포가 활동을 즉시 시작하면 어떨까 합니다. 혹시 회의에 상정할 안건들이 있습니까?"

돈 까밀로가 심각한 목소리로 말했다. 그러나 아무도 입을 열지 않았다.

"그럼 내가 한 가지 제안을 하겠소."

돈 까밀로가 말하자, 빼뽀네는 왠지 모를 불안한 감정에 휩싸였다.

"동무들, 진실을 두려워하는 공산주의자는 공산주의자가 아닙니다. 당은 나약한 행동과 절대 타협하면 안 된다고 우리에게 가르치며, 그에 따른 실패도 용납될 수 없음을 교육하고 있소. 비판적으로 사건을 볼 수 없는 당원, 자신과 타인들에 대해 엄격하지 못한 당원은 외부 사람들에게 모범이 될 수 없을 뿐더러 진정한 지도자도 될 수 없소. 동무들, 당 강령 9조에 적혀 있는 당원들의 의무 조항 중에서 '정직하고 모범적인 사생활'을 가지라는 조항이 있소. 바치카 동무, 오늘 국영 백화점에서 모피코트를 샀던 일을 인정합니까?"

돈 까밀로가 엄숙하게 말했다. 바치카는 갑작스러운 질문에 얼굴이 새하얗게 질렸다.

"…인정합니다."

잠시 주저하던 바치카가 대답했다.

"그렇지만 오레고브 동무가 원하는 것을 무엇이든지 사라고 허락하지 않았습니까?"

"맞소. 그런데 문제는 동무가 코트값을 돈으로 지불한 게 아니라 이탈리아에서 가져온 여성용 나일론 스타킹으로 지불했다는 사실이지. 이 사실을 인정합니까? 만약 인정하지 못하겠다면 동무는 거짓말쟁이가 될 거고, 만일 인정한다면 동무는 러시아 경제에 해를 끼치는 암거래를 했다는 말이 되오. 둘 중 어느 경우든 동무는 당 강령 9조를 위반한 셈이오. 우리는 동무에게 자신의 입장을 변호할 마지막 기회를 주겠소."

바치카 동무는 숨조차 쉬기 어려울 지경이었다. 한편 나디아 페트로브나 동무는 오레고브 동무에게 상황을 자세히 알려주었다. 바치카 동무가 우물거리며 자신의 행동을 변명했으나 그가 내놓은 논리는 충분한 변명이 되지 못한다고 동무들이 비난했다.

러시아 세관을 속이면서 물건을 밀수입했고, 암시장에 물건을 팔아 러시아 경제에 해를 입혔다. 게다가 러시아 동무들의 믿음을 배반했다. 오레고브는 자신이 마치 프랑스 혁명의 선두에 섰던 로베스피에르라도 되는 양 냉혹한 시선으로 바치카를 지켜보았다. 돈 까밀로가 말했다.

"동무는 정직하게 자신의 과오를 인정했소. 훌륭한 행동이오. 하지만 문제가 해결되기에 이것으로 충분하지 않소. 그래서 나는 당의 권위 있는 의견을 듣기 위해 상원의원 보타치 동무의 생각을 들어보겠소."

뻬뽀네는 자신이 돈 까밀로의 함정에 빠져들었다는 사실을 알았지만, 아무런 대답도 안 했다가는 화살이 당장 자기 쪽을 향할 형국이었다.

"당은 모든 당원들이 그들의 개인행동에서까지도 타인들의 정신적 모범이 될 것을 요구한다. 당은 부적절한 행동으로 당의 명성에 해를 끼치고 정신적으로 당을 위협한 공산주의자들에 대해서 무관심할 수 없다. 마르크스-레닌 사상에 영향을 받은 공산주의자는 자신의 사생활도 당의 활동과 밀접한 연관을 지어야 한다. 공산주의자의 양심은 당의 양심과 완전히 일치한다. 진정한 공산주의자는 솔선수범해서 근검절약하고 과잉 소비를 하지 말아야 한다. 당 조직은 교육 업무를 수행해서, 사회적 의무를 망각하고 자신의 개인적인 이익 문제에 집착하며, 곰팡내 나는 프티 부르주아 냄새를 풍기기 시작한 공산주의자들을 바로 잡아야 한다!"

뻬뽀네는 갖은 인상을 쓰면서 외운 구절을 완벽하게 암송했다. 오레고브는 또 한 번 감탄 어린 눈길로 뻬뽀네를 바라보며 만족한 웃음을 지어 보였다.

돈 까밀로가 덧붙여 말했다.

"그러나 자아비판으로는 죄에 대한 대가를 충분히 치렀다고 볼 수 없소. 위선과 부정의 대표선수격인 성직자들조차, 도둑질을 고백한 죄인에게 부당하게 취한 이득을 반환하라고 가르치고 있지 않소?"

빼뽀네가 입술을 파르르 떨면서 일어섰다.

"동무, 여기서 성직자들에 대한 말을 꺼내지 마시오! 그들은 우리와 비교할 가치도 없는 자들이니까!"

"흥분하지 마십시오, 상원의원 동무. 이론상으로 그렇다는 겁니다. 바치카 동무가 불법으로 구입한 물건은 장물이나 마찬가지 아닙니까."

돈 까밀로가 명확하게 말했다.

바치카의 행동을 어떻게 처벌할 것인가에 대한 토론이 벌어졌다. 스카모지아 동무가 앞으로 나와 제안했다.

"부당 이득은 마땅히 러시아에 되돌려 줘야 하죠. 바치카 동무가 나디아 페트로브나 동무에게 코트를 기증하는 게 어떨까요?"

모두가 웅성웅성하면서 우물거렸다. 나디아가 재빨리 말을 가로막았다.

"여러분의 친절에 감사드립니다. 하지만 상원의원 동무가 말씀하셨다시피 그 코트에는 '곰팡내 나는 프티 부르주아' 냄새가 묻어있습니다. 저는 이미 오레고브 동무의 부인인 소니아 오레고브 부인에게 여러분들이 모피코트를 선물하기로 했다고 전달했습니다. 물론 바치카 동무가 부인을 위해 코트를 샀다는 것도 함께요."

기발한 해결책이었다. 총회는 뜨거운 박수로 동의했다. 바치카는 어쩔 수 없이 코트를 뱉어내야 했다. 코트는 '니키타 흐루쇼프' 우주세포의 이름으로 뻬뽀네의 손에서 오레고브의 손으로 넘겨졌다.

세부적인 사항이었던 나일론 스타킹 또한 일동의 머리에서 잊혔다. 다만 바치카만이 스타킹에 대해 기억할 뿐이었다.

돈 까밀로는 회의를 끝내기 직전, 바치카에게 6개월의 당 활동 정지를 선언했다. 바치카는 화를 삭이지 못한 눈길로 그를 노려보았다.

계단을 올라가는 사이 바치카가 슬그머니 돈 까밀로에게 다가와서 속삭였다.

"동무, 공산당이 잘 돌아가려면 우리 둘 중 하나는 없어져야 할 것 같소이다."

"뭐 그렇다면 부정직한 사람이 떠나는 편이 더 낫겠지?"

돈 까밀로가 대답했다.

돈 까밀로는 방에 돌아와 가방에서 수첩을 꺼낸 뒤 이렇게 썼다.

"2번, 바치카 동무를 도덕적인 방법으로 제거하다."

뻬뽀네는 침대에서 뛰쳐나와 돈 까밀로의 손에서 수첩을 낚아챘다. 그러고는 그 구절을 읽고는 수첩을 바닥에 팽개쳤다.

"다음에는 이렇게 쓰게 될 거요. 3번, 이 수첩의 주인이 뻬뽀네 동무에게 제거되다."

돈 까밀로는 그를 거만하게 쳐다보았다.

"동무, 자네는 지금 세포 책임자와 이야기하고 있다는 사실을 잊은 모양이군. 세포 책임자를 제거하기는 쉽지 않은 법이야."

"흥, 공산당에 대해 아직도 잘 모르는 게 많은 것 같구랴!"

빼뽀네는 이불을 머리까지 덮어쓰면서 거칠게 대꾸했다.

세 번째 목표물

"동무, 혹시 우리 일행의 행군 기록 모두를 자네가 가지고 있는가?"

돈 까밀로가 면도를 하고 있던 뻬뽀네에게 뜬금없이 물었다. 뻬뽀네는 바쁘게 손을 놀리다가 화난 듯이 눈을 치켜뜨며 거칠게 대꾸했다.

"흥, 그건 내 일이오."

"아니야, 엄밀히 말해 '우리들'의 일이지. 세포 책임자로서 나 역시 동무들을 챙길 의무가 있으니까 말일세."

"신부님의 의무는 한 가지요. 당신의 그 빌어먹을 세포와 함께 지옥으로 꺼져 버리는 거!"

빼뽀네가 흥분해 소리쳤다.

돈 까밀로가 눈을 들어 위를 보았다.

"예수님, 들으셨습니까? 전 세계 모든 공산 세포 조직 중에 당이 인정하는 유일한 성직자가 있는 조직이 이제 막 탄생했는데, 저자는 그 조직을 향해 '빌어먹을 세포'라고 모함하고 있습니다."

이 세상의 모든 일은 상대적이다. 안전면도기도 호미처럼 사용한다면 치명적인 무기가 될 수 있다는 말이다. 빼뽀네는 마치 호미질하듯 안전면도기로 자신의 턱을 그어댔다. 어느덧 빼뽀네의 턱이 마치 실밥이 풀린 듯 너덜너덜해져서 피가 흘러내렸다.

공산당에 몸을 담고 오랜 세월을 보내며 당성이 확고한 당원으로 인정받은 빼뽀네는 위장한 신부를 당의 투사라며 러시아의 심장부에 잠입시켰을 때부터 마음이 한시도 편할 날이 없었다. 게다가 악마 같은 바티칸의 밀사를 세포 책임자가 되게 했다는 죄책감까지 더해져 빼뽀네의 감정은 더 이상 추스를 수 없는 극한상황에까지 이르렀다.

빼뽀네가 울부짖으면서 피가 흐르는 턱에 거즈를 갖다 붙이는 동안, 돈 까밀로는 부지런히 수첩을 검토했다. 그리고 빼뽀네의 가방에 수첩을 다시 집어넣으며 말했다.

"동무. 그래, 행군 기록은 자네 몫이야. 없던 걸로 하세. 하지만 혹여 내가 실수를 저지른다 해도 나한테 화를 내지는 말라고."

바로 그때, 스카모지아가 문을 열고 들어와서 버스가 호텔 문 앞에 대기 중이라고 알려 주었다.

*

가을 아침 하늘은 잿빛을 띠고 있었다. 한산한 거리에는 남성용 작업복 윗저고리를 걸친 여자들이 거리를 쓸고 닦고, 낡아 빠진 전차를 운전하고 있었다. 새로 짓는 건물에는 때가 꼬질꼬질하게 묻은 바지 차림의 여자 인부들이 일하고 있었다. 한편 식료품점 앞에는 소박하지만 여성스러운 옷을 입은 여자들이 길게 서서 차례를 기다리며 서 있었다.

돈 까밀로가 뻬뽀네에게 다가가서 귀에 대고 속삭였다.

"이곳 여자들은 남자들과 똑같은 권리를 가지고 있을 뿐만 아니라 여자들만의 권리도 그대로 갖고 있군."

뻬뽀네는 들은 척도 하지 않았다. 그는 돈 까밀로와 함께 버스 맨 뒤쪽 자리에, 오레고브와 나디아 동무는 운전사 뒷좌석에 앉았다. 그리고 남은 동무들 8명은 통로를 중심으로 오른쪽과 왼쪽으로 나뉘어 질서 정연히 나머지 빈자리를 채웠다.

이러한 자리 배치 덕분에 나디아는 수월하게 통역을 할 수 있었다. 오레고브가 입을 열 때마다 돌아서서 그의 말을 통역했다.

돈 까밀로는 뻬뽀네와 타반 그리고 스카모지아에게 작은 소리로 자신의 생각을 전달했다. 타반과 스카모지아는 각각 돈 까밀로와 뻬뽀네 앞에 앉아 있어서 다른 동무들과 통역관이 듣지 못하게 작은 소리로 속삭이고 있었다.

돈 까밀로는 지금까지 론델라 동무를 깨끗이 제거하고 바치카 동무의 신용에 심각한 타격을 입히는 전과를 올렸다. 이제는 일행 중에서 유일하게 농사꾼 출신인 타반 동무에게 뜨거운 맛을 보여줄 기회만을 호시탐탐 노리고 있는 중이었다.

> 타반 안토니오, 마흔두 살, 프라노보(베네토 지방)에서 태어나 거주, 1943년 공산당에 입당, 소작농. 활동이 뛰어나고 유능하며 강인하고 당에 대한 충성심이 강함. 사회, 경제적 문제들에 대한 지식에 한계가 있기 때문에 오직 농촌 지역에서만 능력을 발휘했음. 사회주의자 아버지를 두었음. 그의 가족은 150년 전부터 같은 농장을 소작하고 있음. 부지런하고 노련한 농부.

이것이 돈 까밀로가 뻬뽀네의 기록 노트에서 몰래 빼낸 내용이었다. 버스는 도시를 뒤로하고 쓸쓸하고 광활한 들판을 가로지르기 시작했다.

"우리는 지금 '붉은 깃발' 국영 농장을 지나가고 있습니다."

나디아가 말문을 열었다.

"10월 혁명 이후 생겨난 최초의 국영 농장 중 하나예요. 전체 면적이 1만 7천 헥타르, 경작 면적은 약 6천 헥타르입니다. 농장에는 트랙터 54대, 탈곡기 15대, 트럭 15대가 갖춰져 있으며, 연간 생산에 종사하는 노동자는 380여 명입니다. 국영 농장은 현재 6천 개 이상이 있고, 딸린 가축은 소 400만 마리, 돼지 600만 마리, 양 1천200만 마리에 달합니다."

넓고 탁 트인 들판 너머로 멀리 마을이 시야에 들어왔다. 조그만 집들이 마치 물결 모양 양철 지붕이 덮인 커다란 창고를 중심으로 옹기종기 모여 있었고 그 옆에 곡물창고, 상점, 축사, 정비소 등이 갖추어져 있었다.

버스는 계속해서 먼지가 풀풀 날리는 좁은 길을 달렸다. 수십 대의 커다란 트랙터가 밭갈이를 마친 농장 여기저기에 녹슬고 먼지가 덮인 채 방치되어 있는 것이 눈에 띄었다. 창고 앞의 넓은 공터에는 또 다른 트랙터, 트럭, 갖가지 농기계들이 비바람에 그대로 노출된 상태로 세워져 있었다.

돈 까밀로가 감탄사를 내뱉었다.

"허, 소만 400만 마리라니!"

"대단한 숫자요. 정말 대단해!"

뻬뽀네도 맞장구쳤다.

돈 까밀로가 웃으며 말했다.

"집단농장에 속한 2천700만 마리를 합친다면, 다해서 3천 100만 마리나 되는 셈이야. 게다가 중앙당에서는 1960년대 내로 4천만 마리를 채울 계획이라고 하는군."

"4천만이라니, 일일이 세기도 힘들 만큼 어마어마한 숫자요! 거 정말 굉장하지 않소, 타로치 동무?"

빼뽀네가 물었다. 그러자 돈 까밀로는 드리우고 있던 낚싯줄을 단숨에 끌어당겼다.

"굉장하고 말고…. 그런데 동무께서는 그 숫자가 집단농장이 세워지기 전인 1928년에 비해 220만 마리나 줄어든 거라는 점은 혹시 아시나 모르겠네?"

빼뽀네가 돈 까밀로를 당황스러운 눈빛으로 쳐다보았다.

"동무, 러시아 공화국은 세계에서 유일하게 모든 사업이 인민들에게 투명하게 공개된 나라요. 이런 얘기를 하는 나도 마음이 아프다오. 아무튼 통계로 미루어 볼 때, 러시아에서는 산업과 과학이 장족의 발전을 거두었으나, 농업 분야에서는 아직 한참 뒤떨어져 있다고 감히 결론 내릴 수 있겠소. 그래서 모스크바, 키예프 등 대도시에서 지원자를 모집해 1천300만 헥타르나 되는 시베리아 처녀지를 개간하기 시작했던 게요."

돈 까밀로가 자신 앞에 앉아 있는 소작농 타반에게까지 들리도록 목소리를 높였다.

"상원의원 동무도 저 트랙터들이 어떤 상태인지 눈으로 확인했잖소? 어디 내 말이 맞는지 틀렸는지 스스로 판단해 보시오. 진짜 문제는 바로 이거요. 온 세상이 눈이 핑핑 돌아갈 만큼 빠르게 바뀌고 있는데 농부들은 절대로 변하지 않는다는 것. 우리 이탈리아를 좀 보시오. 누가 가장 늦게 변하는가? 농부들, 곰같이 미련한 농부들이라 이 말이오. 농부들은 아침부터 저녁까지 소처럼 부지런히 일하면서도 도시의 노동자들처럼 투철한 의식을 갖고 있지 못하오. 당은 당장 소작농들을 광장에 불러 모아서 그들을 교육해야 하오! 그들에게 프롤레타리아 계급의 이익과 입장을 가르쳐야 한단 말이외다!"

타반 동무는 귀를 쫑긋 세운 채 한 마디도 놓치지 않고 돈 까밀로의 말을 경청했다.

"러시아라고 예외는 아니오."

돈 까밀로가 냉정하게 말을 이었다.

"누가 러시아를 후진국으로 만들고 있는가? 바로 집단농장을 쥐고 있는 돌대가리들이지. 그들은 공동 소유의 농장에는 코딱지만큼도 관심이 없고, 정부가 큰 맘 먹고 나눠준 조그만 땅덩어리에서만 약간이라도 수확을 더 얻어내려고 골몰하니까. 이 나라에는 집단농장 8만 개가 있고, 국영 농장이 6천 개 있소. 놀랍게도 국영 농장과 집단농장을 합해서 농장에 속한 암소가 1천400만 마리인데 비해, 개인들이 자기 몫으로 가지고 있는 암소는 1천700만 마리나 되오. 그 빌어먹을 농부들은 조그마한 땅도 소유할 자격이 없소. 암, 그들에게서 땅을 빼앗아야 하고 말고."

타반 동무의 귀가 점점 새빨갛게 달아오르고 있었다.

"다시 한 번 이탈리아로 돌아가 봅시다. 누가 전쟁 동안 암시장을 키워놨냐? 바로 농부들이오. 여기서는 누가 암시장을 조장하고 있는 것 같소? 집단농장 사람들이오."

돈 까밀로의 어조는 점점 강경해지고 있었다.

"더러운 성직자 놈들의 경우도 그렇소. 이탈리아 신부들이 어디 빌붙어 사는 줄 아시오? 촌동네에 사는 농부들한테요. 러시아에서 사제들이 어떻게 살아남아 진보의 걸음을 늦추고 있는 줄 압니까? 집단농장 사람들에게 사탕발림을 해 주고 울궈먹은 루블 덕분이오."

타반 동무의 귀가 뻬뽀네의 얼굴만큼 빨갛게 달아올랐다.

"동무, 우리는 모든 분야에서 세계 1위를 이루어 내고, 누구보다 먼저 달에까지 갔던 나라를 알고 있소. 이런 위대한 나라에서 누가 비열한 이기심에 갇혀서 공산주의를 위험에 빠뜨렸는가? 집단농장에 속해 있는 농부들이란 말이오. 빌어먹을 농부 놈들!"

돈 까밀로는 냉혹하게 말을 끝맺었다. 눈치도 없는 스카모지아가 고개를 돌리면서 맞장구를 쳤다.

"말 잘했습니다, 동무! 난 동무의 의견에 전적으로 동감합니다. 농부들에게 땅을 준 높은 사람들은 대체 무슨 생각으로 그랬는지 모르겠습니다. 그래요, 우리가 그들에게 땅을 주었다고 합시다. 그런데 그자들은 받은 땅으로 무엇을 했죠? 우리들의 배를 곯렸을 뿐입니다. 땅은 만인의 것이고, 만인에게 돌아가야 합니다. 땅을 일군다고 해서 농부가 곡식과 우유와 닭을 가져가는 건 말도 안 된다고요. 그렇다면 자동차를 만드는 노동자는 자동차를 가져야 하게요? 게다가 이탈리아에 파시즘을 가져왔던 사람들이 누구였나요? 농부들이었죠. 파시스트의 상징인 검은 셔츠는 원래 에밀리아-로마냐 농부들의 작업복 아니었습니까?"

한참 열을 올리고 있던 스카모지아가 갑자기 외쳤다.

"아니, 저기를 보세요. 저 뻔뻔스러운 얼간이가 트랙터를 박살내는 꼴을 말이오!"

그들이 타고 있는 버스 바로 근처에서 트랙터가 비틀거리고 있었다. 언뜻 봐서도 위태위태할 정도로 차체를 가누지 못했다. 하지만 실은 트랙터를 운전하는 그 멍청이는 농부가 아니라 집단농장 관리국에서 나온 정부 관료였다.

어쨌든 딱 맞아떨어지는 상황이었다. 그 멍청이가 제6차 5개년 계획의 실현에 얼마나 도움을 주었는지는 모르겠지만, 돈 까밀로의 계획을 실현하는 데 큰 도움이 된 건 사실이었다.

"어이, 촌뜨기!"

버스가 트랙터 옆을 지나칠 때 스카모지아가 외쳤다. 하지만 '촌뜨기 동무'는 그 말을 인사로 알고, 바보같이 웃으며 팔을 흔들면서 응답을 보냈다.

타반 동무의 귀가 빨개지다 못해 창백해졌다. 뻬뽀네는 종이쪽지에 무언가를 쓰더니 돈 까밀로에게 건네면서 말했다.

"동무, 지금 말한 내용을 고국에 가져갈 수 있도록 보고서로 작성하는 게 어떻겠소?"

"알겠소, 상원의원 동무."

돈 까밀로는 '그만 좀 하시오, 아니면 당신 정강이가 성치 않을 테니까!' 라고 적힌 쪽지를 보고 나서 즉각 대답했다.

스카모지아는 이내 입을 다물었다. 나디아가 다시 입을 열었기 때문이다. 그는 한 마디라도 놓칠세라 황홀한 표정으로 그녀의 말에 귀를 기울였다.

"우리는 '붉은 깃발' 국영 농장을 그냥 지나쳤습니다. 그곳은 곡물 재배를 중심으로 운영되는 농장이기 때문에 파종이 끝난 지금은 별다르게 흥미를 끌 만한 내용이 없거든요. 우리는 지금 그레비넥으로 향하고 있습니다. 그레비넥은 2천 헥타르 규모의 집단농장으로, 다양한 작물을 키우고 소와 돼지를 사육하지요. 농장은 완전히 자치적이어서 집단농장 관리국에서 필요한 기계 장비만 얻어 쓸 뿐 다른 원조는 전혀 받지 않습니다. 자, 동무들, 그레비넥 집단농장의 땅이 여기서부터 시작된답니다…."

따로 설명할 필요도 없었다. 순식간에 풍경이 전과 달라졌기 때문이다. 땅은 정리가 잘 되어 있고 깨끗했다. 밭을 평평하게 다져서 이랑들을 똑바로 갈아 놓았으며, 초원에는 살진 소들이 풀을 뜯고 있었다.

그레비넥 마을의 집들은 러시아의 시골에서 흔히 볼 수 있는 형태의 오두막들이었다. 나지막한 집들에는 초가지붕이 얹혀 있었다. 하지만 집집마다 작은 텃밭이 있었고, 유실수나 채소를 정성껏 가꾸어 놓았다. 오두막에 붙어 있는 우리에는 토실토실한 닭과 돼지들이, 축사에는 털에 윤기가 자르르 흐르는 암소들이 있었다.

멀리서도 눈에 띄는, 무식하게 커다랗기만 한 건물은 물결무늬 양철 지붕을 얹은 지부당 건물이었다. 학교 건물도 그에 비해서는 훨씬 더 소박하게 여겨졌다.

나디아는 집단농장의 93퍼센트에 전기가 들어온다고 자랑스레 설명했다. 그러나 운 나쁘게도 그레비넥 집단농장은 나머지 7퍼센트에 속한다고 이야기했다.

마을 한복판으로 들어가려면 버스는 울퉁불퉁한 시골 길을 더듬어 가야만 했다. 농장까지 1킬로미터가량 남았을 때, 우주세포 일행은 다리 운동도 할 겸 모두들 걸어서 마을까지 가겠다고 오레고브 동무에게 요청했다. 일행은 진흙탕에 걸려 넘어지지 않기 위해 조심하며 천천히 길을 걸었다.

마을을 향해 부지런히 걸음을 재촉하는 도중에 조랑말이 끄는 짐마차 한 대가 지나갔다. 마차 위에는 둥글둥글한 남자 한 명이 타고 있었다. 장화를 신고, 옷깃에 털을 붙인 방수 코트를 입었는데, 머리에는 털모자까지 쓰고 있었다.

돈 까밀로는 그 사람을 유심히 지켜보다가 나디아에게 달려가서 물었다.

"동무, 저 신사는 대체 누구요?"

나디아 동무는 웃음을 터뜨렸다. 그녀가 이 질문을 오레고브 동무에게 전하자, 오레고브도 재미있다는 듯이 웃어젖혔다.

"예리한 눈을 가지셨네요, 동무."

나디아가 돈 까밀로에게 설명했다.

"당신 생각이 맞습니다. 저 '신사'는 신부예요."

"신부라고요?"

그녀 옆에 바싹 붙어 있던 스카모지아가 놀라며 물었다.

"빌어먹을 신부가 여기서 뭘 하고 있답니까?"

"집단농장의 망령 난 노인들에게 약간의 돈과 도움을 주러 돌아다니는 거죠."

"아니, 동무들은 저자가 활개 치고 싸돌아다니면서 못된 짓을 벌이게 내버려둔단 말입니까?"

스카모지아가 시비조로 질문을 던지자 나디아가 그를 차가운 눈초리로 노려보았다.

"당 강령 124조를 잊어버리셨나요? '생각의 자유를 인민들에게 보장하기 위해 교회는 국가와 분리되어 있으며, 학교는 교회로부터 분리된다. 모든 인민에게 신앙의 자유와 반종교적 선전을 할 권리는 인정된다.'"

"하지만 저자는 인민이 아니라, 사제란 말입니다!"

스카모지아가 화를 내며 소리쳤다.

나디아가 웃었다. 그러고는 오레고브 동무에게 그녀가 웃은 이유를 말해주자 오레고브도 맞장구를 치며 껄껄 웃었다.

"러시아에서는 사제들도 다른 인민들과 똑같은 권리를 가지고 있어요. 그들이 불건전한 선전과 선동을 하지 않는 한은 아무도 그들을 괴롭히지 않아요. 사제들은 원하는 사람들을 위해 미사를 드려줄 권리가 있어요."

스카모지아가 돈 까밀로를 돌아보았다.

"동무, 동무 말이 맞았어요. 내가 여기 온 건 신부 놈들의 못된 꼬락서니가 보기 싫어서였는데! 여기 와서도 저놈들의 꼴을 또 봐야 하다니."

"사제들은 지상에 존재하는 가장 파렴치한 종족들일세."

뻬뽀네가 익살스러운 목소리로 말했다.

"혹시 그 얘기 알고 있나? 노아가 모든 짐승을 방주에 태울 때 뱀을 육지에 남겨 두었네. 그랬더니 하느님께서 이렇게 소리치셨지. '노아야, 성직자들 없이 내가 무슨 낙으로 살겠느냐?'"

오레고브는 나디아의 통역을 듣고 나서 뒤로 넘어갈 듯 껄껄대고 웃더니, 너무 재미있어서 수첩에 적어야겠다며 너스레를 떨었다. 돈 까밀로 역시 억지로 웃음을 지었다.

몇 분 뒤, 일행에서 떨어져 나온 그는 끝에서 뚜벅뚜벅 걷고 있는 뻬뽀네와 어깨를 나란히하며 나지막하게 말했다.

"비열하게시리! 그건 내가 어제 해준 얘기와 다르잖아. 노아는 당나귀를 방주에 태우고 싶어 하지 않았어. 그러자 주님께서 이렇게 말씀하셨지. '공산당 상원의원 없이 내가 무슨 낙으로 세상을 살겠느냐?' 라고."

"내 농담이 훨씬 재밌잖소?"

빼뽀네가 대답했다.

"어쨌거나 뱀들한테는 좀 미안하게 됐구려. 세상에서 가장 사악한 존재들인 사제에다 자기들을 비유했으니…."

"비겁자. 내가 세포책임자라는 걸 이용하다니!"

돈 까밀로가 분노에 찬 목소리로 소리쳤다. 빼뽀네가 입을 열었다.

"나뿐만 아니라 우리 모두가 그 사람을 봤지요. 헌데 그가 신부라는 걸 금방 눈치챈 건 신부님뿐이었소. 참 묘하단 말이지. 성직자 몸속에는 똑같은 피라도 흐르고 있는 건가?"

"그럴지도 모르지."

"착각하지 마시오. 우리가 세상을 지배하는 날이 오면, 당신네 성직자들이 짐마차나 자동차를 타고 돌아다니거나 마을을 휘젓고 걸어 다니는 일은 절대로 없을 거요. 죽은 사람은 움직이지 못하는 법이니까."

"난 상관 하지 않네."

돈 까밀로는 토스카나 시가에 불을 붙이며 대답했다.

"공산주의 체제에서 살아가는 사람은 어차피 다들 시체나 다름없으니까 말이야."

어느덧 버스가 마을로 들어서고 있었다. 스카모지아는 돌아서 돈 까밀로에게 소리쳤다.

"동무, 농부들이 사제들을 먹여 살린다는 동무의 말이 맞았습니다. 저길 보세요!"

마을 입구의 한 집에 있는 텃밭에서 사제가 노인들 몇 명과 이야기하고 있었다.

돈 까밀로가 그쪽을 보았다. 돈 까밀로의 앞에서 걷고 있던 타반도 그쪽을 바라보았다. 타반의 쫑긋 선 두 귀가 다시 빨갛게 달아올랐다.

나디아가 고개를 저으며, 스카모지아에게 말했다.

"동무, 흥분하지 마세요. 그건 소수 노인의 문제일 뿐이에요. 이런 사람들은 어디든 있죠. 이 네 명의 노인은 죽음을 앞두고 있어요. 신은 이미 죽었어요. 미신 때문에 정신이 흐려진 노인들의 머릿속에서만 살고 있으니까요. 신이 죽었으니, 사제들도 죽은 거나 마찬가지예요. 러시아 공화국은 시간적 여유가 많으니 기다릴 수 있어요."

그녀가 큰 소리로 말했기 때문에 돈 까밀로도 이 말을 들었다.

"하느님도 또한 기다릴 여유가 충분하실걸."

돈 까밀로가 뻬뽀네를 돌아보며 투덜거렸다. 뻬뽀네는 아무런 말도 하지 않았다.

마침 돈 까밀로의 곁에는 표정이 풍부하고 반짝이는 눈을 가진 30세가량의 나폴리 출신 카파체 살바토레 동무가 서 있었다. 그에게 돈 까밀로가 큰 소리로 물었다.

"들었나, 카파체 동무? 나디아 동무가 무척 똑똑하다고 생각하지 않나?"

"아주 똑똑한 동무입니다. 마음에 쏙 들어요."

카파체가 흥분한 목소리로 진지하게 대답했다.

돈 까밀로가 웃었다.

"나디아 동무는 줄곧 자네를 보고 있더군. 아마 저 여성 동무도 자네가 상당히 마음에 드는 모양이야."

돈 까밀로가 넌지시 말했다.

나디아 페트로브나 동무는 일부러 카파체 동무를 보거나 하지는 않았다. 하지만 불행하게도 카파체 동무는 그 말을 진심으로 받아들이고 말았다.

"타로치 동무, 역시 동무는 사람을 볼 줄 아는군요. 어휴, 여자들이란…."

카파체는 상기된 얼굴로 양팔을 벌리며 대답했다. 그리고 그렇게 말하면서 몸을 돌려 행렬 선두에 있는 나디아에게로 다가갔다.

"대단하시오, 또 불화의 씨앗을 뿌려 놓다니!"

빼뽀네가 화를 내며 말했다.

"동무, 하느님이 아직 살아 계시다는 것을 보여주기 위해 나는 나름대로 할 일을 했을 뿐이야. 내일이면 너무 늦거든."

예수의 특사

그레비넥 집단농장의 인민들은 삐뽀네 일행의 도착을 목이 빠지라 기다리고 있었다. 선전과 홍보를 맡은 책임자가 마을 입구까지 마중 나와 지부당 건물로 그들을 안내했다. 지부당의 일등 서기관과 집단농장 대표는 열렬한 환영 인사로 그들을 맞았다. 나디아가 인사말들을 빠짐없이 통역해 주었고 삐뽀네는 부지런히 외워두었던 짤막한 인사말을 읊으며 환대에 감사를 표시했다. 삐뽀네의 인사말이 끝나자 사람들은 우렁찬 박수로 그들을 환영했다.

그 자리에는 거물급 인사들 외에 차석 급의 교관들도 함께 자리했다. 나디아가 차례로 그들을 소개했다. 가축 사육부, 야

채와 과일, 곡물 생산부, 농기계 수리부 등의 책임자였다.

환영 행사가 열린 회의실은 창고같이 썰렁한 구조에 통나무 식탁과 의자가 몇 줄 이어져 있었고, 벽에는 레닌의 초상화가 걸려 있었다. 그 초상화는 금빛이 도는 진홍색 액자에 녹색 잎사귀로 장식되어 있었지만, 러시아 방문단 일행은 식탁 위에 늘어놓은 빈 술잔과 보드카 병에 더 관심을 보였다.

보드카 한 잔을 적포도주 마시듯이 벌컥벌컥 들이키자 곧 귓불이 화끈 달아올랐다. 뻬뽀네의 머리는 불과 몇 초 만에 최고 속력으로 돌아가는 자동차 모터처럼 빙빙 돌았다.

나디아가 앞으로 나와서 그레비넥 집단농장은 가장 우수한 집단농장 중 하나이며 우유, 돼지, 곡식 생산량 부문에 있어 1등을 기록했다고 소개했다. 이 대목에서 갑자기 자극을 받은 뻬뽀네가 발언권을 요청했다. 그런 다음 오레고브 앞으로 나디아를 데려가더니 그녀가 통역할 수 있게끔 한 단어 한 단어 힘을 주어가며 즉흥 연설을 시작했다.

"동무, 난 에밀리아 출신입니다. 50년 전, 그곳 에밀리아 지방에는 세계에 자랑할 만큼 완벽한 협동농장이 세워졌습니다. 그 뒤로 우리 지방은 고도로 기계화된 농업뿐만 아니라, 유제품과 가공 육류, 그리고 곡물 생산량에 있어서도 질적으로나 양적으로나 최고 수준을 기록해왔습니다. 나 또한 고향에서 동지들과 함께 협동농장을 세웠는데, 영광스럽게도 러시아 공화국 형제들로부터 은혜로운 선물을 받았지요!"

빼뽀네는 가죽 가방에서 사진 한 묶음을 꺼내 오레고브 앞으로 내밀었다. 러시아에서 선물로 보낸 트랙터가 위풍당당하게 빼뽀네의 고향 마을로 들어서는 모습과 협동농장에서 그 트랙터를 가지고 분주하게 작업하는 장면을 찍은 사진들이었다. 그곳에 앉아있던 사람들 모두 그 사진을 돌려가며 들여다보더니 찬사를 아끼지 않았다.

"바로 이 트랙터가 이탈리아의 자본주의 농기계들을 완전히 몰아내 버렸던 것입니다."

빼뽀네는 보드카뿐만 아니라 자기 연설에도 취해버린 것 같았다.

"우리는 고향에서 자본주의자들을 몰아내는데 거의 성공하고 있습니다. 나와 같은 지역 출신인 타로치 동무도 이러한 사실을 분명히 알고 있습니다. 대지주와 성직자의 특권이 역사에서 완전히 사라지고 노동자 프롤레타리아 계급의 시대가 곧 열릴 겁니다. 그때가 오면 국영 농장을 모델로 하는 정부 시책과 집단농장을 모델로 한 협동농장이 과거의 수치스러운 유물인 노예처럼 비참한 소작농 형태를 대신할 것이 틀림없습니다. 그래서 저는 오레고브 동무와 그레비넥 집단농장의 지도자 여러분께 집단농장의 운영 비결을 감히 요청하는 바입니다."

오레고브는 요구한 사항이 얼마나 중요한지 알겠다고 말하며, 빼뽀네의 정중한 부탁을 들어주기 위해 최선을 다하겠다고 대답했다. 그는 집단농장 지도자들과 협의를 한 결과를 나디아를 통해 뻬뽀네에게 전달했다.

“상원의원 동무, 집단농장의 운영 기술과 조직에 대한 동무의 관심에 우리 모두 기뻐하고 있답니다. 그러나 동무와 집단농장 지도자들 사이의 통역을 위해 제가 여기에 남는다면, 다른 동무들이 미리 계획된 견학 일정을 완수할 수 없게 될 거예요. 다행히도 여기에 참석한 기술자 중에는 통역 없이 모든 걸 동무에게 설명해줄 수 있는 사람이 있다는군요.”

나디아는 잠시 말을 멈추고 손짓을 했다. 멀뚱멀뚱 서 있던 집단농장 지도자들 가운데에서 서른다섯 살에서 마흔쯤 되어 보이는 갈색 머리의 호리호리한 남자가 한 발짝 앞으로 나왔다.

“이쪽은 농기계의 보급과 수리를 맡고 있는 책임자, 스테판 보르도니 동무예요.”

나디아가 뻬뽀네에게 남자를 소개했다.

“스테판 동무는 이탈리아 사람으로….”

“안녕들 하십니까? 러시아 공화국 인민 스테판 보르도니올시다.”

깡마른 남자는 못마땅한 시선으로 나디아를 노려보면서 뻬뽀네에게 손을 내밀어 악수를 청했다.

“내 자식들과 마찬가지로 말입니다.”

“제가 실수했네요, 스테판 보르도니 동무.”

나디아는 어색한 웃음으로 당혹감을 얼버무렸다.

"그러니까 '이탈리아 출신' 이라고 소개해야 옳았어요. 우리가 공식 일정을 진행하는 동안 동무는 보타치 상원의원 동무의 개인 안내를 맡아주세요."

나디아는 황급히 자리를 떠나 일행에게로 돌아갔다. 돈 까밀로도 그녀를 따라가려 했지만 뻬뽀네가 그를 붙잡았다.

"타로치 동무, 어딜 가시려고? 동무는 여기 남아서 내가 말하는 내용을 모두 기록하시오."

"네네, 명령대로 합죠."

돈 까밀로가 투덜거리며 대답했다.

뻬뽀네가 지부당 건물을 나서면서 스테판에게 물었다.

"동무도 당원입니까?"

"아니요, 아직 그런 영광을 받지 못했습니다."

그는 어딘가 쌀쌀하기도 하고 초연하기도 한 듯한 모호한 대답을 했다.

*

뻬뽀네의 질문에 러시아 공화국 인민인 스테판 보르도니 동무가 대답하는 동안, 돈 까밀로는 두 사람의 대화를 하나도 빠짐없이 노트에 메모했다.

보르도니는 무척 말수가 적은 사람이었다. 그는 집단농장이 돌아가는 세세한 부분까지 완벽하게 알고 있었고, 날짜와 통계까지 정확하게 인용해가며 설명했지만 자기 자신의 의견은 한 마디도 말하지 않았다.

빼뽀네가 토스카나 시가를 한 대 권하자 보르도니는 공손하게 거절했다. 이어 돈 까밀로가 내민 나지오날레 담배도 "고맙지만 됐습니다."라며 사양했다. 그러나 빼뽀네와 돈 까밀로가 담배를 피우기 시작하자, 그도 담배 생각이 났는지 주머니에서 신문지 조각과 담뱃가루 약간을 꺼내더니 능숙하게 말아 피웠다.

그들은 우선 곡물 창고부터 시작해 비료와 제초제, 농기계들을 보관하는 창고를 차례로 방문했다. 모든 물품이 깔끔하게 정리되어 있었다.

빼뽀네는 농기계 창고 한구석에서 이상한 모양의 기계를 발견하고 그것이 무슨 용도로 쓰이느냐고 물었다.

"목화솜 뽑는 기계입니다."

보르도니가 대답했다.

"이런 기후에도 목화가 재배된다고?"

돈 까밀로가 깜짝 놀라며 물었다.

"아닙니다."

남자는 간단히 대답했다.

"이 기계로 뭐 딴 일이라도 합니까?"

"그 기계는 이리로 잘못 온 겁니다. 밀 탈곡기 대신에요."

빼뽀네는 돈 까밀로를 무섭게 흘겨보았다. 하지만 돈 까밀로가 이 좋은 기회를 눈 뜨고 바라보고만 있을 리 없었다.

"동무들은 이 솜 뽑는 기계로 탈곡을 하겠군요?"

"아니오. 우리는 공장에서 우리 식대로 제작한 탈곡기를 사용합니다."

안내자는 냉담하게 대답했다.

"그럼 탈곡기를 받은 사람들은 무엇으로 솜을 뽑는다지?"

"그건 우리가 알 바 아닙니다."

"이런 종류의 실수는 절대로 일어나서는 안 되는 일 아닌가?"

보르도니는 돈 까밀로의 비열한 질문에 조금도 흔들리지 않고 무뚝뚝하게 대답했다.

"이탈리아는 면적이 겨우 30만 제곱킬로미터밖에 안 되지만, 러시아은 2,200만 제곱킬로미터나 됩니다. 이런 일이 자주 발생하는 건 아니지만, 일어나도 어쩔 수 없지요."

빼뽀네는 더 이상 가만히 두고 볼 수 없어, 돈 까밀로의 왼쪽 발을 지그시 밟으며 대화에 끼어들었다.

"스테판 보르도니 동무, 당신이 전체 창고 책임자요?"

"아니요, 일부만 맡고 있습니다. 동무들은 혹시 가축 사육에는 관심이 없습니까?"

"그보다는 농기계를 좀 더 보고 싶군요."

빼뽀네가 대답했다.

농기계를 놓아두는 창고는 나무와 짚으로 벽을 세우고 녹이슨 철판으로 지붕을 얹은 커다란 헛간을 개조한 허름한 장소였다. 하지만 일단 안으로 들어가자 돈 까밀로와 뻬뽀네는 벌어진 입을 다물 수가 없었다. 잘 다져진 땅바닥은 먼지 하나 없이 반들거렸고, 완벽하게 정리되어 있는 기계들은 박람회 전시장에 진열된 견본품처럼 반짝였다.

스테판 보르도니는 기계 하나하나를 자기 몸처럼 속속들이 알고 있었다. 머릿속에 완벽한 도표가 들어있는 것처럼 생산연도, 총 작업 시간, 소모, 효율, 동력 등을 훤히 꿰고 있었다.

창고 끝에는 벽돌담으로 둘러싸인 정비소가 있었다. 꼭 필요한 최소한의 기계들과 장비만을 갖춘 초라한 정비소였지만 너무나 완벽하게 정돈되어 있어서 뻬뽀네는 눈물이 날 지경이었다.

정비소 안에서는 때마침 커다란 트랙터가 수리 중이었다. 트랙터 모터 부품들이 작업대 위에 가지런히 놓여 있었다. 뻬뽀네는 부품 하나를 집어 살펴보더니 보르도니를 불렀다.

"누가 이 물건을 수리합니까?"

"제가 하고 있습니다만."

보르도니는 무심하게 대답했다.

"이 선반을 가지고 말이오?"

뻬뽀네가 선반으로 짐작되는 낡고 부서진 도구를 가리키며 소리쳤다.

"아니요, 이 막대기로 합니다."

빼뽀네는 다시 한 번 남자를 바라보았다. 그가 가리킨 작업대 위쪽 벽에는 쇠로 된 고리가 매달려 있었고, 거기에 지렛대 하나가 끈으로 연결되어 있었다.

보르도니가 송곳을 집어 들고 지렛대를 두들기자, 종소리 같은 게 울렸다.

"이 소리를 듣고 균형이 잡혔는지 아닌지를 판단합니다. 나는 소리만 듣고도 알 수 있지요."

빼뽀네가 모자를 벗고 땀을 닦았다.

"이럴 수가…. 그건 옛날 방법이야. 맹세코 내가 알고 있는 딱 한 사람만이 유일하게 이 방법을 사용했었지. 그런데 여기 러시아에서 이 방법을 사용하는 또 다른 한 사람을 만날 줄이야!"

"그 사람이 누군데?"

돈 까밀로가 물었다.

"토리첼라의 수리공이었소."

빼뽀네가 대답했다.

"거의 마법사 수준이었지. 그의 가게에 가보면 항상 수리를 맡기러 온 자동차들이 복도에 늘어서 있었으니까. 심지어는 외국에서까지 찾아왔다고. 그를 한번 만나기란 하늘의 별 따기였소. 그런데 전쟁이 나고 2년쯤 지났을 때 빌어먹을 영국군이 스타보네의 다리를 폭파하려고 던진 폭탄에 그의 집이 명중되고 말았소. 그와 그의 아내 그리고 두 아이까지 현장에서 즉사했지…."

"죽은 아이는 한 명이었습니다. 다른 한 명은 다행히도 군대에 가 있었으니까요."

러시아 인민 보르도니 동무가 고쳐 말했다. 다음 말을 덧붙일 때, 스테판 보르도니의 목소리에는 지금까지와 다른 떨림이 묻어나왔다.

"아직도 우리 아버지를 기억하는 분이 계실 줄은…."

그들은 말없이 정비소를 나왔다. 밖에 나와 보니 하늘은 금방 폭풍우라도 몰아칠 것처럼 온통 시커먼 잿빛을 띠고 있었다.

"전 저기 저 집에 살고 있습니다. 폭우가 곧 쏟아질 것 같으니까 저희 집에 가서 비가 그치기를 기다리시면 어떨까요? 질문이 더 있으시면 기다리는 동안 제가 얼마든지 대답해 드리겠습니다."

그들이 보르도니의 집에 도착하자마자 빗방울이 떨어지기 시작했다. 소박한 오두막이었지만 아늑하고 따뜻했다. 부엌 천장에 매달린 대들보엔 검정 그을음이 소복하게 내려앉아 있었다.

빼뽀네는 그들이 긴 탁자에 자리를 잡고 앉을 때까지도 놀란 가슴을 진정시키지 못하고 있었다.

"내가 마지막으로 토리첼라의 정비소에 간 것이 1939년이었네. 모터에 고장이 났었는데 나는 원인을 찾아내지 못했거든."

빼뽀네가 혼잣말을 하듯 중얼거렸다.

"기억나요. 연접봉 고장이었죠. 그걸 고친 게 저였거든요. 아버지는 나를 조수로 쓰셨지요. 그런데 그 후로 자동차는 잘 움직이던가요?"

"아직도 잘 달리고 있네. 당시 검은 앞머리를 눈 위까지 내려뜨린 삐쩍 마른 소년이 그럼 동무인가?."

"열아홉 살이었으니까요."

보르도니는 말했다.

"그때 아저씨는 턱수염이 없었지요."

돈 까밀로가 끼어들었다.

"없었고말고. 술에 취해 고성방가죄로 감옥에 갔을 때부터 수염을 기른 거거든. 죄목은 반파시스트주의를 선동했다는 것이었지. 새옹지마라고나 할까, 감옥에 갇힌 게 저 친구한테는 잘된 일이었어. 전쟁이 끝난 뒤, 정치범이라는 명분과 순교자의 지위를 얻었으니까 말이야. 덕분에 우리 마을의 읍장을 거쳐, 공산당 상원의원까지 탄탄대로를 걸었지."

빼뽀네가 주먹으로 탁자를 내리치며 소리쳤다.

"그게 이야기의 전부는 아니오!"

보르도니는 돈 까밀로를 물끄러미 바라보았다.

"이 분도 얼굴이 낯설지 않은데요? 혹시 같은 고향 출신 아니신가요?"

"아닐세, 아니야."

빼뽀네가 손을 휘휘 저으며 대답했다.

"그 지역에 살고 있지만 타지에서 온 사람이야. 자네가 알 리가 없어. 자, 말해보게. 자네는 어쩌다 여기까지 오게 됐나?"

보르도니가 양팔을 벌렸다.

"모두 다 잊은 일이에요. 다시 들추려 하지 말아 주세요."

그의 목소리가 다시 차갑게 변했다.

"집단농장에 대한 다른 설명이 필요하다면 기꺼이 말해 드리겠습니다만."

돈 까밀로가 끼어들었다.

"이봐 친구, 저 사람이 공산당 상원의원이라는 사실은 제쳐두고, 남자 대 남자로 말해 보자고. 정치 따위는 개입시키지 말고."

보르도니는 돈 까밀로의 두 눈을 뚫어지듯 바라보다가 다시 빼뽀네를 쳐다보았다.

"전 거리낄 게 하나도 없습니다. 여기 사람들 모두가 알고 있는 얘기니까요. 하지만 아무도 그 얘기를 꺼내지 않는 이상 저도 다시 거론하고 싶지 않아요."

돈 까밀로가 나지오날레 담배 한 갑을 그에게 내밀었다. 밖에는 폭우가 쏟아지고 있었다. 세찬 비바람이 작은 유리창을 흔들어 대며 빗방울을 때렸다.

"나지오날레 한 대 피우게 될 날을 꿈꿔온 지도 벌써 17년째네요."

보르도니가 담배에 불을 붙이면서 말했다.

"신문지에 말아 피우는 담배에는 도저히 익숙해지지 않아요. 위가 쓰려서요."

그는 담배를 몇 모금 힘껏 빨더니, 하얀 연기를 입에서 천천히 내뿜으며 회상에 잠겼다.

"얘기는 간단해요. 전 러시아 전선에서 트럭 수리를 맡은 군인이었죠. 어느 날 러시아 사람들이 들이닥치더니 우리를 모두 체포하더군요. 그때가 1942년 말이었어요. 살을 에는 바람과 눈보라가 휘몰아치던 날이었습니다. 그들은 마치 양떼를 몰듯 우리를 몰고 다녔어요. 이따금씩 누군가 쓰러지곤 했는데, 그들은 다시 일어나지 못하면 눈밭에 누운 사람의 이마에 총을 쐈지요. 저도 별수 없이 쓰러지고 말았어요. 그런데 전 러시아 말을 조금 알고 있었지요. 한 러시아 병사가 와서 발로 걷어차며 '일어낫!' 하고 명령했을 때, "동무, 난 더 이상 걸을 수 없어요. 제발 편안히 죽게 해 줘요."라고 대답했어요. 난 그 대열에 끼어있는 마지막 포로 중 하나였어요. 나머지 포로들은 내 뒤로 30여 미터쯤 떨어져 있었고 눈발에 가려 보이지 않았습니다. 그는 내 머리 위 반 미터 정도 되는 곳에다 총을 쏘고는, 중얼거렸어요. '빨리 죽어버려라. 나를 곤란하게 하지 말고' 라고…."

바로 그때 어떤 사람이 물방울이 뚝뚝 떨어지는 자루를 뒤집어쓰고 부엌으로 들어왔다. 자루를 벗어젖히자 서른 살이 갓

넘은 아름다운 여성이 모습을 드러냈다.

"제 아내예요."

보르도니가 말했다.

여자는 미소를 짓고 알아들을 수 없는 몇 마디 말을 중얼거렸다. 그러고는 다락방으로 이어진 계단 위로 올라가 버렸다.

"하느님께서는 내가 살기를 원하셨나 봅니다. 정신을 다시 차려보니 따뜻한 이즈바* 안에 누워 있더군요. 나는 이곳에서 반 킬로미터 떨어진 곳, 마을과 숲 중간쯤에 쓰러져 있었어요. 열일곱 살 소녀가 불쏘시개를 주우러 나왔다가 눈밭에서 흘러나오는 신음을 들었던 거죠. 그 소녀는 내 옷깃을 잡고, 불 지필 나뭇가지를 그대로 등에 진 채 감자 자루처럼 나를 이즈바까지 질질 끌고 왔어요."

보르도니가 말했다.

"러시아 농부들은 참 좋은 사람들이로군. 몰리네토의 바고도 그렇게 살아났다고 들었는데…."

뻬뽀네가 말했다.

"그랬어요. 나같이 불행한 사람들이 몇 명이나 그렇게 생명을 건졌지요. 그런데 이 소녀는 러시아인이 아니었어요. 폴란드 출신으로 가족이 몽땅 이곳으로 끌려왔던 사람들이지요. 왜냐하면 러시아는 땅을 일굴 사람들이 필요했었으니까. 그들은

* 이즈바(Izba) : 러시아식 목조 건축물. 통나무나 각이 진 목재를 수평으로 쌓아 만든다.

얼마 안 되는 식량을 나눠주면서 이틀 동안이나 나를 숨겨주었어요. 전 이런 일이 계속될 수는 없다는 것을 깨달았지요. 나와 소녀는 서툰 러시아어로나마 의사소통을 할 수 있었기 때문에, 마을 촌장한테 가서 길을 잃은 이탈리아 군인이 몇 시간 전에 그녀 집에 왔다고 알리라고 했습니다. 소녀는 내키지 않아 하면서도 제 말을 따랐어요. 얼마 후에 소녀가 권총을 든 남자 하나와 장총으로 무장한 남자 두 명과 함께 돌아오더군요. 난 두 손을 들고, 그들의 손짓에 따라 밖으로 나왔지요. 폴란드 소녀의 오두막은 마을 중심에서 가장 멀리 떨어진 곳에 있어서 나는 등짝에 총부리가 겨눠진 채로 꽤 먼 거리를 걸어야 했어요. 마침내 두 분이 보셨던 사료 창고 옆의 넓은 공터에 도착했지요. 마침 곡식 자루를 가득 실은 트럭이 그곳에 서 있었는데 어떤 멍청한 작자가 시동을 거느라 트럭을 못살게 굴고 있지 뭐예요. 난 공연히 화가 치밀어서 포로로 잡혀 왔다는 것도 잊고 촌장에게 말했어요. '저 작자는 배터리가 떨어진 것도 모르고 시동을 계속 걸고 있어요. 저러다간 트럭을 진짜 고장낼 겁니다. 시동 거는 건 집어치우고 먼저 펌프를 청소하라고 하세요!' 촌장은 내가 러시아 말을 하는 걸 보고 깜짝 놀라서, '기계에 대해서 잘 아나?' 하고 미심쩍다는 말투로 물었어요. 저는 '내 직업이 바로 기계공'이라고 대답했지요. 그 멍청이가 여전히 배터리를 망가뜨리고 있었기 때문에, 촌장은 권총 부리로 절 위협해 트럭 쪽으로 밀어냈어요. 난 트럭 주위로 가서 운전사에게 동작을 멈추고 펌프를 보라고 소리쳤지요. 그러자 운전석 창문 밖으로 군복 차림의 소년이 당황한 얼굴을 내밀었어요. 그 소년은 펌프가 뭔지도 알지 못했던 거예요. 디젤차를 처음 운전한다더군요. 난 드라이버를 달라고 했습니다. 드라이버를 받아들고 보닛을 열어 분사펌프를 깨끗이 청소했지요. 뚜껑을 닫고 드라이버를 건네주니 잠시 후 시동이 걸렸어요."

보르도니는 잠시 뜸을 들였다가 말을 계속 이어나갔다.

"그러고 나서 그들은 나를 창고로 데려가 가두었습니다. 담배를 요구하자 한 대 주더군요. 10분 후 돌아온 그들은 내 등에 총부리를 겨누고 나를 밖으로 밀어냈어요. 트랙터와 농기계들을 수리하는 장소로 말이에요. 촌장은 트랙터 하나를 가리키며 그게 왜 가지 않느냐고 물었어요. 난 뜨거운 물을 가져오라고 한 다음 라디에이터에 넣고 시동을 걸었습니다. 곧 원인을 알 수 있었죠. '실린더 이상이군요. 엔진을 모두 뜯어내서, 실린더를 갈아 끼워야 합니다. 시간이 걸릴 테니까. 그렇게 아세요.' 나는 그들이 손에 쥐여준 공구 네 개를 가지고 미친 듯이 일했어요. 48시간 동안 잠도 한숨 못 자고 제대로 먹지도 못했죠. 내가 마지막 부품 조립을 막 끝냈을 때, 자동소총으로 무장한 군인 두 명과 함께 권총을 찬 장교가 들어왔어요. 라디에이터에 끓는 물을 붓고, 엔진을 돌리려고 기를 쓰는 동안 그들은 나를 쳐다보고만 있더군요. 아마 하느님께서 어떻게 해서든 내 목숨을 구하려고 했던 모양이에요. 곧 시동이 걸리고 트랙터가 움직였으니 말이죠. 나는 창고를 한 바퀴를 돌고 나서 제자리에 섰습니다. 나는 걸레로 손을 닦고 트랙터에서 내려와 양팔을 들고 장교 앞으로 걸어갔습니다. 그들은 내 얼굴을 보고 웃음을 터뜨렸어요. 장교는 촌장에게 말했어요."

"동무, 저 사람을 맡기겠소. 동무의 책임 아래 말이오. 만일 도망가면 동무가 책임지시오."

나도 따라 웃으며 말했습니다.

"대령님, 러시아는 커다란 나랍니다. 여기서 도망가 봤자 얼마나 멀리 가겠어요? 기껏해야 저 아래 아름다운 소녀가 사는 이즈바까지가 고작일 겁니다. 그녀는 날 고자질 했지만 나는 그녀가 무척 맘에 들거든요."

장교는 나를 아래위로 훑어보더니 물었습니다.

"자네는 훌륭한 이탈리아 기술자야. 그런데 왜 소비에트 노동자들과 싸우러 왔나?"

난 억지로 징집되어왔다고 대답했죠. 그리고 덧붙였습니다.

"내가 한 군사 작전이라고는 트럭 수리가 전부이고, 죽인 거라고는 사고로 트럭 바퀴에 치여 죽은 러시아 닭 두 마리뿐"이라는 말을…."

폭풍우는 전보다 더 맹렬하게 몰아치고 있었다. 보르도니는 일어나더니 구석에 있는 무전기를 붙들고 뭔가를 얘기했다. 잠시 후 그가 자리로 돌아와서 말했다.

"두 분이 여기에 머물러 계셔도 좋다고 상부에서 연락이 왔습니다. 다른 사람들은 3호 창고에 처박혀 있는 모양이에요. 그 창고는 여기서 정반대에 있습니다."

"그래, 그다음도 얘기해 줘야지 않나? 어서 말해보라고."

돈 까밀로가 재촉했다.

"저는 정비소를 열어 그들의 기계를 수리하고 농기계 창고를 정돈해 주며 충성스럽게 일했지요. 다른 일은 생각할 틈도 없이 바쁘게 세월을 보내고 나니 전쟁이 이미 끝나 있더군요. 폴란드 소녀의 아버지는 돌아가셨고, 나는 그녀와 결혼했지요. 몇 년이 지났고, 러시아 당국은 나와 내 아내에게 시민권을 허락했습니다."

"고향으로 돌아갈 생각은 하지 않았나?"

돈 까밀로가 물었다.

"뭐 하려요? 내 부모와 내 형제가 쓰레기 더미 아래서 썩어가는 걸 보려고요? 지금 이곳에서 나는 러시아인과 똑같은 대우를 받고 있습니다. 아니, 더 좋은 대우를 받는지도 모르죠. 어쨌든 숙련된 기술자니까요. 하지만 이탈리아에선 누가 나를 기억이나 하고 있을까요? 전 러시아에서 행방불명된 많은 이탈리아 포로 중의 한 사람일 뿐이에요."

그때 문이 활짝 열리더니 몰아치는 빗방울과 함께 지네처럼 생긴 이상한 괴물이 안으로 들어왔다. 괴물은 끈적끈적한 검은 껍질에다 다리가 많이 달린 짐승이었다. 보르도니의 아내가 어디선가 나타나 문을 닫았다. 끈적끈적한 괴물의 껍질이 마루로 툭 하고 떨어졌다. 비를 막으려고 둘렀던 너덜너덜한 방수포 아래에서 여섯 명의 귀여운 아이들이 나타났다. 6살부터 12살 정도의 아이들이 키 순서대로 대열을 이루었다.

"아니, 자네! 러시아에서 시간 낭비만 하고 있었던 건 아니로군? 아이들을 여섯이나 뿌려놓다니 말이야!"

돈 까밀로가 소리쳤다. 보르도니는 돈 까밀로를 다시 한 번 유심히 바라보았다.

"아무래도 어디선가 분명히 본 얼굴 같은데…."

"그럴 리가 없어. 혹시 본 기억이 나더라도 잊어주게나."

돈 까밀로가 대답했다.

여섯 명의 아이들은 모두 예의가 발랐다. 처음엔 밥 달라고 조르는 병아리들처럼 날개를 퍼덕이며 재잘거리나 싶더니 어머니의 몇 마디 말에 이내 조용히 입을 다물었다. 아이들은 곧 난롯가에 있는 긴 의자에 앉아서 작은 소리로 소곤거렸다.

"애들이 어려서 아직 철이 없어요. 가끔씩 할머니가 아프다는 사실도 잊곤 하죠."

그녀의 이탈리아 말에는 이상한 억양이 섞여 있었다.

돈 까밀로가 일어서며 말했다.

"찾아뵙고 인사를 드려도 될까요?"

"그래 주신다면 어머니께서 아주 기뻐하실 거예요. 오랫동안 다른 사람들을 만나 볼 기회가 없었으니까요."

여자가 미소를 지으며 대답했다.

그들은 계단을 밟고 천장이 낮은 다락방으로 올라갔다. 얼굴에 주름이 자글자글한 노파가 깨끗하게 다림질한 하얀 침대보 위에 누워 있었다. 보르도니의 아내가 폴란드어로 말하자 노파는 그녀에게 작은 소리로 중얼거렸다.

"주님께서 병문안 와주신 분들을 축복하실 거라고 하시네요. 어머니도 많이 늙으셨어요. 오래된 과거지사를 추억하면서 보내시는 날들이 꽤 많아요."

보르도니의 아내가 설명했다. 침대 머리맡 벽에 성화 하나가 걸려 있었다. 돈 까밀로는 흥미가 생겨 가까이 다가갔다.

"검은 성모 마리아군요!"

돈 까밀로가 소리쳤다.

"네."

보르도니의 아내가 나지막한 소리로 설명했다.

"폴란드의 수호 성녀에요. 나이 많은 폴란드인들은 아직 가톨릭 신자랍니다. 어머니 연세를 생각해서 이해해 주세요."

보르도니의 아내가 아주 조심스럽게 말했다. 막연한 두려움이 두 눈에 서려 있었다.

빼뽀네가 별일 아니라며 안심시키는 말을 꺼냈다.

"용서고 뭐고 따질 게 있소? 이탈리아에서는 노인들뿐만 아니라 젊은 가톨릭 신자도 많아요. 중요한 것은 오직 얼마나 정직한가 하는 점이죠. 우리는 단지 교활한 성직자들에게 반대할

뿐이오. 하느님의 종노릇을 하는 대신 정치가 행세를 하면서 거들먹거리는 놈팡이들 말이오."

노파는 딸의 귀에 대고 뭔가를 속삭였다. 보르도니의 아내는 말을 옮기기 전에 남편에게 동의를 구하는 눈빛을 던졌다.

"우리를 해코지할 분들이 아니셔."

보르도니가 아내를 안심시켰다.

"저어, 어머님이 궁금하시대요…."

그녀는 얼굴을 붉히며 더듬거렸다.

"어떻게 지내시는지 알고 싶으시대요…. 교황님이요."

"잘 계시다마다!"

빼뽀네가 웃으며 대답했다.

돈 까밀로가 외투 밑에 손을 넣고 꼼지락거리더니 얇은 종이를 꺼내 노파에게 건넸다. 노파는 눈을 휘둥그렇게 뜨고 그 종이를 바라보았다. 그러고는 이불 밖으로 앙상한 손을 힘들게 내밀어 종이를 잡았다. 그녀는 딸의 귀에 대고 흥분된 어조로 말했다.

"정말 그분이 맞느냐고 물으시네요."

보르도니의 아내가 목소리에 간절한 열망을 담아 통역했다.

"그분이 맞습니다. 교황 요한 23세이십니다."

돈 까밀로가 대답했다.

빼뽀네는 얼굴이 하얗게 질려 불안한 듯 두리번거리며 주위를 살폈다. 그러다 보르도니의 놀란 눈과 마주쳤다.

"뻬뽀네, 보르도니와 함께 내려가서 아직도 비가 많이 오는지 살펴보고 와."

돈 까밀로가 뻬뽀네의 팔을 잡고 문 쪽으로 밀면서 명령했다. 뻬뽀네는 항의하는 몸짓을 취해 봤지만 돈 까밀로는 단호했다.

"더 이상 간섭하지 말게, 상원의원 동무. 곤란한 상황에 빠지지 않으려면 말이야."

다락방에는 돈 까밀로와 보르도니의 아내, 그리고 노파만이 남게 되었다.

"나도 어머님과 같은 가톨릭 신자니 안심하고 말씀하셔도 된다고 전해주시오."

오랫동안 얘기를 나눈 끝에, 보르도니의 아내가 노파의 말을 돈 까밀로에게 전했다.

"어머니는 당신에게 감사하고 계세요. 하느님의 축복이 내리시길 바라신대요. 당신이 주신 사진 덕분에 죽음을 평화롭게 맞이할 힘을 얻으셨다고요. 아버지가 하느님의 축복을 받지 못하고 돌아가셨기 때문에 그 일로 늘 가슴 아파하셨거든요."

"하지만 자유롭게 돌아다니며 이곳까지 왕래하는 신부가 있다던데?"

돈 까밀로가 놀라며 말했다.

여자가 고개를 저으며 설명했다.

"그들은 신부 노릇을 하고 있긴 하지만 하느님이 아니라 당을 믿는 사람들이에요. 우리 같은 폴란드 사람들한테 무슨 볼 일이 있겠어요?"

밖에는 아직도 비가 억수같이 쏟아지고 있었다. 돈 까밀로는 외투를 벗고, 가짜 만년필에서 양팔을 접어 넣은 십자가를 꺼냈다. 그러고는 십자가를 빈 잉크병에 꽂은 다음 노파의 침상 옆 벽에 기대놓은 작은 탁자 한가운데 올려놓았다. 성찬 잔 대용으로 쓰는 알루미늄 컵도 꺼냈다.

15분쯤 지나고, 뻬뽀네와 보르도니는 오랫동안의 침묵이 걱정되어 위층으로 올라와 다락방 문에 얼굴을 들이밀었다. 그들은 순간 입을 쩍 벌리고 말았다. 돈 까밀로가 미사를 올리고 있었던 것이다. 노파는 두 손을 모은 채 눈물이 글썽한 눈으로 돈 까밀로를 바라보았다. 그녀는 성체를 받고 나자 말라붙은 혈관을 따라 새로운 힘이 흐르는 것 같았다.

"하느님, 감사합니다."

돈 까밀로는 크게 성호를 긋고 미사를 마쳤다.

노파는 서둘러 딸을 불러다가, 귀에 대고 무어라 속삭였다. 보르도니의 아내는 남편 곁으로 다가서며 돈 까밀로에게 말했다.

"신부님, 하느님 앞에서 저희를 결혼시켜 주세요. 우리는 사람들 앞에서만 결혼을 했을 뿐이에요."

밖에는 마치 온 러시아의 비구름이 모조리 이 그레비넥에 모여든 것처럼 여전히 비가 쏟아지고 있었다. 결혼반지도 없었다. 하지만 노파가 손을 내밀고 자신이 끼고 있던 닳고 닳은 결혼반지를 빼 딸의 손가락에 끼워주며 입을 열었다.

"주님, 제가 서두르다가 기도문을 몇 줄 빼먹는다 해도 언짢게 여기지 말아주십시오."

돈 까밀로가 하느님에게 빌었다. 그리고 성혼식을 시작했다.

빼뽀네는 성혼식이 다 끝나도록 돌부처처럼 그 자리에 가만히 서 있었다. 돈 까밀로가 빼뽀네를 문가로 밀며 외쳤다.

"어서 가서 아이들을 모두 이리로 데려오게!"

빗줄기가 점차 가늘어지고 있었다. 돈 까밀로는 따발총 쏘듯이 빠르게 말을 퍼부었다. 여섯 아이 모두에게 세례를 주는 데는 그리 오랜 시간이 필요하지 않았다.

걱정한 것과는 달리, 돈 까밀로는 한 마디, 한 줄도 얼버무리거나 빼먹지 않고 완벽하게 모든 의식을 치러냈다. 오직 하느님만이 돈 까밀로에게 그렇게 할 수 있는 능력을 주실 수 있었다.

*

이 모든 의식은 채 한 시간도 안 되는 사이에 치러졌다. 아니, 차라리 순식간에 벌어진 일과도 같았다. 돈 까밀로는 시간을 의식하지 못했다. 그는 얼떨떨한 기분으로 빼뽀네, 보르도니와 함께 부엌에 있는 탁자에 앉아 있었다.

비가 완전히 그치고 바깥이 밝아왔다. 난롯가 어두운 구석에서 반짝이는 눈빛들이 초롱초롱하게 주위를 밝히고 있었다. 돈 까밀로가 세어보니 모두 열여섯이었다. 열둘은 아이들의, 둘은 아이들 어머니의, 그리고 남은 둘은 노파의 눈이었다. 실제로 눈빛들 속에 노파가 끼어있지는 않았지만 돈 까밀로의 뇌리 속에는 아직도 노파의 눈빛이 생생하게 남아 있었다. 그는 자신을 그런 식으로 바라보는 눈을 여태껏 본 적이 없었다.

그때 나디아 페트로브나 동무가 문밖에 나타났다.

"다들 갈 준비가 되셨나요?"

"완벽하게!"

돈 까밀로가 일어나며 대답했다.

"스테판 보르도니 동무 같은 유능한 기술자를 우리에게 소개해 준 오레고브 동무에게 대단히 감사드리고 있소이다."

뻬뽀네가 보르도니와 악수를 나누고 돌아서며 말했다.

돈 까밀로는 가장 마지막으로 그 집을 나섰다. 그는 문턱에서서 뒤를 돌아보고, 급히 성호를 그으며 중얼거렸다.

"주님의 평화가 여러분과 함께…."

"아멘."

노파의 두 눈에는 뜨거운 눈물이 고여 있었다.

한밤중의 무도회

공식 방문 일정표에 따르면, 삐뽀네 일행은 원래 그레비넥 집단농장의 견학을 마치고 점심 식사를 하는 걸로 예정되어 있었다. 그런데 집단농장 사람들은 이탈리아에서 온 손님들에게 특별한 만찬을 준비했다. 이렇게 자발적으로 베풀어 주는 호의와 환대에 삐뽀네를 비롯한 여러 동지들은 큰 감동을 받았다.

"이것 보게, 상원의원 동무."

돈 까밀로가 삐뽀네를 조심스럽게 불렀다. 삐뽀네는 용의주도하게 돈 까밀로 옆에 자리를 잡고 앉아 있었다.

"난 말이야, 자기 나라 것보다 남의 나라 물건이 더 좋다고 떠드는 사람이 무척 싫었거든? 근데 건강에도 좋고 맛도 있는 이 양배추 수프를 앞에 두고는 우리나라 부르주아들이 먹는 스파게티 따위보다 백번 낫다고 말할 수밖에 없구먼."

뻬뽀네가 이를 악물며 대답했다.

"오늘 오전에 신부님이 한 짓을 생각하면, 비소*를 탄 국물에 못을 집어넣은 수프를 퍼먹여도 시원치가 않아요."

"거 말만 들어도 입맛이 다셔지네그려."

돈 까밀로는 태연하게 대꾸했다.

보통 때처럼 양고기구이와 보드카는 놀라울 정도로 맛깔스러웠다. 뻬뽀네는 융숭한 대접에 대한 감사 인사를 진부한 표현을 잔뜩 섞어서 늘어놓았고 오레고브도 똑같이 틀에 박힌 말로 답례했다.

다행히 돈 까밀로는 조금 전 보르도니의 집에서 겪었던 일들 때문에 긴장이 풀려서, 농장 사람들이 대접한 보드카 두 잔을 마시고는 하늘을 날아갈 듯한 기분이 되었다. 그는 내친김에 마르크스, 레닌, 흐루쇼프를 인용하며, 인공위성 스푸트니크호를 발사할 때 사용한 로켓처럼 가공할만한 기세로 감동적인 연설을 했다.

나디아 페트로브나 동무는 돈 까밀로의 말을 한 문장 한 문장 정확히 옮겨가면서 흥분된 목소리로 돈 까밀로의 열정까지

---

* 비소 : 농약이나 의약의 원료로 쓰며, 화합물은 독성이 있어 잘못 섭취하면 구토와 설사를 일으키고, 심하면 죽음에 이르게 된다.

그대로 전달했다. 그의 연설에 빠져든 관광국 간부 엔카 오레고브 동무의 두 눈은 이글거리는 불꽃처럼 환하게 반짝거렸다.

돈 까밀로는 그레비넥 집단농장이 마치 살아 숨 쉬는 존재라도 되는 것처럼 실감 나게 묘사했다. 농장 사람들은 전에는 미처 알지 못했던 놀랍고도 중요한 사실을 알게 되었다. 즉 자신들이 이 세계에서 중요한 인물들이며 행복한 사람들이라는 사실 말이다.

베르디 오페라의 피날레처럼 웅장한 돈 까밀로의 연설이 막을 내렸을 때, 뻬뽀네는 호두알만큼 커다란 눈물 두 방울을 흘리고 있었으며, 사람들에게서는 우레와 같은 박수가 터져 나왔다.

오레고브는 벌떡 일어나 돈 까밀로의 손을 잡더니, 그의 손이 굵은 소방호스나 되는 것처럼 아래위로 세차게 흔들며 흥분된 목소리로 무어라고 말했다. 나디아가 통역을 해 주었다.

"오레고브 동무께서는, 농촌 지역 선전을 위해 당에는 타로치 동무와 같은 충성스런 당원이 절대적으로 필요하다며 동무가 러시아에 남아주길 바라고 계십니다. 러시아어를 빨리 배울 수 있도록 전문학교에 입학추천을 해 드릴 용의도 있다십니다."

"오레고브 동무의 제안에 감사드린다고 전해주시오. 그러나 먼저 고향에 돌아가서 내 아내와 어린 자식들까지 데려올 준비를 해야 한다는 말도 전해 주시오."

돈 까밀로가 대답했다.
오레고브와 다시 이야기를 나눈 다음 나디아가 말했다.
"필요한 시간은 얼마든지 드리겠답니다. 어떤 어려움이 있어도, 동무가 있어야 할 곳은 바로 여기라는 걸 동무 자신도 잘 아실 테니까요."
집단농장 사람들이 식탁에 보드카를 또 가져왔기 때문에 방문단은 오후 늦게야 농장을 떠났다.

*

억수같이 쏟아진 폭우로 인해 길이 온통 진흙탕으로 바뀐 탓인지, 버스는 도무지 제 속도를 내지 못하고 엉금엉금 기어가고 있었다. 그렇게 10여 킬로미터나 달리자, '붉은 깃발' 국영농장으로 이어지는 교차로가 나왔다. 관개수로가 넘쳐서 도로는 30센티미터나 물에 잠겨 있었다.
운전사는 오레고브의 지시에 따라 티피즈 방향으로 가는 왼쪽 샛길로 차를 몰았다. 버스는 두 시간 동안 좁고 구불구불한 시골 길을 달렸다. 불행하게도 다시 비가 내리기 시작했다. 운전사 동무에게는 그야말로 재난의 연속이라고 밖에 할 수 없었다.
버스가 심하게 흔들리며 몇 번이나 길 밖으로 미끄러질 뻔하는 위기와 마주쳤다. 운전사는 기어를 쉰 번이나 넣었다 풀었다 하면서 제법 요령 있게 움직였지만, 쉰한 번째에 그만 기어를 푸는 것을 잊었다가 요란한 소리와 함께 엔진을 고장 내고 말았다.

비는 그치지 않을 듯이 계속해서 쏟아졌다. 언제 비가 그칠지는 오직 하느님만이 아실 만큼 지독한 날씨였다. 엎친 데 덮친 격으로 어둠까지 깔리기 시작했으므로 어떤 식으로든 빠른 해결책을 마련할 필요가 있었다. 티피즈 마을은 5킬로미터쯤 떨어진 곳에 있었다. 운전사는 트럭이나 트랙터를 빌려오라는 명령을 받고 서둘러 길을 떠났다.

그러나 돌아온 운전사는 좋지 않은 소식만을 전했다. 티피즈 집단농장에 움직일 수 있는 차라고는 곡식 창고에 딸린 사료 인양기뿐이었다. 그런 종류의 기계는 이 상황에서 아무 쓸모가 없었다. 게다가 티피즈 집단농장은 아직 전화가 들어오지 않은 낙후된 6퍼센트에 속하는 집단농장 중 하나였다.

일행은 걸어서 마을까지 가기로 결정했다. 결코 잊을 수 없는 고통스럽고 힘든 행군이었다. 그들은 살을 에는 바람을 등에 업고, 쏟아지는 비를 맞으며 발목까지 푹푹 빠지는 진창길을 걸어야 했다.

그들이 티피즈 마을에 도착했을 때는 이미 날이 완전히 어두워져 있었다. 티피즈는 전화기뿐 아니라, 아직 전기가 들어오지 않은 7퍼센트의 마을에도 속해 있었다. 이런 곳에서 아늑한 환경을 기대하는 것은 아무래도 무리였다.

지부당 회의실은 사료 포댓자루로 꽉 차 있었다. 오레고브 동무가 무겁고 엄숙한 음성으로 자루들을 당장 치우라고 명령을 내렸다. 빗자루를 든 한 떼의 남자들이 청소를 끝낼 때까지 방문단 일행은 그 먼지를 모두 뒤집어쓴 채 방 한구석에 몰려 있었다.

소작농 출신 타반 동무가 돈 까밀로 바로 옆에 있었다. 돈 까밀로는 기회를 틈타 타반의 정신 무장을 해제시키는 작업에 다시 돌입했다. 그는 뻬뽀네에게 신랄한 목소리로 말하기 시작했다.

"동무, 오늘 아침 내가 했던 말 기억하시오? 정부에서 직접 경영하는 국영농장에서는 모든 일이 능률적으로 돌아가고 있소. 지도자들이 당에서 보낸 공무원들이거든. 그러나 보시구랴. 사람들이 자기 일을 직접 처리하는 이 집단농장의 엉망진창인 꼬락서니 하고는! 제대로 돌아가는 기계라고는 사료 인양기밖에 없고, 지부당 회의실을 창고로 쓰다니 말이나 되는 소리요? 우리 이탈리아에서도 상황은 마찬가지요. 전쟁이 끝나고 농가를 많이 지은 피에페테에서 동무는 무얼 발견했었소? 감자가 욕조에 들어가 있지를 않나, 땔감과 병아리는 차고 속에, 트럭과 트랙터 같은 중요한 기계들은 길가에 아무렇게나 방치되어 있었잖소. 내 말을 잘 들어보시오, 동무. 농민들에게는 사회주의 세상에서 자유롭게 사는 데 필요한 자질이 하나도 없단 말이오. 기껏해야 그들이 할 줄 아는 거라고는 명령에 복종하는 일뿐이라니까. 농부들에게 땅을 준다는 게 얼마나 헛소린지 아시겠소? 땅은 단 한 뼘이라도 국가에 속해야 합니다. 농민들이 자신의 의무와 역할을 의식할 때까지는 절대로 국가 소유의 국영농장 이외의 다른 농장을 허용해서는 안 되는 거요."

"어디 그 정도 조치로 충분하겠습니까?"

옆에 서 있던 스카모지아가 한술 더 떴다.

"그들의 돌대가리 속에 올바른 의식이 들어가려면 몇 세기는 족히 걸릴 텐데요."

주위의 불빛이 흐리긴 했지만, 소작농 타반 동무의 큰 귀가 새빨갛게 달아오른 것을 눈치채지 못할 정도는 아니었다.

돈 까밀로는 또 한 번 거친 공격을 퍼부을 준비를 하고 있었다. 하지만 그때 뻬뽀네가 오른쪽 신발 뒤축으로 돈 까밀로의 왼발 끝, 즉 티눈이 박혀있는 곳을 세게 밟아 경고했다.

평소의 돈 까밀로라면 배꼽에 기관총 부리를 겨누고 위협해도 자기가 하고 싶은 말을 끝까지 해댔을지도 모른다. 하지만 나쁜 날씨와 힘든 행군으로 이미 심신이 지칠 대로 지친 데다, 티눈 박힌 발에 뻬뽀네의 구두 뒤축 일격까지 가해지자 돈 까밀로는 그만 입을 다물고 말았다. 방해물 너머로 영혼을 분리해 던져 버릴 수는 있지만 티눈만큼은 그게 불가능했다. 돈 까밀로는 총공격을 다음 기회로 연기하기로 마음속으로 타협을 볼 수밖에 없었다.

먼지가 점차 가라앉았다. 오레고브는 회의실 중앙에 딱 버티고 서서 신속하고 단호하게 명령을 내렸다. 곧 기다란 식탁이 준비되었다. 그리고 창고지기가 거친 무명천 두루마리를 가져다 식탁보 대신 씌웠다. 커다란 난로에서 조금씩 온기가 피어오르기 시작했다. 램프도 몇 개 들어오고 차례로 수프 그릇, 접시, 잔들이 차려졌다.

오레고브는 뻬뽀네와 일행이 한쪽 구석에 어정쩡하게 몰려서 있는 것을 보고 그들 사이에서 흐르는 묘한 긴장감을 금방 알아챘다. 눈 깜짝할 사이에 그는 무어라고 지시를 내려 아가씨 셋을 불러왔다. 그녀들은 보드카 병과 술잔을 들고 나타나 모두에게 한 잔씩 돌렸다. 보드카가 두 바퀴쯤 돌고 나자 일행들의 마음속에는 공산주의의 승리에 대한 확신이 완벽하게 되살아났다. 타로치 까밀로 동무만 제외하고 말이다.

공산주의자의 배고픔을 온몸으로 느끼고 있던 차에 양배추 수프와 감자가 가득 담긴 김이 모락모락 나는 커다란 냄비가 식탁 위에 등장하자, 뻬뽀네와 일행은 기쁨의 탄성을 지르며 일제히 달려들었다. 어느 정도 식욕이 채워진 것을 보고 오레고브는 나디아를 통해 오후 내내 본의 아니게 불편을 끼친 것에 대한 심심한 유감의 뜻을 표시했다. 돈 까밀로는 왠지 심사가 뒤틀렸지만 겉으로는 전혀 표시를 내지 않고 자리에서 벌떡 일어나 오레고브에게 찬사를 보냈다.

"아니, 전혀 미안하실 것 없습니다. 우리는 오늘 겪은 시련을 기쁘게 받아들이고 있으니까 말이오."

돈 까밀로는 얼굴에 철판을 깔고 뻔뻔스럽게 말을 이었다.

"오히려 오레고브 동무의 영웅적인 행동을 통해 위기상황이 발생했을 경우, 공산당 지도자가 어떻게 처신해야 하는지 놀랍도록 생생한 교훈을 얻었습니다. 우리 이탈리아에는 이런 속담이 있지요. '주인의 품격이 그의 말에게조차 고귀함을 준다.' 오늘날과 같은 기계화와 사회적 평등의 시대에는, 속담에서 말과 주인을 빼고 대신 이렇게 말할 수 있을 겁니다. '당의 품격이 오레고브 동무에게 고귀함을 주었다.' 라고."

오레고브는 이 말에 크게 감동을 받았다. 게다가 돈 까밀로가 자신을 위한 건배까지 제안하자 완전히 만족감에 도취된 얼굴이 되었다.

빼뽀네는 공산당 상원의원으로서, 그리고 사절단의 대표이자 간부로서 중요한 극비 문서들이 가득한 커다란 가죽 가방을 늘 품에 지니고 다녔다. 만찬이 진행되는 동안 그는 순진하게도 가방을 자기 자리의 왼쪽 바닥에 내려놓았다. 이런 절호의 기회를 놓칠 리 없는 돈 까밀로가 가방을 열고 재빨리 안을 뒤졌다. 빼뽀네의 가방 밑바닥 서류 아래에는 코냑 한 병과 특별 주문 생산한 소시지 하나가 얌전히 누워 있었다.

빼뽀네가 일이 뭔가 잘못되어 간다는 걸 알아차린 것은 나디아 동무가 큰 소리로 '오레고브 동무는 상원의원 동무에게 진심으로 감사하며, 자리에 참석한 사람들과 함께 나누어 먹는다는 조건으로 선물을 받겠다'는 말을 통역할 때였다. 그 선물이란 물론 빼뽀네의 코냑과 소시지를 의미했다.

"동무."

돈 까밀로가 자신의 자리로 돌아가면서 빼뽀네에게 말했다.

"아주 잘했네. 호텔에서 바꾼 1만 리라 중 쓰고 남은 루블로 우리에게 보드카를 돌리겠다는 생각도 아주 멋진 제안이었어. 자네는 정말 신사 중의 신사야."

빼뽀네가 돈 까밀로를 잡아먹을 듯이 노려보며 작은 소리로 대답했다.

"마지막에 웃는 자가 진짜 웃는 자요. 두고 봅시다. 이탈리아에 도착하려면 아직 시간이 많이 남았으니까."

*

오레고브 동무는 긴 식탁의 한쪽 끝에 앉아 있었다. 그의 오른쪽에는 집단농장의 대표와 정책 담당 비서가, 왼쪽에는 나디아 페트로브나 동무가 얌전히 앉아 있었다. 나디아의 왼쪽에는 나폴리에서 온 카파체 살바토레가 바싹 붙어 있었는데, 그는 부지런히 머리를 굴려 스카모지아와 나디아 사이에 앉는 데 성공했다. 코냑과 소시지는 맛이 좋았기 때문에 순식간에 그 자리에서 없어졌다.

"나디아 동무, 만약 기타만 있었다면 타로치 동무보다 더 멋진 연설을 할 수 있었을 텐데요."

카파체는 초롱초롱하게 눈을 빛내며 나디아에게 속삭였다. 나디아가 집단농장의 감독에게 무언가를 말했다.

감독이 슬며시 일어나 자리를 떠났지만 아무도 그에게 신경을 쓰지 않았다. 방 안의 더위와 보드카, 담배 연기가 그 방 안에 있는 사람들에게 나른한 행복감을 안겨주고 있었기 때문이다. 그러나 감독이 다시 제자리로 돌아왔을 때, 카파체가 갑자기 괴성을 지르는 바람에 그들은 정신이 번쩍 들었다.

"기타다!"

티피즈 집단농장에는 제대로 작동하는 기계는 단 한 대도 없었지만 훌륭한 기타가 있었다. 덤으로 수준급의 아코디언 연주자까지 있었다. 카파체가 기타를 쥐고 음률을 맞추는 동안 아코디언 연주자는 자리를 잡고 앉아 흥겨운 곡을 연주했다.

그 음악을 듣는 순간, 평소 조용하고 말이 없으며 어찌 보면 소심하기까지 한, 귓불이 넓은 소작농 타반 동무의 머릿속에 어떤 생각이 스쳐 지나갔다. 타반은 연주자에게서 아코디언을 낚아채더니, 신들린 듯 '말벌의 비행'과 밀리아바카의 '마주르카'를 연주하기 시작했다. 모두의 입을 딱 벌어지게 하는 아름다운 선율이었다. 그의 귀가 작아 보일 정도로 훌륭한 연주였다.

어느새 회의실은 사람들로 북적거렸다. 남녀노소 모두가 모여들었기 때문에 빈자리 하나 없이 사람들로 발 디딜 틈이 없었다.

카파체는 기타를 다 조율한 뒤, 타반이 아름다운 선율을 만들어내는 동안 감정이 잔뜩 들어간 목소리로 '오 솔레 미오'를 열창했다. 사람들이 앙코르를 외쳤다.

그는 한번, 두 번, 세 번, 아니 줄잡아 열 번도 더 노래를 불렀을 것이다. 스카모지아는 잔뜩 흥분해서는 입에 거품을 물었다. 카파체 살바토레 동무가 노래를 부르는 동안, 단 1초도 나디아 페트로브나 동무의 얼굴에서 눈을 떼지 않았기 때문이다.

이번엔 타반이 자리에서 벌떡 일어나 폴카 춤을 추기 시작했다. 이 춤은 마술적인 힘을 발휘해서 사람들의 마음을 움직였다. 식탁보, 식탁, 그릇 등이 순식간에 치워졌다. 술을 계속해서 마시고 싶은 사람은 옆의 행정 사무실로 피신해야만 했다. 그 사무실은 보드카 저장고로 쓰이는 장소였다. 사람들은 모두 미친 듯이 춤을 추기 시작했고, 오직 돈 까밀로만이 그 무시무시한 광경을 피해 옆방으로 건너갔다. 행정 사무실로 물러앉은 돈 까밀로는 벽에 걸린 레닌 사진을 벗 삼아 쓸쓸히 보드카를 홀짝거렸다.

*

카파체는 마침내 기타를 내려놓더니 나디아와 함께 춤을 추기 시작했다. 그는 잠시도 나디아를 놓아주려고 하지 않았다. 나디아에게 급하게 전달할 말이 있었던 삐뽀네가 카파체의 팔에서 억지로 그녀를 떼어내야 할 지경이었다.

"동무."

삐뽀네가 나디아를 구석으로 데려가서 말했다.

"하루 종일 힘든 노동을 한 다음에는 재미있는 놀이를 즐길 줄도 알아야 하지요. 만일 타로치 동무처럼 딴 사람들 흥을 깨고 즐기는 것을 거부하는 사람은 당성이 부족한 걸로 처벌 받아 마땅합니다. 안 그렇소?"

"맞는 말씀이에요."

나디아가 대답했다. 삐뽀네가 덧붙여 말했다.

"타로치 동무는 지도자의 자질을 가지고 있소. 그러나 가정에서 그는 무지막지하게 질투심 많고 반동적인 아내한테 코가 꿰여 질질 끌려다닌단 말이오. 집에서 몇 천 킬로미터 멀리 떨어진 이곳에서도 그는 당원들과 어울려 춤추기를 두려워하고 있다오. 그는 마땅히 춤을 추면서 아내의 망령에서 벗어나야 합니다!"

"동무, 제가 알아서 처리할게요."

나디아가 웃으면서 대답했다. 5분 후 아가씨 여러 명이 행정 사무실에 차려진 보드카 바에 들이닥쳤다. 돈 까밀로는 꼼짝없이 앉은 자리에서 떠밀려나와 사람들 사이에서 춤을 출 수밖에 없었다.

빼뽀네는 그 상황을 즐기고 있었다. 돈 까밀로가 무리에서 제일 예쁘고 활달한 처녀의 손에 붙들려 춤을 추는 사이, 빼뽀네가 눈짓으로 신호를 보냈다. 토리노에서 온 사진사인 페라토 비토리오 동무의 카메라 플래시가 터졌다. 한번, 두 번, 세 번…, 스무 번도 넘게 플래시가 연이어 터졌다. 그런 다음에도 열정이 넘치는 활달한 처녀들은 돈 까밀로에게 달려들어 함께 춤추는 사진을 찍고 싶어 했다. 필름 한 통을 다 찍고 나자 빼뽀네가 페라토에게 속삭였다.

"원판은 내게 줘야 하네, 잊지 않겠지?"

창문을 열어 공기를 환기시키는 동안, 잠깐 휴식 시간이 있었다. 하지만 한번 물이 오른 분위기는 쉽게 가라앉을 기미가 보이지 않았다.

페라토 비토리오 동무는 가축들의 소리를 완벽하게 흉내 내며 사람들을 즐겁게 했고, 시칠리아 출신인 프리티 동무가 6센티미터 정도의 작은 하모니카로 멋진 연주를 선보였으며, 사르디니아 출신 재단사 쿠룰루 동무는 열쇠 구멍에 열쇠를 꽂으려 애쓰는 술 취한 사람을 그럴듯하게 흉내 냈고, 토스카나 사람 지베티 동무는 가성으로 오페라 한 곡을 노래했다. 마지막으로 제노바 사람 바치카 동무가 신비로운 마술로 집단농장 사람들을 열광의 도가니로 몰아넣었다.

"각종 공연단과 텔레비전이 노동자 계급의 문화적 향상을 위해 많은 기여를 했나 보군."

돈 까밀로가 뻬뽀네를 향해 빈정거렸다.

"글쎄요, 그 점에 대해 염려하는 대신 당 자선단체 기금 마련을 위한 그림엽서를 만드는 것에 대해 의논해보는 건 어떻겠소? 존경하옵는 신부님께서 술에 얼큰하게 취한 얼굴로 즐겁게 춤을 추며 노는 장면을 담은 사진으로 엽서를 만들면 불티나게 팔리지 않으려나?"

"흥, 여행은 끝난 게 아니네. 이탈리아에 도착하려면 아직 갈 길이 많이 남았어."

춤판이 또다시 벌어졌다. 40대로 보이는 작고 마른 한 남자가 돈 까밀로의 곁으로 살며시 다가왔다.

"당신이 단장입니까?"

남자는 유창한 이탈리아어로 나지막하게 물었다. 돈 까밀로가 뻬뽀네를 가리키며 대답했다.

"아니오. 단장은 이 비곗덩어리요. 난 단지 세포 책임자일 뿐이고."

"두 분께 말씀드릴 것이 있소."

남자가 입술을 거의 움직이지 않고 말했다.

"큰 사고가 터지기 직전입니다. 저기 있는 저 나폴리 출신 친구가 저 아가씨를 놔주지 않았다가는 로마 출신 친구가 그에게 달려들어 머리통을 부숴놓을지도 모릅니다."

이 낯선 사람이 어떻게 해서 이탈리아 말을 이렇게 잘하는지 생각해 볼 겨를도 없이 혹시나 있을 불상사를 피하기 위해 뻬뽀네가 쏜살같이 달려갔다. 돈 까밀로가 얼굴을 찡그리자 낯선 사람은 웃으면서 제안했다.

"저랑 보드카나 한 잔 같이 하시죠."

돈 까밀로는 아직도 평범한 러시아 사람이 이탈리아 말을 청산유수로 구사한다는 사실이 잘 믿기지 않았다. 의심스러운 점을 풀려면 직접 대화해보는 게 제일 빠를 것 같았다. 그래서 턱으로 사무실을 가리키며 말했다.

"까짓것 좋소! 같이 한잔 합시다!"

잠시 후, 그들은 행정 사무실 보드카 바에서 단둘이서 이야기를 나누고 있었다.

"선생님, 전 루마니아에서 왔습니다."

낯선 남자가 말했다.

"그런데 어떻게 나폴리 말투로 이탈리아어를 하는 거요?"

"원래는 나폴리 출신이니까요. 선원 생활을 했습니다. 1939년 19살의 나이에 한 처녀에게 반했죠. 루마니아 여자였는데, 그녀는 곧 루마니아로 돌아갔습니다. 그래서 난 그녀를 따라 화물선을 타고 코스탄자로 떠났습니다. 그곳에 내려서 그 여자를 찾아 돌아다녔죠."

그는 양팔을 벌리고 고개를 저으면서 한숨을 쉬었다.

"여자를 끝내 찾아내지 못했소?"

돈 까밀로가 물었다.

"아뇨, 발견했습니다. 하지만 제때에 도착하지 못했죠."

"너무 늦었던 게로군! 결혼한 다음이었소?"

"아니요, 너무 일렀던 게 탈이었죠. 그녀와 결혼할 수밖에 없었거든요. 이후 다행히 전쟁이 터졌고, 러시아 사람들이 들어왔습니다. 그들이 집단농장에서 일할 사람들을 원했기 때문에 난 자원해서 떠나왔죠."

*

낯선 집단농장 사람이 돈 까밀로에게 자신의 이야기를 들려주고 있는 동안 뻬뽀네는 나디아 주위를 맴돌았다. 그러고는 마주르카가 끝나자마자 그녀를 카파체 동무에게서 가로채 하모니카 연주에 맞춰 왈츠를 추기 시작했다.

뻬뽀네가 심각한 목소리로 말했다.

"나디아 동무, 내 말을 잘 들어요. 스카모지아 동무는 훌륭하고 유능한 행동대원이오. 하지만 그는 아직 당성이 충분히 성숙하지 못했소. 부르주아 찌꺼기가 남아 있다는 뜻이오."

"사실은 저도 눈치채고 있었어요. 하지만 시간이 흐르면 나아지지 않을까요?"

"전적으로 동의하오. 하지만 오늘 저녁은 좀 문제가 심각해. 스카모지아의 부르주아 찌꺼기가 문제가 될 것 같단 말이지. 만약 동무가 기타 연주자 동무와 계속해서 춤을 추고 있으면 스카모지아는 꼭지가 돌아서 주먹질이라도 불사할 기세요. 잔치 분위기를 해치는 불미스런 일이 생기지 않았으면 하는 마음에 귀띔해두는 거니까, 동무도 좀 주의를 기울여주시오."

할 말을 끝낸 빼뽀네는 왈츠가 멈추자 나디아와 헤어져 보드카가 있는 행정 사무실로 곧장 걸어갔다. 돈 까밀로는 빼뽀네에게 나폴리 출신 집단농장 사람의 사연을 자세히 들려주었다.

"이 친구는 정치하고 무관한 사람이네. 다만 이곳에서 빠져나갈 수 있도록 도와달라는 것뿐이야."

빼뽀네가 남자를 향해 퉁명스럽게 말했다.

"자네가 자초한 일이잖나! 어째서 고향에 그냥 남아있지 않았지?"

"제 마누라 때문입니다."

남자가 설명했다.

"마누라에게서 도망쳐야 했어요. 이탈리아 사람이 루마니아 사람 행세를 하는 건 루마니아에서보다 러시아에서 더 쉽지요. 잘해낼 자신도 있었습니다. 전문 기술을 가지고 있으니까요. 전 지금 이 지역에 하나밖에 없는 이발사이고. 여러 집단농장을 돌아다니며 면도도 해주고 머리도 깎아주지요. 그러나 제 전문분야는 원래 파마예요."

"파마?"

"네, 여자들은 전 세계 어딜 가도 똑같아요, 단장님. 아름다워질 수 있다면 굶어서라도 치장할 값을 마련하려고 해요. 한 사람이 머리를 볶으면 나머지는 너도나도 할 것 없이 미용실로 달려옵니다. 제 말을 이해하시죠?"

"무슨 말인지 이해는 하겠는데, 문제 될 건 하나도 없잖아?"

뻬뽀네가 반문했다.

"단장님, 이 넓은 러시아 천지 한가운데에서 젊은 남자가 혼자 산다는 게 어떤 건지 상상이나 하실 수 있으십니까? 전 루마니아에 있을 때 러시아에서 벌어지는 자유연애 얘기를 귀가 아프도록 들었습니다. 그 얘기를 그대로 믿었었지요. 근데 막상 러시아에 와보니, 그게 전부 거짓말이었던 겁니다. 러시아 사람의 아내나 애인을 건드렸다가는, 그 사람 친구들까지 떼거지로 몰려와서 몽둥이찜질을 퍼붓는단 말입니다. 솔직히 고백하자면, 제가 첫 번째로 갔던 집단농장에서 여자를 꼬시다 실컷 발길질만 당하고 다른 농장으로 쫓겨났습니다. 두 번째 집단농장도, 세 번째도 마찬가지였습니다. 한 마디로 불운의 연속이었죠."

"흥, 뭐가 걱정이야? 러시아 공화국에는 줄잡아 8만 개의 집단농장이 있는데."

뻬뽀네가 비아냥거렸다.

"문제는 내 엉덩이가 딱 하나뿐이라는 겁니다."

그가 구슬픈 목소리로 중얼거렸다. 뻬뽀네가 배꼽을 잡고 웃어대자 돈 까밀로는 그가 기분 좋은 틈을 이용해 보기로 결심했다.

"동무, 이 불쌍한 친구가 대는 이유는 단지 농담일 뿐이야.

사실 그는 지금 미치도록 나폴리를 그리워하는 거라고. 좀 도와줄 방법이 없겠나?"

"그를 도우란 말이오? 대체 무슨 수로? 사람을 가방에 넣어 이탈리아로 데려갈 수는 없잖소?"

"그야 안 되지. 하지만 론델라 동무를 먼저 이탈리아로 돌려보내지 않았나. 자네가 가진 여권은 열한 개고, 지금 우리는 열 사람이네."

"단단히 미쳤군! 오레고브 동무가 1초도 방심하지 않고 우리를 지켜보고 있는데!."

빼뽀네가 말했다.

"오레고브 동무도 허구한 날 우리만 감시할 수는 없을 것 아닌가?"

"바보 같은 소리 작작하슈! 저 친구는 다른 사람의 여자에게 집적대지만 않으면 여기에 남아 자기 일을 하면서 평화롭게 살 수 있을 거요."

"동무. 그게 바로 당신이 생각하는 공산주의입니까?"

나폴리 출신의 이발사가 항의했다.

"더 이상 말하고 싶지 않네. 이 얘기는 끝났어."

빼뽀네가 꽥 소리를 지르고는 밖으로 쌩하니 나가버렸다.

"동무, 나를 버리지 마십시오."

남자는 돈 까밀로에게 돌아서며 애원했다.

"동무를 곤경에 빠뜨리려고 이런 부탁을 드리는 게 아닙니다. 언제 어디서 떠나시는지만 말해주세요. 여기저기서 발길질을 당하든 말든 거기까진 제가 알아서 가겠습니다. 거기서 절 데려갈 수 없다고 해도 원망하지 않겠습니다. 고향에 돌아가고 싶은 나폴리 사람을 붙잡아 둘 수 있는 건 오직 하느님뿐이십니다. 흐루쇼프는 하느님이 아니지 않습니까."

다행히도 돈 까밀로는 여행 계획표를 다 외우고 있었던 터라, 그에게 출발 날짜와 장소를 알려주었다.

"내가 할 수 있는 일은 여기까지일세. 그리고 우린 서로 만난 적도 없네. 난 벌써 다 잊었어."

*

큰 방 안은 아까보다 더 떠들썩한 분위기였다. 뻬뽀네는 아무리 두리번거려도 나디아를 찾을 수가 없었다. 카파체와 스카모지아도 보이지 않았기 때문에 낭패한 심정으로 혀를 찼다.

그때 마침 나디아가 뻬뽀네의 시야에 들어왔다. 그는 날쌔게 달려가 그녀의 팔목을 낚아채며 물었다.

"어떻게 된 거요?"

"내가 돌아왔을 땐 너무 늦었어요. 이미 사건이 벌어지고 난 다음이었어요."

"지금 카파체는 어디 있소?"

"3번 축사 건초 창고에요."

"스카모지아는?"

"카파체와 함께 있어요. 그가 카파체 동무의 눈에 시퍼렇게 멍을 만들어 놨어요."

"혹시 다른 사람들도 그걸 알고 있소?"

"아무도 몰라요."

나디아가 이를 악물며 대답했다.

"오직 눈가에 시퍼런 멍을 선물 받은 카파체 동무와 따귀를 맞은 나디아 페트로브나 동무를 빼고는요."

그녀는 몸을 부르르 떨며 주먹을 불끈 쥐었다.

"지금 제 심정을 아시겠어요? 그 불한당이 감히 제게 따귀를 올려붙이다니요!"

분노로 인해 그녀의 목소리가 파르르 떨렸다. 문제가 심각했다. 나디아 페트로브나는 보통 러시아 인민이 아니라 인정받는 당원이자 국가 공무원이었기 때문이다.

"그 심정 전부 이해하오."

뻬뽀네가 심각하게 대답했다.

"동무한테 묻고 싶소. 어떻게 해야 분이 풀리겠소? 내가 그 자를 흠씬 두들겨 패주면 될까요? 아니면 오레고브 동무에게 그자를 고발할까요?"

나디아는 고개를 저었다.

"개인적인 감정은 당을 위해 희생해야 할 때도 있습니다. 모든 일은 없었던 걸로 해두자고요. 스카모지아 동무는 지금 보드카에 몹시 취해 있으니까…. 술이 깨고 자신이 얼마나 천박하고 야만적인 행동을 저질렀는지 깨닫게 될 거예요."

빼뽀네가 고개를 가로저었다.

"동무, 레닌은 우리에게 사실을 있는 그대로 말하라고 했소. 그 사실이 아무리 마음에 들지 않더라도 말입니다. 내가 있는 그대로의 진실을 알려주리다. 스카모지아는 오늘 저녁 보드카나 코냑을 한 방울도 마시지 않았소. 하나도 취하지 않았다는 말이오. 그는 자신이 무슨 행동을 하고 있는지, 어째서 그랬는지를 분명히 알고 있소."

나디아 페트로브나 동무는 오늘따라 더 아름다웠고 눈에는 눈물이 고인 듯이 반짝거렸다. 손자국이 나 있지 않은 왼쪽 뺨이 붉어지자 그녀는 손으로 뺨을 가렸다.

"동무."

나디아는 작은 소리로 고백했다.

"인정하기 힘들지만, 저 역시 정치적으로 아직 성숙하지 못한 것 같아서 걱정이네요."

갑자기 돈 까밀로가 빼뽀네 옆에 나타났다.

"무슨 안 좋은 일이라도 있소?"

"없소. 모두 잘되어 갑니다."

빼뽀네가 엄숙한 표정을 지으며 대답했다.

세 줄기의 밀

밤사이 하느님만이 아시는 곳에서 불어온 거센 돌개바람이 고삐 풀린 망아지처럼 드넓은 초원에 휘몰아쳤다. 차가운 바람은 비에 젖은 대지를 딱딱하게 얼려 놓았다.

돈 까밀로는 일행 중에서 가장 먼저 눈을 떴다. 뻬뽀네의 코 고는 소리가 돈 까밀로에게는 자명종 소리나 마찬가지였다. 바람이 불어 덜컹거리는 작은 유리창 가득 고드름이 매달려 있었다. 방안의 커다란 난로가 따뜻한 기운을 뿜어내고 있었다.

운 좋게 난로 주변의 침대를 차지했던 여덟 명의 이탈리아 공산당원들은 지난밤의 흥취에 취하고 보드카에 절어서 세상 모르고 잠에 빠져 있었다.

어젯밤 돈 까밀로도 다른 당원들과 마찬가지로 신발만 벗고 옷은 전부 입은 채 잠이 들었다. 뻬뽀네가 그의 침대 옆자리에 길게 누워 있었다. 돈 까밀로는 뻬뽀네를 물끄러미 바라보며 생각에 잠겼다.

'저 친구가 염치없이 저렇게 큰 소리로 코를 골지만 않아도 그를 곤란한 상황에 빠뜨린 일에 대해 훨씬 미안한 마음이 들었을 텐데.'

돈 까밀로는 재빨리 인원수를 헤아렸다. 오레고브 동무와 나디아 페트로브나 동무만 빼고 모두 있었다. 카파체는 왼쪽 눈에 젖은 손수건을 얹어놓고 잠들어 있었다.

"예수님, 이 사람들을 불쌍히 여기시어 어둠에 잠겨 있는 그들의 머리를 밝게 비춰주십시오. 아멘."

돈 까밀로가 간절한 마음으로 기도했다.

그는 구두를 신기 위해 침대 밖으로 발을 내밀었다. 왼쪽을 신고 나서, 오른쪽을 마저 신으려고 구두를 집어 들었다. 그런데 구두는 좀처럼 끌려올 생각을 하지 않았다. 구두끈이 마룻바닥 틈새에 끼어버린 모양이었다. 그는 구두를 더 세게 잡아당겼다.

그와 동시에 뻬뽀네의 코 고는 소리가 뚝 그쳤다. 우연일 리가 없었다. 돈 까밀로의 구두끈이 뻬뽀네의 발목에 연결되어 있었던 것이다.

"자넨 왜 그렇게 사람을 못 믿나?"

돈 까밀로가 끈을 풀면서 씁쓸하게 말했다.

"두 눈을 시뻘겋게 뜨고 있는 동안에도 당신이 벌이는 꿍꿍이짓을 하나도 당해내지 못하는데, 내가 잘 때는 무슨 짓을 벌일지 알게 뭐요."

빼뽀네가 자리를 털고 일어나며 퉁명스레 말했다.

두 사람은 회의실 밖에 있는 펌프장으로 세수하러 나왔다. 살을 에는 듯한 차가운 칼바람이 불었다.

사람들은 모두 짚과 나무로 만든 오두막집에 꽁꽁 틀어박혀 마을은 마치 아무도 살지 않는 폐허 같았다.

돈 까밀로와 빼뽀네는 대충 세수를 마치고 돌아서다가 커다란 트럭 한 대가 마을 공터에 주차해 있는 걸 발견했다. 어디 숨어있다 나타났는지, 오레고브와 지방 관리들은 순식간에 트럭 주위를 빙 둘러싸고 있었다. 돈 까밀로와 빼뽀네도 얼른 달려가서 무리의 대열에 끼어들었다.

한 청년이 트럭에서 뛰어내리더니 오토바이 내리는 것을 도와달라고 큰 소리로 외쳤다. 뒤이어 차에서 내린 운전사는 오레고브에게 다가가 뭔가를 보고했다.

운전사가 코트 깃을 내리자 낯익은 얼굴이 드러났다. 바로 러시아 인민 스테판 보르도니였다. 청년은 오토바이를 타고 그레비넥 집단농장으로 달려가서 트럭과 최고의 기술자를 불러왔던 것이다.

나디아가 보르도니와 오레고브의 대화를 듣고서 돈 까밀로와 빼뽀네에게 설명했다.

"걱정하지 마세요. 마침 그레비넥에 버스 교체 부품이 있었다는군요."

"그럼 버스를 여기로 견인해 와야 하는 것 아닌가?"

빼뽀네가 물었다. 보르도니가 고개를 저으며 대답했다.

"불가능해요. 길이 얼어서 가벼운 트럭으로는 버스를 끌고 오지 못할 거예요. 버스가 세워진 곳에 직접 가서 수리할 생각입니다."

빼뽀네가 선심 쓰듯 제의했다.

"나도 우리 고향에서는 나름대로 유명한 정비사라고. 작업복만 준다면 기꺼이 가서 돕겠네."

오레고브는 그 말을 기쁘게 받아들였다. 그래서 나디아는 빼뽀네에게 작업복 한 벌을 마련해 주겠다고 말했다.

"기왕이면 두 벌 갖다 주시오."

빼뽀네가 돈 까밀로를 가리키면서 말했다.

"마침 여기 있는 타로치 동무도 기계를 만질 줄 아니까 도움이 될 거요."

오레고브 동무는 작업 계획을 허락한 뒤, 트레윈카 마을로 오토바이를 타고 급히 떠났다. 전화가 설치된 트레윈카 마을까지 가서 어쩔 수 없는 사정 때문에 일정에 차질이 생겼다는 걸 상부에 보고해야 했기 때문이다.

빼뽀네가 나디아에게 말했다.

"동무, 이제부터 나머지 일행을 동무에게 맡기겠소. 혹시 누군가 개별적인 행동으로 분위기를 소란스럽게 하거들랑 눈곱만큼도 동정하지 말고 따끔하게 다루시오. 특히 스카모지아에게는 각별한 주의가 필요하오. 언제 터질지 모를 폭탄 같은 상태니까 한시도 감시를 소홀히 해선 안 될 거요."

"스카모지아 동무가 한 행동에 대해 지난밤 내내 생각해 봤어요. 그에게 직접 해명을 듣겠어요."

나디아의 두 눈동자에 순간적으로 냉정한 기운이 감돌았다. 그러나 나폴리 출신의 이발사로부터 멋진 파마 선물을 받은 터라 그녀의 기분은 많이 누그러져 있었다.

집단농장 사람 하나가 작업복 두 벌을 가져와 뻬뽀네와 돈 까밀로에게 건네주었다. 보르도니가 운전을 하고 돈 까밀로와 뻬뽀네가 함께 옆자리에 앉았다. 버스 기사는 자리가 없어 트럭 뒤 짐칸에 타야 했다.

버스를 타고 가면서도 뻬뽀네는 자꾸만 나디아의 매서운 눈빛이 신경에 거슬렸다.

"영 마음이 놓이질 않소. 나디아 동무는 심리적으로 무척 불안한 상태처럼 보이오. 사건이 한둘만 더 생겨도 새빨갛게 립스틱을 바르고 손톱에 매니큐어를 칠할 것만 같소."

뻬뽀네가 돈 까밀로에게 조심스럽게 말했다.

트럭을 타고 가는 내내, 보르도니는 전혀 입을 열지 않았다.

그는 빼뽀네와 돈 까밀로의 대화 내용에 아무런 참견도 하지 않으며 조심성 있게 행동했다. 버스 기사가 트럭 뒤 짐 싣는 칸에서 세상모르게 곯아떨어져 있었는데도 말이다.

보르도니는 필요한 연장들을 모두 챙겨 왔다. 그래서 그들은 외딴 길에 버려져 있던 버스에 도착하자마자 곧바로 수리에 들어갈 수 있었다.

버스 뒷부분을 들어 올리고, 얼어붙은 땅에서 버스가 미끄러지지 않도록 고정하기 위해 튼튼한 버팀목을 받쳐 놓았다.

보르도니가 버스 기사에게 버스 아래로 내려가서 기어박스를 떼어내라고 명령조로 말했다. 그러나 버스 기사는 단번에 차 밑으로 기어들어가지 않겠다고 거절했다. 빼뽀네는 오히려 보르도니가 고집을 꺾지 않고 기사와 계속 승강이를 벌이는 것을 보고 크게 놀랐다. 그는 한마디 거들어 보려고 했지만 보르도니는 빼뽀네의 말에는 신경도 쓰지 않고 계속 기사에게 호통을 쳤고 결국 기사는 발걸음을 돌려 마을로 돌아가 버렸다.

"이 망할 녀석, 지옥에나 가버려라!"

기사의 등 뒤에 대고 보르도니가 볼멘소리를 했다.

"저 친구 말도 틀리지 않잖아. 대뜸 차 밑으로 기어들어가라면 누가 기분이 좋겠나? 왜 그렇게 고집을 부린 거야?"

빼뽀네가 알 수 없다는 듯 고개를 저었다.

"그를 마을로 돌려보낼 유일한 방법이었으니까요."

보르도니가 씩 웃으며 대답했다.

드디어 수리 작업이 시작되었다. 뻬뽀네와 돈 까밀로의 도움을 받아가며 열심히 너트를 풀고 볼트를 빼내던 보르도니가 작은 목소리로 말했다.

"여기 이 자리가 1941년 성탄절쯤, 그러니까 제가 포로가 되기 전에 심한 격전이 벌어졌던 곳입니다. 러시아 병사들이 벌떼처럼 몰려들어서 우리는 많은 전사자를 남기고 후퇴할 수밖에 없었죠. 30명가량의 포병과 소총수들이 포위되어 포로로 잡혔고 그들 대부분은 부상당했거나 병이 들어 있었어요. 러시아인들은 조금 전까지 두 분이 계셨던 티피즈 집단농장 창고 안에 포로들을 가두었습니다. 우리는 하루 뒤에 그 지역을 탈환했지만, 포로들은 이미 모두 죽은 뒤였어요. 러시아놈들은 그들이 도망치지 못하도록 가둬두고는 기관총을 마구잡이로 갈겨버렸던 겁니다. 시체들을 발견한 사람 중에는 저도 끼어 있었습니다. 정말 끔찍한 장면이었어요."

돈 까밀로와 뻬뽀네는 손가락이 얼어붙는 듯 추웠으나 계속해서 손을 바지런히 놀렸다.

"우리는 죽은 병사들의 시신을 수습해서 묻어주었습니다. 여기서 북쪽으로 1천500미터 정도 가면 오른쪽에 마차 바퀴 자국이 선명하게 난 길이 있어요. 그 길 100미터 앞에는 밭에 물을 대는 수로가 나 있고, 수로 옆엔 무성하게 자란 생나무 울타리가 있습니다. 울타리를 따라 100여 걸음 걷다 보면 담쟁이 넝쿨로 엉켜있는 떡갈나무가 나와요. 그곳이 바로 이탈리아 병사들의 무덤입니다. 마찻길 자국과 관개 수로, 그리고 마찻길에서 떡갈나무까지의 샛길을 평행으로 그은 네모난 땅 안에 묻혀 있는 겁니다."

세 사람은 아무 말 없이 반 시간 정도 열심히 일했다.

"나머지는 저 혼자서도 할 수 있습니다. 가서 그들의 영혼을 위로해 주세요."

보르도니가 말했다.

"위급한 경우가 오면 경적을 울리겠습니다. 못 찾으시겠으면 담쟁이넝쿨을 걷어 보세요."

돈 까밀로는 결심이 선 듯 자리를 털고 일어나 달리기 시작했다. 뻬뽀네도 따라가지 않을 도리가 없었다. 하늘은 새카맣게 몰려든 구름으로 어두웠고 바람이 끝도 없이 펼쳐진 황량한 벌판을 맹렬히 질주하고 있었다.

"헉, 바람이 잦아들고 눈이 오려나."

돈 까밀로가 말했다.

"폭설이 쏟아져서 신부님이나 깊숙이 묻어버렸으면 좋겠소!"

뻬뽀네가 가쁜 목소리로 대답했다.

그들은 단숨에 수로와 생나무 울타리가 있는 곳까지 달려왔다. 수로는 두꺼운 얼음으로 덮여 있었다. 돈 까밀로는 수로 위로 내려가 미끄럼을 타며 떡갈나무 쪽으로 기어갔다. 앙상한 떡갈나무 가지들이 하늘로 향해 곧게 뻗어 있었다. 떡갈나무 아래에서 생나무 울타리의 갈라진 틈을 찾아 지나쳤다. 그들 앞에 갑자기 넓디넓은 밭이 펼쳐졌다.

눈앞에 펼쳐진 우울하고 쓸쓸한 풍경에 두 사람은 당황했다. 돈 까밀로가 정신을 수습하고 커다란 떡갈나무 쪽으로 돌아섰다. 그러고는 떨리는 손으로 떡갈나무 둥치를 덮고 있던 담쟁이 넝쿨을 걷어냈다.

나무껍질에는 18년 전에 새겨 넣었던 글자가 보였다. '1941년 12월 27일' 이라는 날짜와 '이탈리아' 라는 글자였다.

돈 까밀로가 담쟁이넝쿨을 다시 덮었다.

뻬뽀네는 천천히 모자를 벗고 밀밭을 응시하며, 보이지 않는 십자가와 차가운 땅 밑에서 썩어가고 있을 병사들의 주검에 대해 생각했다.

그의 마음속까지 차가운 돌개바람이 불어오는 것 같았다. 뻬뽀네가 정신을 다시 차리고 돌아서니, 몇 백 년 묵은 떡갈나무 밑동 근처에서 돈 까밀로가 죽은 병사들을 위한 미사를 올리고 있었다.

"죽은 이를 위해 기도하오니 주여, 저들에게 영원한 안식을 주소서…."

18년 전, 보르도니가 늙은 떡갈나무 껍질에 급하게 새겨 넣었던 바로 그 십자가 아래였다. 바람은 여전히 황량한 들판을 제멋대로 치달렸고, 어린 밀 새싹이 파르르 떨렸다.

"내 아들아, 너는 어디 있느냐?"

뻬뽀네는 언젠가 신문에서 본, 절망에 가득 찬 머리기사가 떠올랐다.

"어디에 있느냐, 내 아들아!"

*

보르도니는 작업에 열중하고 있었다. 그러나 그의 한쪽 귀는 가까이 다가오는 소리에 신경을 곤두세우고 있었다. 집단농장 쪽에서 누군가 걸어오는 소리가 들리자 그는 돈 까밀로와 뻬뽀네가 들을 수 있도록 서둘러 경적을 울렸다.

다행히도 아까 화를 내면서 떠난 버스 기사가 아니라 관람단 동무들 중 한 명이었다. 유난히 귓불이 큰 타반 동무였다. 그가 천천히 다가오자, 보르도니가 담담하게 말했다.

"다른 동무들이 잠시 자리를 비웠소. 돌아올 때까지 날 좀 도와주시오."

타반은 외투를 벗고 군말 없이 버스 수리를 도왔다. 잠시 후 뻬뽀네와 돈 까밀로가 헐레벌떡 뛰어 돌아왔다. 뻬뽀네는 숨을 몰아쉬며 타반의 곁으로 다가오더니 퉁명스럽게 명령했다.

"손에 들고 있는 연장을 나한테 넘기게."

타반은 걸레로 손을 닦고는 다시 외투를 입었다. 그는 토스카나 시가를 피우고 있던 돈 까밀로 주위에서 잠시 쭈뼛거리다가 간신히 용기를 내어 입을 열었다.

"저어, 지금 바쁘지 않다면 얘기를 좀 하고 싶은데요…."

"지금은 기술자들이 할 일만 남았지. 말해 보게, 동무."

돈 까밀로가 대답했다. 타반은 어렵게 말을 꺼냈다.

"동무, 동무의 주장이 맞아요. 인정합니다. 하지만 농민들을 싸잡아 비난하는 건 결코 옳지 않아요. 도시에서 노동자들은 서로 함께 일하며, 진보 이념 또는 정치 생활과 지속적으로 접촉하며 살아갑니다. 하지만 농촌에 사는 농부들의 형편은 또 다릅니다. 그들은 각자 일하기 때문에 공동체 의식을 가지기가 어렵죠. 그들의 머릿속에 새로운 사상을 넣어준다는 건 거의 불가능에 가까울지도 몰라요. 웬만해서는 이해하지 못하니까요. 그래도… 몇몇 사람들은 알아차리고 운명을 개척해 보려고 노력하기도 합니다."

깡마르고 시커먼 얼굴에 귓불이 큰 타반이 고뇌에 찬 표정을 짓고 심각하게 말하는 모습을 보니, 돈 까밀로의 마음도 어느새 누그러졌다.

"동무가 얼마나 유능한지 나도 잘 알고 있네. 농민으로서 동무가 가지는 자부심에 상처가 될 거라는 점을 미처 생각하지 못하고 내가 좀 성급했던 것 같구먼."

"아닙니다. 농민 계급은 동무가 묘사한 그대로예요. 당장은 노인들이 많기 때문에 불가능하지만… 머지않아 바뀔 거라고 전 확신합니다. 농촌에서 노인들은 존경을 받는 존재예요. 그들은 잘못된 사상에 물들어 있는 것이 분명하다고 해도, 평생 죽으라고 일만 하며 살아온 사람들을 어떻게 틀렸다고 몰아세울 수 있겠어요? 당은 항상 옳지만, 노인들을 아무렇게나 밀어낼 수는 없어요. 당은 이성에 호소하지만 노인들은 가슴에 호소하니까. 아무리 지혜를 가진 사람이라도 가슴이 이성을 침묵하게 할 때가 많단 말입니다."

"동무, 나도 농촌에서 태어났다네. 그러니 동무 말을 절절히 이해할 수 있네. 그것이 농촌의 진짜 문제 아니겠나. 그런 문제 때문에 선전을 더욱 강화해야 하는 거고."

돈 까밀로가 대답했다. 그들은 잠시 말없이 걸었다.

"동무."

타반이 갑자기 돈 까밀로를 불렀다.

"나는 아내와 아이들과 함께 75세 되신 아버지와 73세 되신 어머니를 모시고 있습니다. 평야 한가운데 덩그러니 외따로 서 있는 농가에서 말이에요. 우리 집안은 150여 년 전부터 그곳에서 소작농으로 자리를 잡고 살아왔지요. 부모님은 1년에 한 번 읍내로 나들이 나가시고, 도시 구경은 평생 딱 한번 하셨어요. 그러니 어떻게 그분들에게 생각을 돌리라고 강요할 수 있겠어요? 그런 일을 겪은 분들한테…."

돈 까밀로는 그에게 의문의 눈길을 던졌다.

"동무, 할 말이 있다면 솔직히 털어놔 보게. 당의 이념을 다 떠나서 인간 대 인간으로 이야기를 들어주겠네."

타반은 괴로운 듯 고개를 흔들었다.

"제겐 5살 아래의 남동생이 있었어요. 전쟁이 동생의 목숨을 앗아갔습니다. 아버지는 금방 체념하셨지만 어머니는 도저히 그러질 못하셨지요. 제가 이번 러시아 방문 계획을 말씀드렸더니 절 붙들고 놔주지 않으시더군요. 어머니 말씀대로 하겠다고 열 번이나 맹세하고서야 여행길에 오를 수 있었습니다."

"그래, 동생은 어디서 전사했나?"

"으흑, 불쌍한 녀석 같으니. 동생은 바로 이곳에서 죽었습니다. 1941년 크리스마스 전투 때 말입니다."

타반은 마치 가슴을 쥐어짜는 고통을 느끼는 듯, 한동안 말을 잇지 못했다.

"어머니가 신신당부하셨어요. 꼭 동생 무덤을 찾아내 무덤 앞에 이것을 놓아 달라고…."

타반이 주머니에서 큼지막한 양초를 꺼내 들었다.

"알겠네, 동무. 하지만 2천200만 제곱킬로미터나 되는 넓은 러시아 땅에서 동생이 묻혀 있는 작은 땅 뙈기를 무슨 수로 찾아낸단 말인가?"

타반은 주머니에서 색이 바래고 너덜너덜한 사진 한 장을 꺼내어 애절한 눈빛으로 쳐다보다가 돈 까밀로에게 건네며 말했다.

"여기 전부 들어 있습니다. 동생 녀석 부대의 군종신부가 어머니에게 준 사진이에요. 보이십니까? 내 동생 이름으로 된 십자가가 있지요? 사진 뒷면에는 가장 가까운 마을의 이름과 무덤 주변의 약도가 있습니다."

돈 까밀로는 사진을 자세히 살펴본 다음 타반에게 되돌려주었다

"동무, 동무도 어디쯤인지 혹시 모르시겠습니까?"

타반은 근심스레 물었다.

"바로 이 근방 어디일 겁니다. 하지만 이탈리아 병사들의 무덤이 어디 있는지 이쪽 사람들에게 어떻게 물어볼 수 있겠습니까?"

둘은 길을 따라 한참을 걸었다. 이제 그 지도에 표시된, 그들이 조금 전에 다녀간 바로 그 장소, 수로와 떡갈나무가 있는 장소에 점점 가까워지고 있었다.

돈 까밀로가 발걸음을 재촉하면서 말했다.

"서두르게!"

그들은 수로에 도착하자 잠깐 걸음을 멈추었다.

"이게 약도에 그려진 그 길들이네. 이게 수로를 따라 있는 울타리고, 저기에 떡갈나무가 있어."

돈 까밀로는 타반을 데리고 꽁꽁 언 수로를 건너 커다란 떡갈나무 둥치께로 다가갔다.

"여기네. 이곳이 바로 자네 동생이 묻혀 있는 곳이야."

돈 까밀로가 새싹이 돋아난 밀밭을 가리키며 설명했다. 그러고는 담쟁이넝쿨을 걷어내고 껍질에 새겨 있는 십자가와 날짜

를 보여주었다. 타반은 회한에 잠긴 듯 밀밭을 바라보았다. 초를 쥔 손이 가늘게 떨렸다.

돈 까밀로는 밀밭으로 몇 발자국 더 걸어가, 몸을 숙여 땅에 구멍을 팠다. 타반은 그 행동의 의미를 이해하고 돈 까밀로 곁으로 다가가서 구멍에 초를 놓고 불을 붙였다. 그런 다음 다시 몸을 일으켜 모자를 벗은 채 한동안 물끄러미 촛불을 응시했다.

돈 까밀로는 주머니에서 작은 칼을 꺼내더니 갈색 땅에서 밀 세 줄기와 함께 흙 한 덩어리를 파냈다. 돈 까밀로의 주머니에는 성찬 잔으로 사용하던 알루미늄 잔이 있었다.

"예수님, 죄송합니다. 하지만 잔은 또 구하면 되지 않겠습니까."

돈 까밀로는 흙덩이를 잔에 담으면서 혼잣말로 중얼거렸다.

"이걸 동무의 어머님께 갖다 드리게."

돈 까밀로는 타반의 손에 잔을 건네주었다. 그들은 아무런 말도 하지 않고 밀밭 가장자리 떡갈나무 아래로 돌아왔다.

"어서 성호를 긋게, 동무. 나도 똑같이 할 테니까."

돈 까밀로가 타반에게 말했다. 그들은 말없이 작은 구멍 속에서 깜박이며 타오르는 촛불을 바라보았다.

갑자기 경적 소리가 울려 그들 사이에 흐르던 정적을 깨뜨렸다.

돈 까밀로와 타반은 서둘러 버스가 있는 곳으로 향했다. 버스에 도착하기 전, 돈 까밀로가 걸음을 멈췄다.

"동무, 자네 어머님은 기뻐하시겠지만, 당은 우리의 행동을 절대로 용납하지 않을 게야."

돈 까밀로가 심각한 목소리로 말했다.

"상관없습니다."

타반은 마음의 짐을 털어내 버린 듯 홀가분한 목소리로 대답했다. 그러고는 흙덩이와 밀 줄기가 담긴 잔을 마치 살아있는 사람이라도 되는 것처럼 조심스럽게 어루만지는 것이었다.

세포들의 고백

모스크바로 가는 기차 안에는 승객들이 별로 없었다. 돈 까밀로는 객차 칸막이 안에 혼자 있었다. 돈 까밀로가 붉은 색 표지의 《레닌 어록》을 다시 꺼내 드는 걸 보고 뻬뽀네가 진저리를 치면서 자리를 박차고 일어섰다. 그러고는 열차 복도 맨 끝에 자리 잡은 본부석에서 나디아 동무와 오레고브 동무와 함께 가벼운 잡담을 나누었다.

돈 까밀로는 《레닌 어록》으로 위장한 성무일도서를 덮고 주머니에서 수첩을 꺼내 자신의 여행일지를 점검했다.

'목요일, 8시, 티피즈 집단농장–스테판–무덤–장례 미사–타반–15시, 기차로 출발….'

목요일? 이제 겨우 목요일이란 말인가? 믿어지지 않았다. 하지만 돈 까밀로는 수첩을 뒤적여보고 러시아에서 이제 겨우 79시간을 보냈다는 사실을 인정해야만 했다.

또다시 짙은 어둠이 내려오고 있었다. 바람에 일렁이는 거대한 평야의 단조로움을 깰 나무 한 그루, 집 한 채도 보이지 않았다. 끝도 없이 펼쳐진 밀밭은 마치 황금빛 이삭으로 출렁이는 거대한 바다 같다는 착각이 들 지경이었다.

돈 까밀로는 고향 마을 바싸를 그려보았다. 바싸의 짙은 안개, 비를 머금은 들판, 진창길이 생각났다. 쓸쓸한 풍경이었지만 이곳과는 다른 쓸쓸함이었다. 바싸에서는 바람이나 서리가 사람의 온기를 앗아가지 않았다. 어느 곳에나 사람의 손길이 닿고 있다는 따뜻함이 느껴졌다.

들판 한가운데를 헤매고 있어도, 짙은 안개에 묻혀 있어도 바싸에서 사람은 세상과 항상 이어져 있었다. 보이지 않는 선이 사람과 자연을 늘 묶어 놓고 있어서 열정과 희망을 전해주었다.

그러나 여기는 그런 결속의 끈이 조금도 없었다. 이곳에서 사람은 벽돌과도 같다. 다른 벽돌들과 함께 담을 만들 때, 벽돌 하나는 단단한 전체를 이루는 데 필요한 개체이다. 하지만 담벼락에서 빠져나와 밭 한가운데 버려지면 아무것도 아닌, 쓸모없는 물건이 된다.

여기서 혼자 떨어진 인간은 절망적으로 혼자이다.

돈 까밀로는 부르르 몸을 떨었다.

"이 뻔뻔스러운 작자는 도대체 어디 가서 뭘 하는 거야!"

돈 까밀로는 빼뽀네를 생각하면서 마음속으로 소리쳤다. 그때, 객차 칸막이 문이 삐거덕거리더니 타반 동무가 고개를 삐쭉 내밀었다.

"들어가도 되겠습니까?"

그가 물었다.

"앉게나, 동무."

돈 까밀로가 대답했다. 그는 객실로 들어오더니 돈 까밀로의 맞은편에 앉았다. 타반은 주머니 속에서 돌돌 만 마분지를 꺼내 들었다. 그는 잠시 주저하다가 그것을 돈 까밀로에게 보여주며 중얼거렸다.

"앞으로 2, 3일이 문제예요. 아프지 말아야 할 텐데."

물론 아프지 말아야 한다는 것은 둘둘 만 마분지 속 화분에 담겨있는 밀 세 줄기를 의미했다.

"위쪽이 뚫려 있어서 공기는 통하는데…. 아무래도 종이에도 구멍을 몇 개 더 뚫어야 하겠지요?"

"필요 없을 것 같네. 너무 덥지 않게 해주는 것이 중요해."

타반은 둥글게 만 마분지를 의자 등받이에다 조심스럽게 세워 놓았다.

"하지만 나중에는…"

"나중에 언제?"

"집에 돌아가고 나서 말입니다."

돈 까밀로가 어깨를 으쓱했다.

"밀 세 포기를 옮겨 심는 게 그다지 어려울 거라 생각되지는 않는데."

"어머니에게 말하는 문제 말입니다. 어머님께 뭐라고 말씀드려야 되죠? '이 밀 싹은….'"

그는 잠깐 말을 멈추고 창문 밖을 쳐다보았다.

"2천200만 제곱킬로미터라는 광대한 땅을 가진 나라에서 왜 하필 그 조그만 땅 위에 굳이 밀을 심었을까요?"

타반이 이를 악물며 말했다.

돈 까밀로가 고개를 저었다.

"동무, 전쟁터에서 2천만 전사자를 낸 나라는 적진에 남겨 놓은 5만이나 10만 명쯤의 전사자는 신경 쓰지 않는 법이네."

"어머니께 할 수 있는 얘기는 아니지 않습니까."

"물론 어머니께 그렇게 말을 해서는 안 되지. 모친은 사진에서 봤던 나무 십자가를 생각하도록 놔두게나. 그 십자가 앞에 촛불을 켰다고만 말씀드리게. 이 밀 세 포기는 자네 마음 가는 대로 하고. 살아난다면 씨를 받아 계속 키우게. 자네 동생을 기억하면서 말이야."

타반은 어두운 표정으로 듣고 있었다. 돈 까밀로가 어투를 바꾸어 물었다.

"동무, 갑자기 왜 부르주아들처럼 감상적인 사람이 되었나?"

"동무의 말을 듣고 있으면 왠지 마음이 편해져서요."

타반이 마분지 만 것을 집어 들고 일어나면서 대답했다. 그는 나가기 전에 다시 한 번 창문 밖을 둘러보며 혼잣말로 중얼거렸다.

"광대한 땅을 가진 나라에서 왜 하필 그 작은 땅에…."

*

돈 까밀로는 혼자 오래 남아 있지 못했다. 타반이 나가고 5분쯤 지나자 문이 다시 열리고 바치카 동무가 나타났다. 바치카는 말없이 들어와 돈 까밀로의 맞은편 좌석에 앉더니 바로 본론을 꺼냈다.

"동무, 지난 일을 곰곰이 생각해 봤소. 여기는 그런 종류의 거래를 할 장소가 아니었소. 계단을 올라가면서 동무에게 어리석은 말을 지껄였던 걸 유감으로 생각하오."

"나도 실수했던 것 같으이. 문제를 세포로 확대하지 말고 남자 대 남자로서 직접 동무에게 말할 수도 있었는데 말이야. 사실 백화점에서 오레고브 동무가 동무의 뒷거래를 보았네. 그가 선수를 치지 못하도록 내가 먼저 끼어들어야 했지."

바치카가 입안에서 중얼거리듯 말했다.

"비록 불법 뒷거래로 얻은 것이지만 그는 내 코트를 얻었소."

"대신 그 사건은 그 정도로 무마됐네."

돈 까밀로가 그를 위로했다.

바치카는 제노바 사람이었다. 그에게는 당에 대한 충성도 중요했지만 사업도 그만큼 중요했다.

"하지만 나도 그 거래와 상관이 있어요."

"규칙을 어긴 사람은 대가를 치러야 하는 법이야, 동무."

돈 까밀로가 그를 훈계했다.

"맞소. 하지만 내게 스타킹을 주고 모피코트를 가져오라고 했던 사람은 누가 납득시키겠소?"

바치카는 투덜거리며 잠시 생각에 빠졌다가 속마음을 털어놓았다.

"동무, 남자 대 남자로서 탁 까놓고 말해봅시다. 나는 어제 저녁 잔치에서 뻬뽀네 동무가 당신한테 했던 장난을 보았고 당신이 무서운 마누라를 두고 있다는 것도 들었소. 당신 아내가 무섭다면 우리 마누라는 열 배는 더 무서울 거요. 그녀가 내게 스타킹을 억지로 넣어주었소. 모피 코트로 바꿔 오라며 말이오. 내가 모피코트를 가져가지 않는다면, 제아무리 이탈리아 총리라 해도 내 마누라의 손에서 나를 구하지 못할 거요. 동무, 당신 마누라가 어제저녁의 당신 사진을 본다면 당신 눈덩이가 시퍼렇게 멍들 거요. 마찬가지로 내가 모피코트를 가져가지 않으면, 내 아내도 내 눈이 밤탱이가 되도록 두들겨 팰 게 분명하단 말이요. 아내는 더러운 파시스트이기 때문에 당에 불려가게 만들 수도 없소. 두 딸도 아내 편이오. 아니, 요란하기로 치면

한술 더 뜨지."

"딸들도 파시스트요?"

돈 까밀로가 물었다.

"더 악질이오! 내 숱 많았던 곱슬머리를 대머리로 바꿔 놓을 만큼 드센 기독교민주당원이니까."

바치카가 으르렁거렸다.

"이해하겠네. 내가 어떻게 하면 자네를 도울 수 있겠나?"

돈 까밀로가 말했다.

"동무, 난 항구에서 일하기 때문에 항구 사람들이랑 자주 어울리오. 항구에서 거래하는 사람은 원래 주머니에 늘 달러 몇 장씩 넣어놓고 다니는 법이오. 나도 달러를 조금 가져왔소. 미국이 역겹기는 하지만 달러는 어디서나 통하니까. 내 말 뜻 알아듣겠소?"

"어느 정도는."

"동무, 조용히 집으로 돌아갈 수 있다면 기꺼이 내 달러를 희생할 용의가 있소. 그래도 되겠소? 아니면 내가 또 나쁜 짓을 저지르는 거요?"

"아니네. 달러로 지불한다면 문제 될 게 없지. 러시아도 외국에서 물건을 구입하려면 달러가 필요할 테니까."

"그럴 거라 생각했소. 본론에 이미 들어왔으니까 하는 말인데, 환전에 대해 좀 아시오?"

돈 까밀로는 완벽한 정보를 알고 있었다.

"환전소에서는 달러당 4루블을 주네. 여행자 환전소에서는 달러당 10루블을 주고. 반동 신문이 주장하듯 달러 암시장도 있는데, 달러당 20루블을 준다고 하네. 하지만 자네도 잘 알다시피 러시아에 반대하는 더러운 반공주의자들의 선전일 테지."

"그럴 테죠. 그럼 모스크바에서 한번 조용히 돌아다녀 볼까요?"

바치카가 말했다.

"합법적인 범위 안에서 자네의 행동은 아무도 간섭하지 않네. 자네 마음대로 하게, 동무."

바치카는 만족스러워하며 나갔다. 하지만 돈 까밀로는 방금 일어났던 일을 마음먹었던 대로 수첩을 꺼내 기록할 수가 없었다. 곧 카파체 동무가 나타났기 때문이다.

냉찜질이 효과가 있었던 모양인지 그의 왼쪽 눈 주변의 시퍼런 멍 자국이 사뭇 옅어져 있었다. 카파체는 돈 까밀로의 앞자리에 앉으면서 말했다.

"동무, 당신은 보드카를 물 마시듯 들이키더군요. 하지만 보드카는 보드카요. 나중에 어떤 일이 벌어진 다음엔 되돌리기 힘들 겁니다. 내 말 알아듣겠소?"

돈 까밀로가 고개를 끄덕였다.

"동무, 내가 한 일에 대해 대장 동무가 나중에 처분을 받을 거라고 하더군요. 나는 눈을 얻어맞았소. 여기 머리 뒤에도 호두알만 한 큰 혹이 났소. 이 지경이 되었는데도 나를 불쌍하게 생각하지 않는 겁니까? 내 아내는 당원이고, 이 우스운 일을 놓고 왈가왈부하면 아내도 분명히 알게 될 거요. 아내는 젊고 질투가 심합니다. 동무, 당신은 이해할 겁니다. 단장 동무 말이 당신 아내도 무척 드센 여자라고 하더군요."

"염려하지 마시오, 동무. 대장 동무와 내가 모두 알아서 처리할 테니."

돈 까밀로가 그를 안심시켰다. 상대방이 벌떡 일어나며 환하게 웃었다.

"카파체 살바토레! 나폴리에 오면 꼭 카파체 살바토레를 찾으시오. 모두들 나를 알고 있으니까."

그가 돈 까밀로의 손을 잡고 흔들면서 소리쳤다.

짧은 시간에 많은 일이 일어났기 때문에 돈 까밀로는 상황을 정리할 필요가 있었다. 자세한 내용을 기억하기 위해서는 메모를 해야 했다. 그러나 그는 아직까지 주머니에서 메모 수첩을 꺼낼 수 없는 상황이었다.

카파체 살바토레 동무가 나가자마자 페라토 동무가 들어왔다. 그는 낙천적인 성격의 피에몬테 사람이었다. 페라토가 돈 까밀로 앞자리에 앉으면서 큰 소리로 말했다.

"동무, 어제저녁은 내가 장난이 좀 심했지요? 독한 술을 마시다 보면 나도 모르게 그렇게 된다니까. 이제 보드카가 다 깼소. 난 전문 사진사고 내 의무를 아는 사람이란 말이죠. 여기 어제저녁 당신이 춤추는 동안 찍었던 사진 필름이요. 동무에게 모두 줄 테니 마음대로 처분하시오."

돈 까밀로는 건네준 필름을 받아들었다.

"고맙네, 동무. 자넨 정말 양심적인 사진사일세."

돈 까밀로가 대꾸했다. 페라토가 일어섰다.

"당연히 지켜야 할 직업적인 윤리지요. 그리고 동변상련이기도 하고요. 나도 나이가 들어갈수록 질투가 심해지고 막무가내로 변하는 아내가 있습니다. 대장에게는 필름에 빛이 들어가서 못 쓰게 되어 버렸다고 말해두지요."

페라토가 나갔다. 그가 나가자마자 돈 까밀로는 눈을 들어 하늘을 보았다.

"주님, 일이 이렇게 되고 보니 제게 늙고 질투 많은 아내가 없는 것이 부끄러울 지경입니다."

이윽고 수첩을 황급히 꺼내 이렇게 적었다.

'아내는 인민들의 아편이다.'

그 아래에도 뭔가를 더 적으려고 했으나, 그때 스카모지아 동무가 나타나서 돈 까밀로의 앞에 앉았다. 그는 자리에 앉아 담뱃불을 붙인 뒤, 찡그린 입 가장자리로 담배 연기를 멀리 뿜어냈다. 보통 때와는 다르게 소름이 돋도록 진지한 모습이었다. 그가 깊은 생각에 잠겨있다는 것을 알 수 있었다.

돈 까밀로는 잠시 그를 지켜보고 있었다. 그리고 상대방이 골똘히 생각에 잠겨 있을 동안 주머니에서 수첩을 꺼내 미처 적어 넣지 못한 내용을 마저 적기 시작했다.

"동무! 무슨 문제라도 있는가?"

돈 까밀로가 수첩을 다시 넣고는 스카모지아를 불렀다.

"동무, 동무도 어제저녁 일어났던 일을 아시지요?"

"걱정하지 말게."

돈 까밀로가 그를 안심시켰다.

"카파체가 조금 전에 다녀갔네. 모두 괜찮아졌어."

"카파체? 카파체가 무슨 상관입니까?"

스카모지아가 놀라며 물었다.

"자네가 그의 눈을 시퍼렇게 멍들게 했으니 당연히 상관이 있지."

돈 까밀로가 큰 소리로 말했다.

"아!"

스카모지아가 그제야 깨달았다는 듯 작은 소리로 탄식을 했다.

"내가 말하고 싶었던 건 그게 아닙니다."

"그럼 난 아무것도 모르는 셈이로군."

돈 까밀로가 말했다. 사실 나머지 일에 대해서는 하나도 모르고 있었다. 스카모지아가 담배 연기를 내뿜었다.

"어제저녁, 너무 화가 나서 나는 내 정신이 아니었습니다. 그만 따귀를 때리고 말았어요."

"누구 따귀를?"

"그 여자요."

돈 까밀로는 예상치 못한 발언에 한참 동안 멍하니 스카모지아를 바라보았다. 잠시 후 정신을 차린 돈 까밀로가 스카모지아를 다그쳤다.

"나디아 동무의 따귀를 때렸단 말이야? 도대체 왜 그랬나?"

스카모지아는 낙담한 표정으로 양팔을 벌렸다. 돈 까밀로는 스카모지아에게 할 말을 찾기 위해 머리를 굴렸다.

"나디아 동무는 똑똑한 여자니까, 자네가 보드카를 너무 많이 마셨다고 생각할 거야…."

"나는 술은 한 방울도 마시지 않았어요. 그 점은 그녀도 잘 알고 있고요."

스카모지아가 말했다. 그는 바닥에 담배꽁초를 버리고 발로 짓밟았다. 너무나 낙담한 표정이어서 돈 까밀로의 마음이 다 안쓰러울 지경이었다.

"지나치게 자책하지 말게, 동무! 그녀는 좋은 여자니까…."

"그게 문제입니다. 그녀는 너무나 아름답고 착하고 훌륭한 여자여서, 아무 여자나 대하는 것처럼 함부로 다룰 수가 없습니다. 난 그녀에게 뭐라고 말해야 할지 모르겠어요."

스카모지아가 흥분한 말투로 말했다.

로마에서 멀리 떨어진 작은 시골 마을 바싸의 단순한 머리를 가진 신부 돈 까밀로는 이 약삭빠른 도시 청년의 생각을 도무지 이해할 수가 없었다.

"대체 무슨 소리야?"

돈 까밀로가 물었다.

"동무. 나는 맘만 먹으면 여자들이 나를 좋아하도록 만들고, 그녀들이 나에게 집착하기 시작하면 다시 나를 싫어하게 만듭니다. 그러나 나디아는 달라요. 나디아는 내가 길에서 오다가다 마주치는 그런 여자가 아닙니다…. 하지만 나는 그녀와 곧 헤어지게 될 거예요. 좋아한다고 말해 보았자 아무 소용이 없어요."

스카모지아가 절규했다. 돈 까밀로가 머리를 가로젓더니 대답했다.

"이제 알겠네. 그러니까 자네가 진지하게 그녀를 사랑하고 있다는 것을 그녀에게 들키기 싫은 거로군."

"그런 셈이지요."

"그럼 간단하네. 그녀가 그렇게 생각하도록 내버려 두게. 며칠 후 자네가 떠나고 사흘만 지나면 그녀는 자네에 대한 일을 잊어버리고 체념하게 될 테니까."

"그녀가 정말 그렇게 될까요? 하지만 나는…, 체념하지 못할 텐데요."

돈 까밀로는 상황이 생각했던 것보다 훨씬 심각하다는 사실을 알게 되었다.

"친구, 그렇다면 난 자네에게 어떤 조언도 해 줄 수가 없네."

"아닙니다. 동무는 날 도울 수 있을 겁니다."

스카모지아가 반박했다.

"동무는 지혜로우니까 나를 올바른 길로 인도할 수 있을 겁니다. 어젯밤 춤이 끝나고 우리는 긴 대화를 나누지 못했어요…. 해명도 못 하고 이렇게 그녀를 떠나보낼 수는 없습니다!"

"그렇지."

"몇 달 후 그녀가 로마에 올 거예요. 통역사로 연수 오는 당원들을 따라오는 겁니다. 그때…."

스카모지아가 주저했다.

"정말 동무를 믿어도 되겠습니까?"

돈 까밀로의 눈을 쳐다보며 말했다.

"신부에게 고해하듯 해봐."

"난 신부에게는 절대로 내 일을 고해하러 가지 않을 겁니다!"

스카모지아가 비아냥거리며 말했다.

"장하군, 동무. 하지만 목에 칼이 들어와도 고해실에서 고해받은 내용은 절대 발설하지 않는 입이 무거운 신부들도 있네. 내가 신부라면 난 그런 신부가 될 테니, 이제 말해보게!"

"그녀가 로마에 올 겁니다. 그러면 고향으로 돌아가지 않고 남으라고 붙잡을 생각입니다. 그래도 될까요?"

스카모지아가 작은 소리로 말했다.

돈 까밀로가 고개를 저었다.

"아니, 안 돼!"

단호한 대답이었다.

"비겁한 배신이 될 걸세. 자네는 배신자가 되고 싶은 건가?

그보다 훨씬 자연스럽고 깨끗한 해결책이 있어."

"어떤 겁니까?"

"나디아는 유능한 여자이니 틀림없이 힘을 써줄 사람이 당에 있을 거네. 내일 아침 우리는 모스크바에 도착할 걸세. 그녀는 자네가 여기에 남아 일자리를 얻을 수 있도록 힘을 써 줄 수 있을 거야. 많은 사람이 그렇게 했어. 러시아는 유능한 기술자와 당성이 확고한 동무들을 필요로 하네. 자네가 일단 여기에 정착하게 되면 나머지 일들은 쉽게 풀릴 거야. 그편이 자네의 마음과 양심이 편할 걸세. 사랑 때문에 똑똑하고 불쌍한 여자를 위험스런 지역으로 끌어들일 필요가 없으니까."

스카모지아의 얼굴이 환해졌다.

"미처 그 생각을 못 했군요. 동무는 올바른 길로 저를 인도해 주었습니다. 이렇게 간단한 일을 두고 고민하다니! 믿고 털어놨던 일을 후회하지 않아도 되겠군요. 감사합니다, 동무!"

스카모지아가 흥분한 목소리로 말했다. 그는 돈 까밀로의 손을 꼭 쥐더니 나갔다.

"주님, 훌륭한 목자 동무가 할 일은 길을 잃고 헤매는 어린 양 동무를 찾아내어 당의 울타리 안으로 되돌려 보내는 겁니다."

돈 까밀로가 하늘을 올려다보며 소곤거렸다. 어디선가 예수님의 목소리가 들려왔다.

"아니, 그건 네 생각일 뿐이니라. 네가 하고 있는 짓은 악마 동무나 할 만한 짓이 아니냐."

어쩌면 이것은 예수님의 목소리가 아니었을지도 모른다. 아마 황량하고 끝없는 벌판을 달리는 바람 소리였으리라.

돈 까밀로는 잠시 생각을 보류했다. 그 순간 빼뽀네가 들어왔기 때문이다.

"여기서 창밖만 바라보지 말고, 나와서 우리와 얘기를 좀 나누지 않겠소?"

빼뽀네가 물었다.

"동무, 세포 책임자가 당이 맡긴 일을 제대로 처리하자면 할 일이 많은 법이네."

빼뽀네는 그를 의심스러운 눈으로 바라보다가 그저 어깨를 으쓱하고는 밖으로 나가 버렸다. 아무리 악마가 현신했다 해도, 공산주의자들의 천국인 러시아의 심장 한가운데를 달리고 있는 이 객실 안에서 외톨박이 신부가 무슨 꿍꿍이를 꾸밀 수 있겠는가?

고해성사

쥐구멍에도 볕 들 날 있다는 속담이 딱 맞는 날이었다. 마침내 뻬뽀네에게도 기쁨의 순간이 찾아왔다.

일행은 거대한 트랙터 공장과 집단농장의 최신식 설비를 구경하고 난 뒤 꼬박 20시간 동안 기차를 타고 바다처럼 끝도 없이 펼쳐진 들판을 달렸다. 잘 경작된 들판은 러시아의 거대한 농업 생산력과 조직력을 보여주었다.

하지만 그뿐이었다. 실제로 계속해서 일어나는 일련의 사건들은 서방 세계에 대한 반감을 심어주기보다는 러시아에 불리한 방향으로 돌아가고 있었다. 그러나 이제 모스크바에 들어가기만 하면 모든 의혹과 그릇된 생각들은 깨끗이 없어질 거라고 빼뽀네는 생각했다.

모스크바에 도착하자 위풍당당한 최신식 관광버스가 그들을 태우고 넓고 쭉 뻗은 신작로를 달렸다. 그동안 비좁은 진창길을 달렸던 시골버스와는 전혀 달랐다. 수정처럼 맑은 유리창을 통해서 초가지붕 대신 하늘 높이 치솟은 고층 건물들만 눈에 들어왔다. 서방 세계를 대표하는 돈 까밀로는 말없이 창밖을 바라보다가 이따금 꿀꺽 군침을 삼켰다. 빼뽀네가 돈 까밀로의 귀에 대고 속삭였다.

"너무 그렇게 놀라지 마시오! 모두 선전이 낳은 신기루에 불과하니까! 바람을 좀 쐬고 싶다면 크렘린을 한 바퀴 돌아보는 건 어떻소? 겨우 5킬로미터밖에 안 되니 산책하기에 적당할 거요."

빼뽀네는 흥분한 목소리로 나디아 동무의 설명을 상세하게 되풀이해줬다. 마치 자신이 모스크바를 세우기라도 한 것처럼 그의 목소리에는 자부심이 잔뜩 담겨 있었다.

엔카 오레고브 동무는 빼뽀네와 다른 이탈리아 동무들이 탄성을 내지를 때마다 매우 흐뭇해했다. 오레고브는 차갑고 냉정한 관료주의적 인물은 아니었다. 국가로부터 매달 받는 1천 루블의 박봉에도 불구하고 적어도 1만 루블을 받는 사람처럼 충성과 열정을 다했다. 그는 자신이 보잘것없지만, 크고 튼튼한 벽돌 건물을 구성하는 10만 개의 벽돌 중 하나처럼 국가를 이루는 데 꼭 필요한 존재라고 여기는 것 같았다.

'1루블을 만들려면 100코펙이 필요하고, 100만 루블을 만들려면 1천 루블의 제곱이 필요하지. 1코펙은 100만 루블의 1억 분의 1이야. 하지만 내 1코펙이 없다면 결코 100만 루블에 도달할 수 없을 거야.'

이것이 오레고브의 생각이었다. 그냥 하는 말이 아니었다. 단 한 개의 코펙을 투자하는 것만으로도 자신이 곧 백만장자라는 느낌을 받을 수 있었기 때문이다.

오레고브, 일명 '코펙 동무'는 뻬뽀네와 그 일행이 감탄사를 연발할 때마다 자랑스러움에 온몸을 부르르 떨었다. 손님들이 아름다운 건축물들에 감탄을 금치 못하고 있는 걸 확인하고 난 뒤, 오레고브는 도시 방문 오전 행사가 끝났다고 나디아를 통해 전달했다.

"오레고브 동무 말씀이 다리를 좀 풀기 위해서라도 걸어서 호텔로 돌아가는 게 좋지 않겠느냐고 하십니다. 몇 백 미터에 불과하니까요."

나디아가 설명했다. 일행은 즉시 장엄한 건물들로 둘러싸인 광장에서 내려 호텔로 걸음을 옮기기 시작했다.

갑자기 별 것 아닌 사소한 일이 생각났다는 듯 '코펙 동무'가 '앗!' 하고 소리쳤다. 그러고는 급히 오른쪽 길로 일행을 데리고 가더니 광장 한가운데 솟아 있는 크고 낮은 키오스크 모양의 문으로 들어갔다. 일행은 엘리베이터를 타고 지하 통로로 내려갔다.

"이것은 지하철입니다."

일행이 모두 엘리베이터에서 빠져나오자 나디아 동무가 설명했다.

모스크바의 지하철은 러시아의 자부심이었다. 그것이 어떠한지를 상상하려면 바빌로니아식 건축물의 웅장함을 떠올려보면 된다. 대리석과 수정, 샹들리에, 모자이크화, 아름다운 프레스코화, 반짝이는 유리창 등으로 장식되어 있고 바닥은 먼지 하나 보이지 않을 정도로 휘황찬란했다.

뻬뽀네와 일행은 마치 벼락을 맞은 듯 얼이 빠져 입을 다물지 못했다. 코펙 동무는 그 모습을 흐뭇한 얼굴로 바라보았다. 맨 처음 정신을 차린 사람은 스카모지아였다.

"동무, 내가 러시아에서 본 것 중 당신 다음으로 아름답군요."

그가 나디아에게 작은 소리로 속삭였다. 그녀는 뜻밖의 말을 듣고 잠시 당황했지만 곧 정신을 가다듬고 차갑게 쏘아붙였다.

"동무, 소비에트 노동자의 땀과 예술혼이 배인 이 거대한 작품 앞에서 쓸데없는 농담을 해서는 안 됩니다."

"농담이 아니에요."

스카모지아가 대답했다.

스카모지아의 말이 진심이라는 건 그의 표정으로도 알 수 있었다. 나디아는 당 간부로서의 자신의 의무를 잠시 잊고 여느 부르주아 아가씨처럼 발그스레한 미소를 지었다.

한편 빼뽀네는 돈 까밀로 옆에 꼭 붙어 서 있었다.

"우리의 존경하옵는 신부 나리께서 만약 이 광경을 보았다면 뭐라고 말씀하셨으려나?"

빼뽀네가 비아냥거리며 소리쳤다.

지하철은 사람들로 몹시 북적거렸다. 낡고 초라한 옷을 입은 보통 남자들과 보통 여자들이었다. 모두 피로한 기색이었다.

"만일 신부가 이 자리에 있었다면, 이렇게 말했겠지. 황금 접시에 담긴 양파를 먹느니 흙으로 빚은 접시에 담긴 스테이크를 먹는 게 낫다고 말일세."

돈 까밀로가 대답했다.

"흥, 아주 수준 낮은 물질주의자로구먼!"

빼뽀네가 단호하게 말했다. 하지만 빼뽀네의 상상의 나래도 역시 스테이크 쪽으로 날아가고 있었다.

*

바야흐로 때는 긴장 완화의 시기였다. 러시아 측은 비용에 신경을 쓰지 않고, 손님들을 위해 모스크바에서 제일 크고 유명한 호텔을 골랐다. 호텔은 지하철과 마찬가지로 호화로웠다. 1천 개의 객실과 크고 작은 연회실, 응접실, 수많은 승강기가 있었다.

식사를 마치고 돈 까밀로는 홀의 안락의자에 앉아, 오가는 사람들을 재미 삼아 지켜보았다. 신기한 광경이었다. 전 세계 모든 인종이 그곳에서 만날 약속을 한 것 같았다. 검은색, 갈색, 붉은색, 흰색 등 여러 가지 색깔의 얼굴을 볼 수 있었다. 수많은 언어가 들려 왔다.

당연히 뻬뽀네는 돈 까밀로를 혼자 있게 내버려두지 않았다. 뻬뽀네가 돈 까밀로의 옆으로 와서 가까운 자리에 앉았다.

"정말 온갖 언어가 뒤범벅되어 있군."

돈 까밀로가 느닷없이 말했다

"그렇소. 비록 다른 언어를 사용하지만 저 사람들은 완벽하게 서로를 이해하고 있지. 왜냐하면 모두들 같은 방식으로 생각하기 때문이오. 이것이 공산주의의 힘이오. 당신도 오늘 아침 레닌의 무덤 앞에서 수많은 사람이 줄지어 서 있는 걸 보았을 거요. 매일 아침부터 저녁까지 항상 저렇게 줄을 서 있소. 모스크바에 오는 사람은 누구나 어둠의 세계에 빛을 가져다준 사람에게 경의를 표하고 싶어 하기 때문이지. 콩고에서 중국까지, 이탈리아에서 그린랜드까지 전 세계 모든 사람이 레닌으로 인해 광명을 찾았으니까."

돈 까밀로는 놀라서 접시만큼 커진 눈으로 뻬뽀네를 바라보았다.

"동무, 자네가 읍장일 때는 그런 식으로 말하지 않았는데. 그때는 자네 큰 머리통에 무슨 생각을 담고 있었나."

돈 까밀로가 말했다.

"괜히 과거의 일을 꺼내지 마시오. 나는 그때도 이 사실을 알고 있었소. 사실 예전에는 알고 있다는 걸 모르고 있었을 뿐이오. 나중에 곰곰이 생각해 보고 정리가 되었고, 구체적으로 표현할 수 있게 됐소. 결국 예수 그리스도가 유행이었을 때 일어났던 일이 레닌에게도 일어난 거요. 둘의 차이는 그리스도의 경우 미신이었지만, 레닌의 경우는 합리적인 사고라는 거지. 진실은 자연 속에 있지만, 어둠 속에 숨어 있소. 레닌은 횃불을 켜서 빛을 만들었고, 우리 모두가 그것을 볼 수 있었소. 이 이유 때문에 모스크바에 오는 사람은 레닌에게 감사 헌금을 하고 싶어 하는 거지."

"그런데 무덤에는 레닌 말고 다른 사람도 있지 않나?"

돈 까밀로가 물었다.

"있건 없건, 아무튼 사람들은 레닌에 경의를 표하기 위해 무덤 앞에 줄을 서는 거요. 못 믿겠으면 나중에 직접 가서 확인해 보시구려."

빼뽀네가 대답했다. 돈 까밀로는 고개를 저으며 말했다.

"그럴 필요까지는 없네."

"우리는 조금 있다가 모두 그곳에 들를 거요. 오레고브 동무와 합의된 사항이오."

"난 레닌에게 갚아야 할 감사의 빚이 없네. 그리고 난 유행을 따르는 사람이 아니야. 나한테는 예수님의 가르침이 훨씬 값지다네."

"흥, 세포 책임자에게는 벗어날 수 없는 확고한 의무가 있는 법이오."

"하지만 나는 사제로서 훨씬 더 확고한 의무를 갖고 있네."

돈 까밀로는 이 의무들을 떠올리면서 주머니에서 엽서를 꺼냈다. 그리고 작은 탁자를 끌어당겨 엽서를 올려놓고 쓰기 시작했다.

"어리석은 행동은 하지 않기를 바라오."

빼뽀네가 근심 어린 목소리로 투덜거렸다.

"공산당은 주소가 '주교 광장' 이라고 되어 있는 친구를 가지고 있으면 안 된다는 말인가?"

"주교 광장 에는 주교만 살고 있다는 사실만 빼면 괜찮소!"

빼뽀네가 소리쳤다. 돈 까밀로가 그에게 엽서를 내밀었다.

"알다시피 주교 광장에 주교만 산다는 사실을 이용해서, 주교라는 이름을 가진 어떤 '신사' 에게 엽서를 보내는 거라네."

빼뽀네가 주소를 힐끗 보고 나서 엽서를 돈 까밀로에게 되돌려주었다.

"당신의 개인적인 서신 왕래 따위는 알고 싶지 않소!"

"동무, 내가 자네라면 엽서에 서명을 덧붙이겠는데."

돈 까밀로가 능글맞게 웃으며 말했다.

"드디어 당신 미쳤군!"

빼뽀네가 대답했다.

"동무, 내일 그리스도가 다시 유행하게 된다면 어쩔 텐가?"

돈 까밀로가 음흉하게 말했다.

뻬뽀네는 펜을 잡고 돈 까밀로의 이름 아래 자신의 이름을 휘갈겨 쓴 다음 엽서를 되돌려주며 말했다.

"빌어먹을 사제이긴 하지만, 당신네 주교가 우연히도 아주 인정 많은 사람이기 때문에 서명했을 뿐, 다른 이유는 없소."

뻬뽀네가 설명했다.

돈 까밀로는 홀 기둥에 매달려 있는 우체통으로 가서 엽서를 밀어 넣었다. 그가 자리로 돌아오니 일행이 죄다 모여 있었다.

"여러분들의 바람대로 우리는 오늘 레닌 무덤을 방문할 예정입니다."

나디아가 설명했다. 돈 까밀로 역시 다른 사람들의 뒤를 따라갔다. 그러나 그는 불행히도 호텔을 벗어나지 못했다. 걸어가다 헛디뎌 발목을 삐끗했기 때문이다. 만약 뻬뽀네가 붙잡아주지 않았다면 그는 호텔의 빛나는 바닥에서 볼썽사납게 나뒹굴 뻔했다.

"호텔에 남아서 치료를 받으세요. 아마 살짝 삔 걸 거예요."

나디아가 말했다. 돈 까밀로가 낙심해서 우울한 표정을 지었다. 오레고브 동무가 한참을 달래고 위로해야 할 정도였다.

"나중에 다시 오게 되면 그때 무덤을 방문하면 되지 않겠소?"

오레고브 동무가 말했다. 그러자 돈 까밀로의 표정이 다시 밝아졌다. 그는 절뚝거리면서 의자로 가서 앉았다. 그리고 발목을 살살 주물렀다. 발목은 물론 곧 정상적으로 회복되었다. 단지 발을 삔 척했던 것이기 때문이다. 일행이 모두 떠나자 돈 까밀로는 주머니에서 그 유명한 《레닌 어록》을 꺼내 읽기 시작했다.

*

30분 정도가 흘렀을까, 골똘히 생각에 잠겨 있던 돈 까밀로는 자신이 타로치 동무가 됐다는 사실을 잠시 잊어버렸다. 바로 그때 나지막하게 그를 부르는 목소리가 들렸다.

"신부님…."

돈 까밀로는 자신도 모르게 뒤를 돌아보았다. 그러고는 곧 덫에 걸렸다는 것을 깨달았다. 감추기엔 이미 늦었다.

조금 전까지 뻬뽀네가 앉아있었던 그의 옆 의자에 40대의 깡마른 남자가 앉아 있었다. 낯선 얼굴이 아니었다. 돈 까밀로는 그의 얼굴을 알아보고 자기도 모르게 그의 이름을 불렀다.

"코마씨!"

남자는 〈프라우다〉 신문을 펼쳐놓고, 그 신문 1면의 기사를 번역이라도 해 줄 듯 돈 까밀로 쪽으로 몸을 기울였다. 그는 아주 자연스럽게 행동했고, 돈 까밀로도 그 연극에 동참했다.

"신부님을 보자마자 알아보았습니다. 그런데 왜 사복을 입고 계신 겁니까?"

"난 모스크바를 보고 싶었다네. 하지만 신부복을 입고 올 수가 있어야지."

돈 까밀로가 설명했다.

"아, 그럼 아직도 신부님이시군요."

남자가 중얼거리듯 말했다.

"당연하지! 아니면 내가 뭐가 됐을 줄 알았나?"

"요즘엔 외투를 뒤집어 입듯 사상을 바꾸는 사람이 워낙 많아서…."

"내 외투는 뒤집어 입을 수 없는 천으로 만들어졌네. 그런데 자네가 여기에는 어쩐 일인가?"

"체코슬로바키아에서 동무들과 함께 이곳에 놀러 왔습니다. 저는 지금 프라하에서 일하고 있습죠. 내일 떠납니다."

"그럼 자네는 나를 바티칸 스파이라고 고발하겠군, 아닌가?"

남자가 세차게 고개를 저었다.

"신부님, 저를 그런 비겁한 놈으로 보시는 겁니까?"

카스텔레토의 코마씨 일가는 좋은 사람들이었고, 교회에도 열심히 다녔다. 단지 어린 아토스만이 길을 잘못 들어선 것이 문제였다.

청년 코마씨의 이야기는 그 시대를 살아가고 있는 다른 사람들의 이야기와 비슷했다. 1943년 9월 8일 제대를 하고 고향으로 돌아온 그는 겨우 스물두 살이었다. 청년은 재징집 명령을 받자 산속으로 도망쳐 버렸다. 그러고는 1945년 4월까지 한 번도 모습을 나타내지 않다가, 산에서 빨치산들이 내려오던 시기에 목에 붉은 손수건을 두르고 고향으로 돌아왔다. 그는 빨치산의 우두머리가 되어 앞장서서 대지주들을 몰아내거나 농지 1헥타르마다 2천 리라의 돈을 토해내도록 추궁했다. 주먹질이 여러 번 벌어졌고 대부분의 지주들은 목숨을 지키기 위해 다른 곳으로 몸을 피신해야 할 지경이었다.

카스텔레토 평야 한가운데 외로이 서 있는 낡은 저택에는 모쏘니 백작 일가가 몇 년째 은둔 생활을 하고 있었다. 식구는 모두 네 명으로, 75세의 백작, 70세의 백작 부인, 50세의 하녀, 나이를 알 수 없는 개 한 마리가 살고 있었다.

어느 날 아침 모쏘니 저택에 우유 배달을 갔던 소작농은 부질없이 초인종을 울려야 했다. 그는 문을 열고 집 안으로 들어갔다. 인기척이 없었다. 어디선가 그 집에 살고 있던 개가 나타나 사납게 짖어대기 시작했다. 농부는 마을 사람들을 몇 명 불러왔다. 사람들이 억지로 끌어내려고 하는데도 개가 자리에서 꼼짝도 하지 않자, 사람들은 그 개가 오래된 우물 뚜껑 문을 지키고 있다는 걸 깨달았다. 백작과 백작 부인, 하녀의 시체가 우물 안에 있었다. 간밤에 누군가 거실 커다란 그림 뒤에 숨겨진 비밀 금고를 털고 백작 내외와 하녀를 죽였던 것이다.

코마씨와 부하들이 모쏘니 백작 저택에 갔던 걸 목격한 사람이 있었다. 부하 세 명은 저택 밖에서 망을 보면서 움직이지 않았다. 코마씨와 운전사만 들어갔다. 많은 시간이 걸리지 않았다. 20분 후 일행은 다시 차에 올라타고 저택을 떠났다.

그리고 다음 날 아침 아까 말했던 그 사건이 터졌다.

청년 코마씨는 자신의 부하 세 명과 함께 외국인이 운전하는 차를 타고 밤늦게 마을을 떠났다. 바싸에 심상치 않은 바람이 불었다. 위험한 시기였기 때문에 사람들은 감히 그들을 상대로 어떤 증언도 하지 못했다. 목격자들은 자신들이 본 것을 잊었다. 그 비극은 흐르는 세월에 흐지부지 묻혀 버렸다.

그러다 1948년 1월, 4월에 있을 선거를 앞두고 온갖 흑색선전이 나무하기 시작했을 때 마을 골목마다 대자보가 나붙었다. 몇몇 이름을 들먹이며 모쏘니 백작 사건을 자세하게 설명하면서, 권좌에 오르고 싶어 하는 빨갱이들이 어떤 작자인지 보여 주고자 한 것이었다.

결국 코마씨의 부하 세 명이 도마에 올랐다. 그러나 그들은 저택에 침입하지 않았다고 증언했고 그 증언은 사실로 입증되었다. 부하들은 그때 종적을 감춘 운전사에 대해서 누구도 알지 못했다. 마을 사람들은 무리의 대장 격인 코마씨를 수색했지만 결국 찾아내지 못했다.

그런데 그가 바로 지금, 11년이 지나 여기 돈 까밀로 옆에 앉아 있는 것이다.

*

돈 까밀로가 코마씨를 바라보며 물었다.

"프라하에서는 뭘 하고 지내나?"

"사람들이 내 목소리가 좋다고 하길래, 이탈리아로 보내는 라디오 방송국에서 소식을 전하고 있지요."

"좋은 직업이군. 자네 가족도 알고 있는가?"

돈 까밀로가 물었다.

"아무도 모릅니다. 그래서 말인데 부모님이 내 목소리를 들어주었으면 좋겠어요. 내가 무사하다는 걸 알 수 있도록요."

남자가 말했다.

"그 불쌍한 분들을 위해서 퍽도 위로가 되겠군. 자네가 죽었다고 믿도록 그냥 내버려두게나."

남자가 고개를 저었다.

"아뇨, 내가 살아있다는 걸 아셔야 합니다. 그래서 신부님을 보자마자 달려왔던 거예요. 하느님께서 당신을 여기까지 보낸 목적입니다."

돈 까밀로가 소리쳤다.

"흥, 하느님이라! 이제야 그분이 기억나는 모양이군. 그 불쌍한 사람들을 살해할 때는 하느님이 자네 머릿속에서 잠시 나가 계셨나?"

코마씨는 잠시 가만히 있다가 뭔가를 결심한 듯 돈 까밀로 쪽을 향해 몸을 홱 돌렸다.

"신부님, 나를 믿어달라고 하진 않겠습니다. 하지만 당신은 사제이시니 고해를 부탁하는 신자의 말을 거절하지는 않겠죠."

호텔의 커다란 홀은 온갖 인종과 언어의 사람들로 북적였다. 노란색, 검은색, 갈색빛의 얼굴들이 큰 소리로 떠들면서 오갔다. 마치 지옥의 입구에 와 있는 듯했다. 하지만 주님은 그곳에도 함께 하고 계셨다. 바로 그 순간 그곳에도….

멀리서 예수님의 목소리가 돈 까밀로의 귀에 울려왔다.

"두드려라, 그러면 열릴 것이니라."

돈 까밀로는 성호를 그었다. 코마씨도 조심스럽게 성호를 따라 그었다. 〈프라우다〉 신문으로 장막을 두르고 있긴 했지만, 그 뒤에서 누군가가 의심스러운 눈초리로 몰래 그들을 감시하고 있을지 모르는 일이었기 때문이다.

"오, 전지전능하신 하느님, 여기 당신의 발밑에 당신을 분노케 한 죄인이 엎드렸습니다. 당신을 아프게 하고 떠났던 자입니다…. 하지만 고개를 숙이고 당신께 용서를 청합니다…. 주님, 제 말을 저버리지 마옵소서. 용서를 비는 마음을 멸시하지 마옵소서…."

돈 까밀로가 천천히 기도문을 불러주자, 코마씨는 돈 까밀로가 속삭인 말들을 가느다란 목소리로 따라 했다.

그런 다음, 그간 마음속에 담아 온 말을 꺼내기 시작했다. 신문을 읽는 것처럼 보이면서 가슴속에서 나오는 진짜 이야기를 말했다.

"…우리는 들어가서 자고 있던 그들을 깨웠습니다. 처음에 비밀 금고의 위치를 말하지 않더군요. 그러나 우리의 협박에 결국 털어놓고 말았습니다. 같이 들어간 동료가 자기는 두 여자와 노인을 감시하고 있을 테니, 2층 거실로 가서 돈과 금을 가져오라고 하더군요. 내가 다시 내려왔을 때 그는 혼자 있었습니다. 그가 모든 걸 처리한 겁니다. 그는 대의명분을 위해 돈이 쓰일 거라며 가져갔습니다…. 그런데 선거 바로 전에 사건에 이목이 집중되자 나에게 떠나라고 하더군요…."

"왜 자네의 무죄를 주장하지 않았나?"

"할 수 없었습니다. 상대는 당의 거물이었으니까요."

"지금이라도 솔직히 밝히는 게 어떻겠나?"

"할 수 없습니다. 그는 그때보다 더 거물이 되었습니다. 당으로선 큰 스캔들이 될 겁니다."

"자네는 그런 일을 겪고도 아직까지 그 빌어먹을 당에 존경하는 마음이 드는가?"

"아니, 두려울 따름입니다. 내가 입을 열면 그들은 나를 감쪽같이 죽여 버릴 테니까요."

"그자의 이름을 대게!"

코마씨는 주저하다가 이름을 말했다. 신문에 자주 오르내리는, 돈 까밀로도 숨을 멈출 만한 거물의 이름이었다.

"내가 신부님께 한 말을 아무도 알아서는 안 됩니다. 하지만 부모님은 내가 살인자가 아니라는 사실을 알아주셨으면 좋겠어요. 신부님 말씀이라면 믿으실 겁니다. 부모님이 내 목소리를 들을 수 있게 도와주세요. 그래야만 나도 내가 살아 숨 쉬는 존재라고 느낄 겁니다. 나는 광야에서 울부짖는 죽은 자가 아니니까요….”

그는 안주머니를 뒤져 편지봉투 하나를 끄집어냈다. 그리고 조심스럽게 돈 까밀로의 주머니에 집어넣었다.

“여기에 모든 이야기가 들어 있습니다. 내 서명도 함께요. 봉투를 뜯지 마세요. 가지고 가서 전해주십시오. 부모님이 내가 살아있다는 것과 고향에 돌아가고 싶어 한다는 것을 알 수 있게끔요.”

코마씨의 얼굴이 창백해졌다. 그의 떨리는 목소리에 절망이 그대로 묻어났다.

“네 죄를 사하노라….”

코마씨는 냉정함을 되찾은 듯했다. 그는 신문을 접고 돈 까밀로에게 건네주었다.

“이 신문은 기념으로 가져가십시오. 신부님은 다시는 이런 고백을 듣지 못하시겠지요…. 편지에 대해서 한 말은 잊으십시오. 마음이 잠시 나약해졌었습니다. 어쩔 수 없는 일 아닙니까. 누구도 과거로 돌아갈 수는 없으니까요.”

“난 아무것도 들은 게 없네, 동무. 내가 알기론 하느님은 프라하에도 전초 기지를 가지고 계시네. 그분 휘하에는 아주 일사불란한 조직이 있거든. 자네 부모님도 자네 목소리를 듣게 될게야. 나 역시 듣겠네. 자네가 말한 어리석은 짓 때문이 아니라 자네 목소리가 듣고 싶어서 말이야."

돈 까밀로가 대답했다. 코마씨가 일어서며 중얼거렸다.

"하느님. 감사합니다. 이 지옥에서 하느님에 대한 말을 들을 거라 누가 상상이나 했겠습니까?"

"하느님은 어디든지 분회당을 갖고 계시네, 동무. 모스크바에도 마찬가지야. 하느님의 조직은 아주 오래된 것이긴 하지만 효율적이고 훌륭하지."

국경을 초월한 사랑

돈 까밀로의 앞에 앉아 한참 동안 심각한 표정을 짓고 있던 스카모지아가 드디어 입을 열었다.

“동무, 아주 곤란한 일이 생겼습니다.”

“사람이 살아가다 보면 누구나 곤란한 일을 겪게 마련이야. 웬만한 건 자네 스스로 극복해낼 줄도 알아야지.”

돈 까밀로가 대답했다.

“이건 단순히 내 문제만이 아닙니다. 다른 사람들도 줄줄이 엮일 골치 아픈 일이지요. 난 내 직속상관이며 세포 책임자인 동무한테 이 사실을 보고해야 합니다. 그러면 동무는 동무의 윗사람에게 전하고, 그 윗사람은 계급에 따라 상부의 누군가에게 전해야 할 겁니다."

스카모지아가 설명했다.

돈 까밀로는 사람들로 복잡한 홀에 앉아 있다가 지쳐서, 방으로 돌아와 침대 위에 누우려던 참이었다.

"공식적인 절차라면 그래야겠지. 그렇지만 이 자리는 공식적인 자리가 아니야. 그래, 뭐가 문제인가? 자세히 말해 보게."

그는 몸을 바로 하고 등을 쭉 펴면서 말했다.

"상황이 어떻게 돌아가는지 설명하겠습니다. 듣고 나서 공식적인 사건인지 아닌지는 직접 판단하세요. 지베티 동무를 아시죠?"

"물론 알고 있다마다."

돈 까밀로가 큰소리쳤다.

사실 돈 까밀로가 지베티에 대해 알고 있는 사항이란 뻬뽀네의 행군 일지에서 읽었던 것이 고작이었다. 토스카나 출신이며 마흔 살의 전기 기술자, 빨치산 활동에 많은 공적을 쌓은 빨치산 대장, 유능하고 능률적이며 당성이 확고한 활동가.

지베티는 절대 신분을 드러내지 않았던 세 명의 선발당원들 중 하나였기 때문에, 돈 까밀로가 그에 대해 아는 사실은 거의 없었다. 시칠리아 출신 프리티와 재봉사 쿠룰루, 그리고 지베티는 모두 몸가짐과 행동, 말 한마디까지 철저하게 계산하는 아주 조심스러운 사람들이었다.

"난 지베티를 좋아합니다. 나나 동무처럼 입이 무거운 사람이거든요. 말보다는 행동으로 보여주는 당원이죠. 빨치산 활동 때 그는 죽을 뻔한 위기를 수도 없이 넘겨가며 큰일들을 해냈습니다."

"알고 있네."

돈 까밀로가 말했다.

"그럼, 그가 전쟁 동안 여기 스탈리노 지역에서 싸웠던 것도 알고 있었습니까?"

"1943년 9월, 빨치산이 되고 나서 행한 일들만 알고 있네. 그 전의 일은 아무런 의미가 없으니까."

"그렇긴 합니다, 동무."

스카모지아가 수긍했다.

"아무 의미가 없을 수 있죠. 하지만 지베티의 경우엔 어떤 의미가 있을 수도 있거든요."

"예를 들면?"

돈 까밀로가 물었다.

"그 당시 그는 스물세 살이었습니다. 온갖 흑색선전에도 불구하고 그는 적과 우정을 쌓게 되었죠. 적은 열일곱의 아리따운 처녀였습니다. 동무도 슬슬 감이 올 겁니다. 도가 지나쳐서 우정을 넘어섰을 때 무슨 일이 생길지 말입니다…. 결국 두 사람은 우정을 넘어서고 말았습니다. 이윽고 후퇴가 임박했고 이별의 밤이 찾아왔지요."

돈 까밀로는 양팔을 벌렸다.

"그리 아름다운 이야기는 아니로군. 전쟁에는 그런 슬픈 이야기들은 얼마든지 많아. 어느 나라에든 이러저러해서 스쳐 지나가는 외국 군인들과 빗나간 우정을 쌓은 여자들의 사연은 한둘이 아니라네."

"그렇습니다."

스카모지아가 인정했다.

"하지만 그런 군인 중에, 17년이 넘도록 전쟁 중에 우정을 쌓았던 외국 여자를 그리워하는 사람은 많지 않습니다. 지베티는 그런 특별한 사람 중 하나입니다."

스카모지아는 조용히 담배 연기를 응시하더니 말을 이었다.

"그가 제게 털어놓더군요. 그는 처녀를 데려가려고 했었답니다. 그녀를 군인으로 변장시키고 동료들의 도움을 받아 무사히 몇 킬로미터를 이동할 수 있었죠. 하지만 곧 그의 부대는 러시아 군에 포위당했었대요. 그녀가 위험한 총격전에 말려드는 것을 원하지 않았던 그는 그녀를 다시 돌려보내기로 결심했답니다. 가지고 있던 건빵과 동료들에게서 조금씩 얻었던 통조림을 주고, 부서진 이즈바에 남겨두면서 기다리라고 일렀습니다. 포위망을 벗어날 수 있다면 다시 데리러 오겠다며. 그리고 이렇게 덧붙였답니다. 이탈리아군이 전멸하거나 체포되는 사태가 발생하면 조용히 집으로 돌아가라고. 만일 발각되면 이탈리아 병사들에게 납치된 것이라고 해명하라고."

잠시 숨을 돌린 다음 그가 다시 말을 이었다.

“전투는 사흘 동안 계속됐습니다. 아주 힘들고 고통스러운 전투였답니다. 총격전이 끝나갈 무렵, 전황이 완전히 뒤바뀌었습니다. 포위될 지경에 몰린 러시아군은 퇴각을 단행했습니다. 지베티는 이즈바를 다시 찾았지만 처녀는 이미 그곳에 없었죠. 그는 여자를 가슴속에 새기고 조국으로 되돌아갔습니다. 그리고 9월 8일 이후로 빨치산에 들어가 우리가 알고 있는 활동을 시작했습니다. 여자를 가슴속에 간직한 채 언젠가 돌아가 다시 찾겠다는 마음으로요. 전쟁이 끝나자 러시아 전투에 참전했다는 경력이 그에게는 큰 부담이 되었습니다. 비록 그가 자발적으로 간 건 아니었다고 하더라도 말입니다. 그는 러시아로 가는 동무들 편에 편지 네다섯 통을 전하는 것밖에 할 수 없었습니다. 그러나 그의 편지는 부쳐지지 않았거나 목적지에 제대로 도착하지 않은 모양입니다. 답장이 없었으니까요. 그렇게 17년이 지난 지금에야 그는 러시아를 방문할 기회를 얻은 겁니다. 다시없는 천금 같은 기회를요.

애초 우리 일정에는 스탈리노 방문이 포함되어 있었습니다. 처녀는 스탈리노 인근 마을에 살고 있었고, 지베티는 이탈리아를 떠나면서 여자를 찾아낼 수 있을 거라 확신했습니다. 그런데 일정이 뒤바뀌자 그는 어찌할 바를 몰라서 나에게 그 사실을 털어놓았습니다. 지난 이야기를요. 그러면서 이렇게 말하더군요. ‘자네는 나디아 동무와 친하지 않나. 그러니 나를 도와줄 수 있을 걸세. 난 여기에 남고 싶어. 그녀를 찾아낼 수 있다면 뭐든 하겠어.' 라고요.
나는 그에게 그 문제는 나한테 맡기라고 대답했습니다. 그리고 나디아 동무에게 처음부터 끝까지 모든 사실을 전해주었죠. 역시 그녀는 현명하고 슬기로운 사람이었습니다. 첫 마디에 우선 여자의 상황을 알아보는 게 시급하다고 말하더군요. 나디아 동무에게 처녀의 이름과 주소를 주었습니다. 그녀는 즉시 스탈리노의 한 거물 친구에게 편지를 썼습니다."
스카모지아는 말을 중단했다. 주머니에서 타자로 친 종이쪽지 한 장을 꺼내, 돈 까밀로에게 건네주며 말했다.
"오늘 답장이 도착했습니다."
돈 까밀로는 종이를 만지작거리며 고개를 저었다.
"아무런 소용이 없네. 나는 러시아어를 모르거든."
그러자 스카모지아는 연필로 적은 종이 한 장을 내밀면서 덧붙였다.
"이탈리아어 번역도 있습니다."
내용은 간단했다.

여자는 러시아 자동차 부대에 의해 이즈바에서 발견되었다. 여자는 이탈리아 군복 외투를 입고 있었다. 여자는 이탈리아 군인들이 K 마을에서 퇴각하면서 자신을 끌고 왔고, 간신히 그들에게서 도망칠 수 있었다고 주장했다. 그러나 이 사실이 K 마을 촌장에게 전달되었다. 촌장은 여자가 자발적으로 적을 따라

갔다고 고발했다. 결국 여자는 매국 행위로 재판을 받고 총살형을 당했다.

"난 지베티에게 사실을 알릴 수 없었습니다. 부탁합니다, 타로치 동무. 당신이 옳다고 판단하는 대로 처리해 주십시오. 만일 러시아인들이 처녀를 죽였다고 사실대로 알리는 것이 옳다고 여긴다면, 그에게 이 편지를 전해주세요. 다만 사실을 밝히지 않는다면 지베티는 여기에 남기 위해 도망치는 일도 불사할 거라는 것만은 알아두시기 바랍니다. 난 이제 이 골치 아픈 문제에서 발을 완전히 빼겠습니다."

스카모지아는 말을 끝낸 뒤, 돈 까밀로를 혼자 남겨두고 나가버렸다.

과연 공산주의의 본고장 러시아에서도 과연 꼬마 악마들이 존재하고 있을까? 돈 까밀로는 항상 그게 궁금했다. 바로 그때, 누군가 돈 까밀로가 정신적으로 늘 입고 다니는 신부복 옷자락을 잡아당겼다. 작은 악마였다. 빌어먹을 꼬마 악마는 돈 까밀로의 마음이 사악한 생각으로 가득한 틈을 놓치지 않고 그를 유혹하기 시작했다.

"이봐요, 신부님. 지베티를 쓸어버릴 절호의 기회예요!"

그러나 돈 까밀로는 꼬마 악마를 힘껏 걷어찼다. 때마침 문을 벌컥 열고 들어오는 뻬뽀네의 손아귀에 종이쪽지를 넘겨주면서 말했다.

"동무, 내가 받은 중요 사항을 자네한테 넘기겠네."

종이 두 장으로는 사건에 대해서 충분한 설명을 할 수 없었기 때문에 돈 까밀로는 뻬뽀네에게 차근차근 사건의 전모를 설명했다. 이야기를 다 들은 뻬뽀네는 돌아서서 문을 단단히 잠그고 나더니 그간 참아온 감정을 폭발시켰다.

"어떻게 이럴 수가 있소! 우리가 엄선한 열 명의 당원은 뛰어난 당원 중에서도 가장 뛰어난 자들이었소! 그런데 론델라는 러시아에 도착하자마자 말썽만 부리다 그날로 추방당했소. 스카모지아라는 젊은 녀석은 가방에 향수를 숨겨 와서는 여성 통역관 동무를 꼬시려 들었고, 카파체란 놈은 지가 유부남이라는 것도 잊어버리고 괜히 삼각관계에 끼어들었다 눈퉁이가 밤탱이가 됐구려. 뭐, 그런 건 일시적인 혈기로 저지른 실수라고 칠 수도 있소. 한술 더 뜨는 놈들도 있었으니까. 바치카는 스타킹으로 암거래를 하다가 걸려서 이탈리아 공산당 체면에 먹칠을 했소. 그런데 이제 모범 당원인 지베티마저 그런 비밀을 털어놓다니! 열 명 중 단 한 명도 러시아를 보겠다는 열망으로 여기에 온 사람이 없다니 이게 가능한 일이오? 그러니까 말하자면, 빌어먹을 사리사욕에 눈이 먼 자들만 온 게 아니오?"

돈 까밀로는 그를 위로하려 애썼다.

"틀렸네, 동무. 쿠룰루와 프리티는 사욕 없이 당에 대한 무한한 충성심만으로 여기에 온 동무들인 것 같은데."

"내 원, 기가 막혀서! 그 두 멍청이가 입도 벙긋하지 않는 이유는 체면이 깎이지 않을까 걱정이 돼서요."

"그렇다면 타로치 동무가 있지 않나."

돈 까밀로가 능청스럽게 말했다.

"타로치?"

뻬뽀네가 중얼거렸다.

"그건 또 누구요?"

가만히 기억을 더듬어가던 뻬뽀네는 곧 정신을 차리고 두 다리를 떡 버티고 섰다. 그러고는 떨리는 손으로 돈 까밀로의 코 앞에 삿대질을 하며 소리쳤다.

"당신, 내가 심장 발작이라도 일으켜 고향으로 돌아가야 속이 시원하겠소?"

그러고는 씩씩대더니 지쳐 침대에 쓰러졌다. 그는 이제 더 이상 말할 기운도 없어 보였다.

"신부님은 나를 공갈 협박해서 이 더러운 일에 나를 끌어들였소. 사람들이 이 사실을 알게 된다면 아마 난 전 세계 앞에 웃음거리가 될 거요. 로마에서 당신을 만난 날부터 난 내 인생 최악의 시간이 시작되었소. 당신이 입을 열 때마다 심장이 펄떡거렸고 먹은 음식마다 위 속에서 돌덩이처럼 굳는 것 같았지. 밤이면 악몽에 시달렸고, 아침에는 온몸이 매 맞은 것처럼 찌뿌둥했소."

뻬뽀네는 이마에 송골송골 맺힌 땀을 닦았다.

"내 콧대를 납작하게 눌러주고 싶었다면 확실히 성공하셨수다. 내 정신은 넝마처럼 너덜너덜해졌으니까."

돈 까밀로는 빼뽀네가 그 정도로 낙담해 있으리라고는 미처 생각하지 못했다. 왠지 모르게 미안한 마음이 잔뜩 들었다

"난 꿈에도 자네를 괴롭힐 생각은 없었네. 정말이야. 하느님이 내 증인이시네."

빼뽀네는 다시 한 번 이마를 훔쳤다.

"그런데 왜 나한테 이 더러운 코미디를 연기하게 했소? 이제 철의 장막은 사라졌소! 세계 각지에서 온 여행자들이 돌아다니는 걸 봤을 거요. 위장 전입하지 않고 일반 여행자로 돈을 들여 여기에 올 수도 있었잖소? 돈이 문제였다면 내가 기꺼이 지불했을 거요. 지금 이 방법은 비록 돈이 들지는 않지만 10만 배나 나를 힘들게 한다는 걸 알고 있었던 게 아니오. 러시아 공산당이 내놓은 돈을 쓰니 그렇게 기분이 좋습디까?"

돈 까밀로는 고개를 저었다.

"아니, 그건 절대로 아니야. 난 여행자의 눈이 아니라, 자네처럼 골수 공산당원의 눈으로 러시아를 보고 싶었을 뿐일세. 자네와 같은 마음으로 말이야. 무대 밖 관중석에서 오페라를 보는 것과, 배우로서 직접 무대에 참여해서 보는 것은 전혀 다르지 않나? 빼뽀네, 자네는 내가 자네를 해코지하기 위해서가 아니라 타당한 이유 때문에 이렇게 행동했다는 걸 이해해 주길 바라네."

빼뽀네는 자리에서 일어나 자신의 가방을 올려놓은 탁자로

다가갔다. 그는 가방을 열려고 손을 뻗었다가 의기소침해져서 다시 자리로 돌아왔다.

"당신이 내 코냑을 오레고브에게 선물함으로써 나의 유일한 위로조차 빼앗아 간 셈이오! 오레고브 동무에게 코냑을 선물해서 무엇을 얻어낼 작정이었소?"

빼뽀네가 우울하게 소리쳤다.

"아무것도. 내 코냑을 준 걸로 해 두세. 지금 내 것을 자네한테 줄 테니까."

돈 까밀로가 낡은 코냑 병을 자신의 가방에서 꺼내 빼뽀네에게 건넸다. 코냑 한 모금을 삼키고 난 후에야 빼뽀네는 심각한 정신적 위기를 아슬아슬하게 넘길 수 있었다.

"자, 그러면 이제 어떻게 할 생각인가?"

돈 까밀로가 빼뽀네에게 종이 두 장을 다시 내보이면서 물었다.

"당신이 알아서 하시오. 난 모르겠소. 알고 싶지도 않고."

빼뽀네가 대답했다.

돈 까밀로는 방을 나와 지베티 동무의 방을 찾아갔다. 그리곤 말을 돌리지 않고 바로 본론에 들어갔다.

"스카모지아 동무가 소식을 전해야 했지만, 나쁜 소식이라 도저히 내키지 않는다는군. 그래서 내가 소식을 가져왔네."

지베티는 침대에 누워 있다가 벌떡 일어났다.

"그 여자는 잊어버리게. 결혼해서 애들을 다섯이나 뒀다네."

돈 까밀로가 말했다.

"그럴 리가 없소!"

지베티가 펄쩍 뛰었다.

"동무, 자넨 러시아어를 알고 있지, 그렇지?"

"모릅니다."

"그럼 어떻게 러시아 처녀와 사귈 수 있었나?"

"말을 하지 않아도 우린 서로 통했소."

"그럼 여자에게 편지를 보낼 때는 어떻게 했나?"

"난 그녀의 이름과 마을 이름을 어떻게 쓰는지 알고 있었소. 그리고 이 말도 배워 두었지요. '난 늘 당신을 생각하고 있소. 돌아가겠소. 답장 주시오.' 그녀는 내 주소를 알고 있었고."

돈 까밀로는 주머니에서 러시아어로 타자 친 종이를 꺼내 지베티에게 내밀었다.

"그쪽에서 보낸 보고서가 여기 있네. 번역해 줄 수도 있어. 내가 말했던 내용이 거기에 적혀있네."

지베티는 종이를 허겁지겁 훑어보았다.

"그녀 이름이오. 마을 이름도 맞고."

"내가 했던 말도 거기 적혀 있네. 못 믿겠다면 일단 집으로 돌아간 다음 알아보면 될 일이고."

지베티는 종이를 조심스럽게 접어서 지갑에 넣었다.

"알아볼 필요도 없소. 난 동무를 믿으니까. 하지만 만약 내가 어떤 여성에게 빠져들게 된다면, 난 이 종이를 바라보며 제정신을 찾을 수 있겠지."

그는 슬픈 미소를 띠며 말을 이었다.

"동무, 내 지난 과거를 알고 있지요?"

"그래."

"그럼 솔직히 털어놓겠소. 난 그동안 무슨 짓이든지 닥치는 대로 했소. 이곳으로 돌아와서 그녀를 찾고 싶었기 때문에 하지 않아야 할 일도 많이 했지요. 그러나 그건 모두 쓸데없는 짓이었소. 이젠 무엇을 위해 살아가야 할지 모르겠소. 난 어찌 해야 하는 거지요?"

"신념을 위해 계속해서 싸우게."

"내 신념은 소냐였소. 이젠 내 여자가 아니라 다른 남자의 여자가 되었지만."

지베티는 어깨를 들썩였다.

"침착하게 생각해보게, 동무."

돈 까밀로가 말했다.

"난 지금 당의 동지로서가 아니라 친구로서 충고하는 거네. 우리당 소속 동지들은 이런 일에 대해선 워낙 잘 모르니까."

"그렇지만 나는 잘 알고 있소."

지베티가 다시 침대 위에 드러누우며 슬픈 목소리로 중얼거렸다.

일행은 저녁 식탁에 둥글게 모여 앉았다. 지베티는 속이 좋지 않다며 자리에 끼지 않았다. 오레고브는 모든 일이 순조롭게 진행되는 것에 아주 흡족해했다. 돈 까밀로의 옆에 앉아 있던 바치카가 신중하게 말을 건네왔다.

"일이 잘 해결됐소, 동무. 기어이 모피코트를 사고 말았소."

"어떻게 세관을 통과할 건가? 남자가 여자 모피코트를 입고 지나기가 어려울 텐데."

돈 까밀로도 역시 신중하게 물었다.

"모피코트 깃을 남자 코트 깃으로 살짝 수선할 거요. 털이 달린 남성 코트도 많으니까. 그런데 늘 그렇듯 반동분자들의 신문이 허튼소리를 했더구먼요."

"무슨 소리인가? 그 신문이 자네 일과 어떤 상관이 있는지 영 이해를 못 하겠군."

돈 까밀로가 대답했다.

"반동분자 신문에 따르면 모스크바에서 달러당 20루블을 준다고 동무가 그랬잖소. 아니오. 달러당 26루블이었소."

보드카가 한 잔씩 돌아가자, 대화는 점점 더 활기를 띠었다.

"타로치 동무도 우리랑 함께 갔으면 좋았을 텐데. 레닌 묘역 방문은 내 평생 다시 없을 만큼 감동적인 경험이었습니다."

스카모지아가 돈 까밀로에게 말했다.

"동감이오. 스탈린 동무가 잠들어 있는 곳이라고 생각하니 감개무량하더군요."

가까이에 앉아 있던 쿠룰루가 거들었다.

당시는 흐루쇼프가 한창 스탈린 격하운동*을 펼치고 있을때였다. 스탈린에 대한 언급이 별로 재치있는 이야기는 아닌 듯싶어, 돈 까밀로는 이야기를 딴 방향으로 돌리려고 애썼다.

"그야 물론이겠지. 나도 파리에서 나폴레옹의 무덤을 보고 얼마나 인상이 깊었는지 기억나네. 하지만 나폴레옹 따위를 어디 레닌과 같은 거물과 비교할 수 있겠나."

쿠룰루 동무는 보드카 술기운 탓인지 화제를 돌릴 생각도 하지 않았다.

"스탈린…. 스탈린은 진짜 거물이었소."

"말 잘했소, 동무. 사실이외다. 스탈린은 러시아의 위대한 수령이었지. 스탈린은 전쟁에서 이겼소이다."

프리티 동무가 덩달아 끼어들었다.

쿠룰루 동무도 보드카 한 잔을 들이켠 다음 말했다.

"그런데 오늘 줄을 서서 무덤에 들어가기를 기다리는 노동자들 중에 카니발 복장을 한 미국 관광객들도 눈에 띄었소. 마릴린 먼로 영화 시사회장에 가기를 기다리려는 사람들 같았소. 그놈들이 대체 스탈린에 대해 뭘 알아!"

"말 잘했소, 동무."

프리티가 거들고 나섰다.

---

* 스탈린 사후, 흐루쇼프는 러시아공산당의 지도원리와 구조에 대한 정당성은 인정하였으나 스탈린이 행한 당원 숙청과 역사 날조, 히틀러 침공대비 실패, 소수민족의 강제이주, 유고슬라비아와의 외교단절 실책 등을 비난하며 스탈린 격하운동을 펼쳤다.

"역겹기 그지없더군. 모스크바는 몬테카를로가 아니오. 카프리에 놀러 가듯 모스크바로 가서는 안 되는 일이오."

"스탈린이 살아있다면 그 수다쟁이들이 여기까지 와서 천박하게 웃어대지는 못했을 거요. 생전의 스탈린은 자본주의자들에게 두려움의 대상이었으니까."

쿠룰루 동무가 말했다.

뻬뽀네가 나디아의 도움을 받아 오레고브의 정신을 딴 데로 돌리려고 애썼다. 하지만 어느 순간 오레고브는 그들의 얘기에 주목하기 시작했고, 나디아는 뻬뽀네 일행이 무슨 얘기를 나누고 있는지를 설명해야 했다. 그러자 오레고브는 턱을 악물면서 얘기에 더욱 흥미를 보였다. 나디아는 한 마디도 빼놓지 않고 모든 대화를 통역하고 있었다.

뻬뽀네는 고뇌 어린 눈빛으로 돈 까밀로에게 긴급 구조 신호를 보냈다. 돈 까밀로가 침착하게 대화에 끼어들었다.

"동무들, 스탈린의 업적을 부인할 사람은 아무도 없습니다. 그러나 지금은 이런 얘기를 하기에 적절한 장소와 때가 아닌 것 같소."

"솔직히 말해 보지요. 위대한 러시아가 달을 먼저 정복하면 뭘 합니까. 우리가 25만 명이나 되는 동지들을 희생하면서 얻은 혁명정신을 다 잃어버렸는데!"

쿠룰루 동무가 큰 소리로 외쳤다.

"정치는 순간의 상황에 맞춰 항상 변하는 법이오. 결과를 두고 봐야지."

돈 까밀로가 은근슬쩍 반박을 시도했다.

"결과는 스탈린은 러시아 밖으로 한 발자국 나가지 않고도 원하는 걸 얻었지만, 지금 정치를 맡고 있는 동무들은 아무것도 이루지 못했다는 사실이요!"

쿠룰루 동무가 말했다. 이제 말을 하는 것은 동무들이 아니라 보드카였다. 보드카는 합리적 사고를 하지 못하게 한다. 스탈린에 대한 향수는 정도는 다르지만 이미 뻬뽀네를 제외한 모든 사람들을 사로잡고 있었다. 뻬뽀네는 입을 굳게 다문 채 신경을 곤두세우며 폭탄이 터지기만을 기다렸다.

폭탄은 전혀 예상치 못했던 곳에서 갑자기 터졌다.

나디아와 열을 올리며 대화를 나누던 오레고브가 커다란 주먹으로 탁자를 쾅 내리치더니 벌떡 일어섰다. 그의 두 눈은 불이 붙은 듯 이글거렸고, 얼굴은 죽은 사람처럼 창백하고 무서운 빛을 띠고 있었다.

싸늘한 침묵이 흐른 뒤, 정확하지는 않지만 충분히 알아들을 수 있는 이탈리아 말로 외쳤다.

"위대한 스탈린 만세!"

그가 보드카 잔을 높이 들자, 모두들 벌떡 일어나 잔을 들었다.

"만세!"

그들은 한목소리로 호응했다.

오레고브가 보드카를 단숨에 비웠다. 모두들 그를 따랐다. 그리고 오레고브가 마룻바닥에 잔을 던져 박살 내자, 다른 사람들도 똑같이 따라 했다.

나디아가 통역했다.

"오레고브 동무가 이탈리아 동무들에게 잘 자라는 인사를 전하십니다."

그것으로 군말 없이 모임이 끝났다. 돈 까밀로와 뻬뽀네가 일행을 뒤따라 계단으로 가던 중 나디아가 그들을 가로막았다.

"동무들, 제가 커피 한 잔 대접해도 될까요?"

그들은 당황스러운 시선으로 나디아를 쳐다보았다.

"이탈리아식 커피를 만들어 드릴게요. 우리 집이 아주 가까운데 있거든요."

그녀가 웃으면서 설명했다.

*

고궁과 미국식 고층 건물들 뒤에는 프롤레타리아 식의 다른 도시 구역이 있었다. 나디아는 그 골목의 초라한 아파트 4층에 살고 있었다. 계단은 어둑어둑했고 양배추 수프와 튀김 냄새가 진동했다.

아파트는 방이 하나로, 방 안에는 터키식 소파 두 개와 탁자, 의자 네 개, 옷장과 라디오가 놓여 있었다. 창문의 커튼과 장식

술이 달린 전등갓, 벽에 걸린 그림 등으로 방 안 분위기를 화사하게 바꿔놓으려 애쓴 것 같았지만 아쉽게도 만족스러운 결과는 아니었다.

"나와 함께 사는 여성 동무에요."

나디아가 빼뽀네와 돈 까밀로에게 문을 열어준 처녀를 소개했다. 그녀보다 나이가 많고, 좀 더 키가 컸지만 생김새는 틀에 박은 듯 닮아 있었다.

"프랑스어 통역사에요. 하지만 이탈리아말도 곧잘 해요."

커피 주전자는 탁자 위에 이미 준비되어 있었다.

"커피는 여기서 끓여요. 옆집이랑 주방을 함께 쓰는데 주방에 가려면 복도를 건너가야 하거든요."

"커피 맛이 아주 좋소."

"동감일세."

나디아는 빼뽀네와 돈 까밀로의 칭찬에 방긋 미소를 지었다.

"이 커피처럼 우리의 위대한 러시아도 동무들의 마음에 드셨기를 바라요."

빼뽀네는 흥분한 목소리로 그가 늘 지켜보았던 놀라운 광경들을 모두 설명하기 시작했다. 어느 순간 나디아의 친구가 웃으면서 빼뽀네의 말을 막았다.

"우리는 다 알고 있는 얘기에요. 이탈리아 이야기나 좀 해 주세요."

빼뽀네가 양팔을 펼치며 말했다.

"이탈리아는 작은 나라요. 성직자들과 자본주의자들에 의해 짓밟히지만 않아도 멋진 나라가 됐겠지만."

"하지만 그곳엔 자유란 게 있잖아요?"

나디아가 물었다.

"표면적으로는 자유로운 나라지. 하지만 성직자들이 모든 것을 지배하고 있소. 성직자들은 어디나 스파이를 두고 있지. 그들은 심지어 우리 여행까지도 손금 들여다보듯이 훤히 알게 될 거요."

"정말로요?"

나디아의 친구가 깜짝 놀라며 물었다.

"내 말이 맞는지 틀리는지 확인 좀 해주시구랴, 타로치 동무."

빼뽀네가 돈 까밀로에게 눈을 흘기며 말했다.

"100퍼센트 진실이오. 내가 맹세하리다."

돈 까밀로가 시인했다.

"어머나, 끔찍해라. 그런데 중산층 노동자들은 어떻게 살고 있나요? 예를 들어 스카모지아 동무 같은 사람들 말이에요."

나디아 동무가 호들갑을 떨며 화제를 바꾸었다.

"동무, 스카모지아 동무는 중산층 노동자가 아니오. 그는 전문 정비공이오. 자기 소유의 작은 정비공장도 있고, 손님이 끊이지 않아서 꽤 많은 돈을 벌고 있소."

빼뽀네가 말했다.

"대략 어느 정도예요?"

나디아 동무가 관심 없는 척 넌지시 물었다. 뻬뽀네는 머릿속으로 계산기를 두드리다가 대답했다.

"루블당 30리라로 환산하면 한 달에 7천 루블 정도가 될 거요."

두 여자는 자기들끼리 러시아어로 속닥거렸다. 나디아가 다시 뻬뽀네에게 물었다.

"리라의 시장 가격에 따라 달라지겠네요. 남성복 한 벌은 루블로 얼마인가요? 신발 한 켤레는 얼마고요?"

"품질에 따라 다르오. 신발은 70루블에서 350루블까지 있소. 옷은 700루블에서 1,400루블까지고."

돈 까밀로가 설명했다.

뻬뽀네는 상원의원용의 비싼 파란색 더블 양복을 입고 있었다. 나디아의 친구가 소매 부근의 부드러운 천을 만져보며 물었다.

"예를 들어 이 옷은 얼마죠?"

"4만 리라요."

뻬뽀네가 대답했다.

"약 1천350 루블이지."

돈 까밀로가 알아듣기 쉽게 루블로 고쳐 말했다.

"하지만 스카모지아는 특별한 경우요. 그는 단순한 노동자가 아니니까. 스카모지아는…."

빼뽀네가 고집스럽게 말했다.

"스카모지아, 스카모지아!"

나디아의 친구가 웃으면서 소리쳤다.

"온통 스카모지아 얘기뿐이군요! 혹시 티피즈 집단농장에서 추태를 보였다던 그 끔찍한 인물 아닌가요? 그렇게 나쁜 사람이 어떻게 당원이 됐는지 모르겠어요."

"나쁜 사람이 아니오! 똑똑하고 유능하고 충성심이 강한 동무요. 그의 행동을 보고 판단하면 안 되오."

빼뽀네가 정색을 하며 목소리를 올렸다.

"그럼 나쁜 집안에서 교육을 제대로 못 받았나 보군요."

나디아의 친구도 지지 않고 말했다.

"아니요. 그의 집안사람들은 훌륭한 사람들이오. 당신들은 로마에 살지 않으니까 이해할 수 없을 거요. 로마 남자들은 집 밖에서 껄렁껄렁하고 점잖지 못한 분위기를 풍기오. 하지만 집 안에선 아내를 끔찍이도 무서워하기 때문에 입 한번 제대로 벙긋하지 못하지."

빼뽀네가 단호하게 말했다.

"스카모지아도 아내를 무서워하나요?"

나디아의 친구가 물었다.

"아니요. 그는 아직 결혼하지 않았으니까 무서울 게 없지. 일단 결혼하면 다른 남자들처럼 애처가가 될 거요."

그때 나디아가 끼어들어서, 이탈리아의 중공업과 농업 생산에 대해 자세히 말해줄 것을 부탁했다. 빼뽀네가 잘 알고 있는 사항이었기 때문에, 그는 숫자와 통계를 마구 쏟아내며 설명했다.

나디아는 그의 말을 관심 있게 듣다가, 커피 한 잔을 더 대접하려고 부엌으로 향했다. 그러나 두 사람은 정중히 거절하고 호텔로 돌아갔다.

돌아오는 길에 빼뽀네는 이탈리아에선 나디아 동무처럼 성숙한 정치 감각을 가진 여자를 찾기 어려울 거라고 말했다.

"이탈리아 여자들이 러시아의 중공업이나 농업 생산에 대해 저 정도만 관심을 보여도 이탈리아가 훨씬 달라질 텐데…."

빼뽀네가 아쉽다는 듯 말했다.

"그렇지. 이탈리아 여자들은 단순히 자신들을 따라다니는 남자가 누구고, 결혼은 했는지 안 했는지, 직업은 뭔지, 얼마나 벌고 성격이 어떤지, 어느 집안 출신인지 하는 어리석은 것들에만 관심을 갖고 있지."

돈 까밀로가 대답했다. 빼뽀네는 뭔가 수상쩍은 낌새를 느끼고 발걸음을 멈추었다.

"뭔가 비아냥거리고 싶은 모양인데…."

"아니, 그럴 마음 전혀 없네!"

돈 까밀로가 빼뽀네의 말을 가로막았다.

"내가 설마 빼뽀네 상원의원이 뚜쟁이 노릇이나 하러 모스크바에 왔다고 생각하겠나? 그는 대의명분을 위해 여기에 온 거야, 신랑감을 구하는 여성동무들을 위해서가 아니라."

"그렇소. 말 한번 잘했소. 신랑감을 구하는 여성들이나 기혼 여성들을 위해서 온 게 아니오. 난 이웃집 부인네 것과 똑같은 모피코트를 아내에게 가져다주어야 했기 때문에 이 기회를 이용해야 했던 거요!"

뻬뽀네가 화를 내며 소리쳤다.

체한 것처럼 그의 속을 더부룩하게 만들어왔던 말이었다. 뻬뽀네는 가슴 속에 있던 말을 속 시원히 뱉어놓고 나니 10년 묵은 체증이 쑥 내려가는 기분이었다.

어느새 밤 10시가 되어 있었다. 차가운 돌개바람이 휑한 거리를 쓸고 갔다. 모스크바는 러시아의 우울한 수도임에 틀림없었다.

폭풍우와 믿음

러시아 방문단 일행은 아침 일찍 공항버스를 타고 모스크바를 출발했다. 거리에는 청소하는 여자들 말고는 아무것도 눈에 띄지 않았다. 여자들은 물을 뿌리고, 빗자루질을 하고, 기계청소기로 청소를 마무리했다. 돈 까밀로는 뻬뽀네에게 여자들의 활기찬 몸짓 속에 남자들과 똑같은 권리를 얻어냈다는 자부심이 느껴지지 않느냐고 물었다.

"보기 좋은 광경일세. 러시아에서만 볼 수 있는 광경이야."

"밥만 축내는 신부들에게 이런 일을 시킨다면 우리 이탈리아도 무척 깨끗해질 텐데!"

뻬뽀네가 비아냥거렸다.

시베리아 얼음 평원에서 불어온 살을 에는 듯 차가운 바람이 붉은 광장에 불어오기 시작했다. 바람은 마치 사냥감을 발견한 굶주린 늑대처럼 광장에 모인 사람들 위를 덮쳤다. 레닌 묘역에 참배하려고 저 멀리 우즈베키스탄과 그루지야 등지에서 기차를 타고 와서 한밤중에 모스크바 역에 도착한 러시아 공화국의 주변 국가 인민들이었다. 그들은 습격을 두려워하며 밤을 지새우는 겁먹은 양들처럼 서로를 의지해 다닥다닥 달라붙어 있었다.

"동무, 저길 보게나. 옛날 제정 러시아 시대와 얼마나 달라진 풍경인가. 암, 새로운 차르*의 대관식을 허름한 마차를 타고 지방에서 올라온 불쌍한 농부들이 추위에 떨며 왕궁 근처에서 노숙하던 시대는 지나갔지."

돈 까밀로가 빼뽀네에게 말했다.

"폭군에게 복종하며 억지로 끌려온 노예들과 자신들을 해방시켜준 사람에게 감사하기 위해 온 자유로운 인민과는 분명한 차이가 있소."

빼뽀네가 작은 소리로 말했다.

"물론이지. 아마 저 사람들은 레닌과 스탈린이 진짜 죽었는지 확인하기 위해 왔을걸."

돈 까밀로가 덧붙였다.

---

* 차르 czar : 제정 러시아의 황제. 이 글에서는 독재정치를 펼친 권력자라는 의미로 표현.

빼뽀네는 입가에 웃음을 띠며 돈 까밀로를 돌아보고는 작은 소리로 속삭였다.

"무슨 말이든 맘대로 하시오. 내일 자정에 밀라노 역에 당신을 내려줄 생각을 하면 꿈인지 생시인지 모를 정도로 좋아죽겠소. 자, 날 좀 꼬집어 주시구려. 몇 시간 안 남았으니 그동안 맘껏 즐기시오."

이제 돈 까밀로의 모험도 막바지에 다다랐다. 비행기는 9시경 S시에 그들을 내려줄 것이다. 여기서 조선소를 방문한 다음 정오에 배를 타고 3시간 뒤, 도시 O에 도착할 예정이다. 그리고 그곳에서 오후 5시 비행기를 타고 베를린을 향하게 된다.

유람선을 타고 관광한다는 계획은 전적으로 오레고브 동무의 생각이었다. 이탈리아 동무들은 비행기, 기차, 자동차, 전차, 관광버스, 지하철 등을 타고 여행했다. 그러나 소비에트 대중교통의 위력을 보여주기 위해서는 아직 바닷길 여행이 남아 있었다. 오레고브는 개인적인 제안을 상부에서 허락하자 아주 자랑스러워하며 기쁨을 감추지 못했다.

*

비행기가 정각 9시에 S시 공항에 도착했다. S시는 작은 도시였다. 그에 걸맞게 공항도 초라했다. 볼거리라고는 조선소 밖에 없다고 해도 과언이 아니었다.

넓고 안전한 항구에는 갖가지 종류의 배들이 길게 늘어서 있었다. 제노바 출신으로 뱃사람인 바치카 동무는 물 만난 물고기처럼 쉬지 않고 떠들어댔다.

여러 척의 배 사이에서 갓 뽑아낸 유조선 한 척이 눈에 띄었다. 바치카가 배의 무게와 전문 기술 내용을 정확하게 얘기하자, 오레고브는 이탈리아 손님들이 자기가 없어도 관광을 잘 할 수 있다고 믿었다. 그래서 그는 일행을 나디아에게 부탁하고 자신은 방문의 자세한 일정을 확인하기 위해 조선소로 가버렸다.

바치카는 모두가 혀를 내두를 정도로 배에 대한 전문 지식이 풍부했다. 그는 동무들의 모든 질문에 정확하게 대답했다. 그리고 이따금씩 탄성을 내뱉었다.

"조선 기술은 제노바 사람들이 최고라고 생각했는데, 러시아 동무들도 제법 배를 만들 줄 아는군요!"

돈 까밀로는 흥미 있게 그를 바라보다가, 어느 순간 바치카 동무가 또다시 후렴을 반복하려는 틈을 타 재빨리 끼어들어 말했다.

"맞아, 이들도 제법 배를 만드는 것 같군."

돈 까밀로가 수긍했다.

"한두 해 닦아온 솜씨가 아닌데…. 동무들, 저기 오른쪽에 돛대가 세 개인 범선 좀 보시오. 진짜 멋있지 않소?"

일동은 돈 까밀로를 따라서 범선이 한눈에 보이는 장소까지 걸어갔다. 그러고는 죄다 걸음을 멈추고 돈 까밀로의 말이 백 번 옳다며 이구동성으로 놀라움을 표시했다. 배는 19세기형 범선으로 방금 새로 칠한 것처럼 윤이 나고 깨끗했으며 세부 마무리까지 깔끔했다.

"위대한 러시아의 기품 있는 과거를 증언하려는 열정이 정말 놀랍소. 동무들, 저 범선은 조선 분야에도 뛰어났던 러시아의 영광된 전통을 보여주기에 충분하지 않소?"

돈 까밀로는 찬탄 어린 눈빛으로 범선을 감상한 뒤 바치카에게 돌아섰다.

"동무, 우리는 몇 세기 전부터 조선 분야에서는 선진국이라 자부해 왔네. 하지만 저런 걸작을 보려면 러시아에 와야 한다는 사실을 인정할 수밖에 없겠군."

나디아가 지나가는 노동자로부터 더 자세한 정보를 알아왔다.

"배 이름은 '토바리쉬'에요. 러시아 해군 사관학교 소속 선박이랍니다. 4천 톤급이지요."

나디아 동무가 설명했다.

"3천 톤급이오."

바치카가 갑자기 입을 열자 나디아의 얼굴이 굳어졌다.

"배 이름은 '크리스토퍼 콜럼버스'요. 이탈리아 해군의 훈련용 선박이었지."

"자, 잠깐 실례하겠습니다, 동무."

그녀가 더듬거리며 말했다. 마침 오레고브 동무가 조선소 직원과 함께 일행을 향해 성큼성큼 걸어오고 있었기 때문에 그녀는 지시를 받으러 뛰어갔다.

뻬뽀네가 팔꿈치로 돈 까밀로를 치면서 한쪽으로 끌어냈다.

"그놈의 방정맞은 주둥이 좀 제발 다물고 계시오. 이번엔 정말 큰 실수를 했소이다!"

뻬뽀네가 이를 악물며 말했다.

"실수가 아닐세. 저기 저 배가 우리 '크리스토퍼 콜럼버스'라는 건 삼척동자도 아는 사실이라고. 저들이 '율리우스 카이사르'와 함께 우리 배를 가져갔을 때 불쾌하기 짝이 없었지."

돈 까밀로가 차분하게 대답했다. 그러자 뻬뽀네는 화살을 바치카에게로 돌렸다.

"자네도 마찬가지야. 잠자코 좀 있을 수 없나?"

바치카가 대꾸했다.

"동무, 내가 뭘 어쨌다고 그러시오? 나는 우리 배를 알아봤을 뿐인데!"

"충성스런 당원이라면 그런 것쯤은 모르는 척 넘어갈 수도 있잖나."

뻬뽀네가 신경질적으로 소리쳤다.

"나는 충성스런 당원이기도 하지만 타고난 뱃놈이기도 하다고요."

바치카가 말했다.

"그래서 어쨌다는 건가?"

"상원의원 동무, 물이면 다 같은 물인가요? 천만에요. 뽀 강물에 소금을 한 트럭 쏟아붓는다고 바닷물이 되는 건 아니란 말입니다. 난 동무가 비아다나 다리의 나룻배를 보듯이 콜럼버스호를 볼 수는 없어요."

"전함 '포템킨'의 선원들은 자네와 다른 식으로 생각했네."

뻬뽀네가 빈정대며 쳐다보았다.

"그야 포템킨의 선원들은 제노바 사람들이 아니니까 그렇죠."

바치카 동무가 반박했다.

*

11시가 되어 온갖 통계 자료를 머릿속에 가득 넣은 뒤에야 뻬뽀네와 일행은 조선소 시찰을 끝마칠 수 있었다. 출항 시간을 한 시간 앞두고 있었다. 일행은 나디아의 안내를 받아가며 시내를 관광했다. 뻬뽀네 동무, 돈 까밀로 동무는 뱃멀미를 예방한다는 목적으로 부두 노동자 술집의 연기 자욱한 홀에 앉아 있었다.

먹구름이 점점 짙어지는 걸 봐서 편안한 항해가 될 것 같지 않았다. 노동자 술집은 지저분했지만 술맛은 썩 좋았다. 두 번째 잔이 돌자 뻬뽀네가 속마음을 털어놓았다.

"뱃멀미가 날까 걱정이오. 신부님은 안 그렇소?"

"난 두렵지 않아. 거의 2천 년 째 신부들은 끔찍한 폭풍우 속을 항해하고 있지만 늘 무사히 살아남았어."

"흥, 어디 배 위에서도 그렇게 잘난 척할 수 있나 두고 보겠소."

빼뽀네가 오만상을 찌푸리며 대꾸했다. 돈 까밀로는 주머니에서 《레닌 어록》을 꺼내며 말했다.

"이 안에 모든 것이 다 들어있네. 두려움에 대한 처방까지도 말이야."

차가운 바람이 불어대자 다른 일행들도 모두 술집 안으로 들어왔다. 그들의 얼굴은 한결같이 재미없다는 표정이었다. 그중에서도 쿠룰루 동무의 기분이 가장 언짢아 보였다. 모두들 빼뽀네와 돈 까밀로의 테이블 옆에 자리를 잡고, 술잔을 비웠다. 혀가 풀리자 쿠룰루가 속에 있는 말을 털어놓았다.

"동무, 우리가 지금 어디서 왔는지 아십니까?"

돈 까밀로는 《레닌 어록》이라는 제목을 단 성무일도서를 내려놓았다.

"성당이오! 그리고 그 성당에서 무슨 일이 벌어지고 있었는지 아십니까?"

쿠룰루가 말했다. 돈 까밀로는 어깨를 으쓱했다.

"글쎄, 얼빠진 인간들이 결혼식을 올리고 있었지 뭐요! 그것도 신부 앞에서! 정말 말도 안 돼요."

쿠룰루가 흥분해서 소리쳤다. 그러고는 스카모지아를 향해 돌아섰다.

"자네는 성직자들 낯짝이 보기 싫어서 여기에 왔다고 그랬지! 그런데 여기도 버젓이 신부가 활개를 치는군! 우리 이탈리아의 신부들보다 더 화려하게 치장했어. 또 결혼하는 사람들은 어떻고? 바보들 마냥 잘 차려입고, 두 손을 모은 채 천사 같은 미소를 띠고 교회 의식을 치르더군! 속이 얼마나 뒤집히던지!"

"러시아에서, 그따위 불쾌한 일이 벌어지다니! 시칠리아 시골 동네에서나 있을 법한 일이 말이오!"

프리티도 상기된 얼굴로 맞장구쳤다.

모두들 돈 까밀로에게 답을 기대하고 있었기 때문에, 그는 잠시 고민하다가 어렵게 입을 열었다.

"동무들, 소비에트 공산당 강령은 러시아 인민에게 어느 정도 신앙의 자유를 허락하고 있다네. 성직자들이 18세 이전의 청소년들에게 교리를 주입해 망쳐놓지만 않는다면 자유로이 자신들의 직업을 수행할 수 있어. 알고 보면 바티칸에서 떠드는 종교 박해 얘기도 거짓말이라네."

오레고브는 귀를 쫑긋 세우고 나디아가 통역해 주는 말에 귀를 기울였다. 돈 까밀로가 오레고브를 돌아보며 도와달라는 눈길을 보냈다.

오레고브는 나디아를 통해 자신의 말을 전했다.

"타로치 동무 말이 옳습니다. 강령 124조에 명시되어 있어요. 러시아 정교 위원회와 기타 종교 위원회가 자유로운 의식을 바탕으로 율법 집행을 관리하고 있고, 종교 단체를 도와 자신들의 문제를 해결하고 있어요."

공식적인 해명을 듣고 나자 돈 까밀로가 말했다.

"그렇다네. 성직자들은 우리 이탈리아에서처럼 원하는 일을 하는 것이 아니라, 당 강령이 그들에게 허락한 것을 한다네. 상황이 완전히 다르지."

"제 버릇 개 주겠습니까? 성직자 놈들은 언제 어디서나 똑같다고요."

프리티가 투덜거렸다. 돈 까밀로가 웃으며 그를 진정시켰다.

"동무, 러시아처럼 광활한 나라에 겨우 2만 6천 개의 교회와 3만 5천 명의 성직자가 있을 뿐이네."

"너무 많아요. 교회와 성직자가 너무 많아!"

쿠룰루 동무가 소리쳤다.

"1917년 러시아에 4만 5천 개 이상의 교회와 5만여 명의 성직자들이 있었다는 걸 감안해보게. 1935년에 교회는 4천 개로, 성직자는 5천 명으로 줄었던 적도 있었지만…."

쿠룰루는 믿기지 않는다는 듯 오레고브를 돌아보며 물었다.

"사실입니까?"

잠시 얘기가 오간 다음 나디아가 대답했다.

"말씀하신 자료는 사실과 일치합니다. 성직자들과 교회들은 주로 신자들의 작은 헌금으로 살아가죠. 전쟁 중 러시아 정교는 애국심을 보여주며 나라를 위해 함께 싸웠습니다. 그래서 당은 미신에 대항하여 싸우는데 비폭력적인 설득의 방법을 사용하기로 한 겁니다."

쿠룰루는 실망감을 감추지 못했다. 보드카 술기운이 점점 더 올라왔다.

"동무, 하지만 24년 만에 성직자들이 5천 명에서 3만 5천 명으로 늘었다니 미신과의 투쟁은 어떻게 된 겁니까?"

나디아는 잠시 주저하다 통역했다. 오레고브는 마치 그 배신의 책임이 자신에게 있다는 듯 고개를 푹 수그리고 그녀의 이야기를 들었다. 마침내 그가 고개를 들고 절망적인 표정으로 양팔을 벌렸을 때 모든 토론은 끝이 났다. 나디아가 굳이 다시 통역을 할 필요조차 없었다.

오레고브 동무는 보고서를 훑어보며 다시 일을 시작했고, 다른 사람들은 화제를 바꾸었다. 홀은 연기로 가득 차 있었다. 돈 까밀로는 신선한 바람을 쐬기 위해 바깥으로 나갔다. 뻬뽀네도 따라 나섰다.

바람이 잠잠해졌다. 말없이 어깨를 나란히 하고 왔다 갔다 하던 뻬뽀네가 걸음을 멈췄다.

"3만 5천 명의 성직자라! 피비린내 나는 혁명이 지나고 42년 동안 끔찍한 희생을 치렀는데도!"

"화내지 말게, 동무."

돈 까밀로가 뻬뽀네를 달랬다.

"성직자들 숫자에 현혹되지 말게. 그들은 진짜 성직자가 아니야. 교황을 평화의 적이라고 말하는 러시아 공무원들에 불과하다네. 그들의 수장이 바로 알레시오 대주교지. 그는 스탈린을 신이 보낸 사자라고까지 불렀어. 하지만 공산주의가 성직자들을 정복했을지라도 종교와의 싸움에서 이긴 건 아니야. 러시아 정권은 중요한 세 가지 전쟁에서 패배했네. 신과의 전쟁, 농부들과의 전쟁, 부르주아와의 전쟁이 바로 그 걸세. 피비린내 나는 42년의 통치 기간에 소비에트 정권은 달을 정복하고 원자폭탄을 만드는 등 과학기술 분야에서 세계적인 발전을 이루었네. 그리고 러시아 주변의 위성국가를 굴복시켜 커다란 연방을 구축했지. 이 과정에서 1천만이 넘는 농민을 학살하고 부르주아가 완전히 제거됐네. 하지만 현실을 보면 얘기가 전혀 달라. 오늘날 러시아 인민들은 자기 몫의 얼마 안 되는 돈을 써서라도 교회를 열고 신과 만나려고 하네. 농산물의 수확 수준은 혁명 이전보다도 아래로 떨어진 데다 농민들의 사유재산을 인정하지 않을 수 없었네. 그 결과 농민들은 암시장에 농산물을 판매하기 시작했고 새로운 부르주아 계급이 생겨난 셈이지. 화내지 말게, 프롤레타리아 동무. 아니지, 그러고 보니 자네는 번쩍이는 더블 재킷을 입고, 상원의원과 당 간부로서 이중으로 월급을 받는 데다가 은행에 계좌를 가지고 있고, 번쩍이는 자동차를 타는데 그쯤 되면 부르주아 아닌가?"

빼뽀네가 항의했다.

"번쩍거리는 자동차라니! 흔한 중고차요."

돈 까밀로가 고개를 흔들었다.

"동무, 중요한 것은 그게 아니라 원칙이야."

이때 빼뽀네는 상의 주머니에서 가죽 케이스를 꺼냈다. 케이스를 열어 멋진 토스카나 시가 하나를 꺼냈다. 돈 까밀로는 눈을 동그랗게 뜨고 회오리바람 같은 한숨을 뿜어내며 씁쓸하게 소리쳤다.

"자네 말이야! 인민들은 굶주리고 있는데, 혼자서만 부르주아의 환락을 누릴 생각인가?"

빼뽀네는 화를 내면서 거칠게 시가를 반으로 잘라 돈 까밀로에게 내밀며 소리쳤다.

"쳇, 이 땅에 3만 5천 명의 성직자들이 있다지만, 아직 부족한 것 같수. 신부님같이 악독한 성직자가 합세해야 할 모양이우!"

그 때 선창에서 뱃고동 소리가 들려왔다.

*

위풍당당하게 바다에 떠 있는 '파르티잔' 호는 가벼우면서도 현대적이고 튼튼한 배였다. 항해를 시작하고 처음 한 시간은 순조롭게 배가 나아갔다. 그러나 불행히도 악마가 곧 꼬리를 내밀었다. 갑자기 하늘이 어두워지고 바람이 폭풍우로 변했다.

거친 파도가 바다를 뒤흔들어 놓기 시작했다.

상황은 나빠져 가고 있었다. 선장은 배가 큰 파도에 휘말려 바위투성이의 해안에 밀려가지 않게 하려고 잔잔한 물을 찾아 넓은 바다로 나갔다. 그러나 폭풍우는 점점 더 심해지고 결국 배는 균형을 잃고 위태롭게 표류하기 시작했다. 불과 몇 분 사이에 벌어진 일이었다. 갑자기 갑판 아래서 선원 하나가 뭔가를 한 아름 안고 나타났다.

"선장님이 구명조끼를 입고 갑판 위로 올라가라고 하십니다."

갑판 위에는 지옥이 펼쳐지고 있었다. 하늘에서는 비가 억수같이 퍼부어댔고, 바다의 거친 파도가 배의 옆구리를 때렸다. 그것으로도 성에 차지 않는지 바람이 거칠게 휘몰아쳤고 하늘은 시커먼 먹구름으로 온통 뒤덮여 있었다. 방향타는 제멋대로 돌아갔으며, 파도가 구명보트 두 개를 휩쓸어갔다.

사람들의 눈은 온통 선장에게 쏠렸다. 선장은 자신에게 쏟아지는 불안한 눈길들을 애써 모른 척하며 폭풍우 치는 바다만 망연자실 바라보고 있었다. 배가 얼마나 더 버틸 수 있을지 알 수가 없었다. 언제 침몰한다고 해도 이상하지 않은 상황이었다.

갑자기 큰 파도가 몰려와 선미를 들어 올렸다. 뱃머리가 바다 속으로 빨려 끌려들어 가는 듯했다. 물이 갑판을 덮쳤다. 파도가 지나가자 배가 다시 균형을 잡았다. 사람들은 주위를 돌아보며 머리 숫자를 세었다.

모두 무사했다. 빼뽀네와 9명의 일행, 나디아 동무, 오레고브 동무, 선장과 6명의 선원이 모두 살아 있었다. 서로 부둥켜안으며 무시무시한 첫 번째 공격을 기적적으로 이겨낸 것이다. 하지만 두 번째 공격도 과연 이겨낼 수 있을까?

배는 두 번째 파도를 맞아 물속으로 쑥 내려갔다가 다시 바다 위로 떠올랐다. 창문이 깨지고 선체에 물이 들어오기 시작했다. 더 이상 희망이 없었다.

빼뽀네는 돈 까밀로를 향해 말했다.

"이봐요, 돈 까밀로! 하느님께라도 빌어보시오! 어서요!"

분노와 절망이 뒤섞인 목소리였다. 돈 까밀로가 화들짝 놀라 정신을 차렸다.

"주님, 하느님의 충실한 종으로서 죽을 수 있는 은총을 비천한 저에게 주셔서 감사합니다."

그는 지금 자기가 어디에 있는지, 또 빼뽀네를 제외한 다른 사람들한테는 그가 타로치 동무로 알려져 있을 뿐이라는 사실도 잊어버린 채, 머리에 쓰고 있던 당원 모자를 벗어버리고 윗옷 주머니를 뒤져 가짜 만년필을 찾아냈다. 다행히도 만년필은 제자리에 있었다. 돈 까밀로는 십자가를 그들의 머리 위로 번쩍 들어 올렸다. 그러자 사람들이 모두 그의 앞에 무릎을 꿇었다. 나디아와 선장과 선원들까지 얼떨떨한 기색으로 따라 했다.

다만 오레고브 동무만이 모자를 푹 눌러쓰고, 난간에 아슬아슬 매달린 채 믿어지지 않는 광경을 노려보고 있을 뿐이었다.

“주님, 이 불쌍한 당신의 자녀들에게 자비를 베푸소서….”

돈 까밀로가 간절히 기도했다. 파도가 뱃전을 스치고 지나갔다. 또 다른 파도가 밀려오고 있었다.

“성부와 성자와 성령의 이름으로 청하오니, 저희의 기도를 들어주옵소서.”

돈 까밀로는 폭풍우 치는 하늘에다 대고 크게 성호를 그었다. 사람들도 모두 성호를 긋고 갑판을 엉금엉금 기어 와서 조그만 십자가상에 입을 맞추었다. 납덩이가 된 듯한 오레고브 동무를 뺀 모든 사람이 그렇게 따라 했다.

산더미 같은 파도가 작고 나약한 인간들을 부숴버리려는 듯 갑판 위로 쏟아졌다. 하지만 이제 하느님이 그들과 함께하셨다. 지옥의 춤은 계속 이어졌지만 사람들은 더 이상 두려움을 느끼지 않았다.

모두 일어났다. 최악의 위기가 지나갔다는 확신이 들었던 것이다. 사람들은 불현듯 오레고브가 무릎을 꿇지도, 모자를 벗지도 않았다는 사실을 깨달았다.

난간 쪽을 힐끗 보니, 오레고브는 아직도 거기에 매달려 있었다. 그는 입을 꽉 다물고, 이글거리는 눈으로 모두를 노려보고 있었다. 나디아, 선장, 선원들은 오레고브의 증오심 가득한 눈에서 두려움을 느끼고 몸을 부르르 떨었다. 그러나 뻬뽀네와 이탈리아 동무들은 살아남았다는 것만으로도 너무 기뻐 그런 것쯤은 아예 신경도 쓰지 않았다.

*

배는 아직도 파도에 흔들리고 있었다. 하지만 이제 선원들은 기계와 펌프 주변에서 부지런히 자기의 일을 했다. 승객들은 젖은 옷을 짜낼 여유까지 생겼다. 오레고브 동무에 대해서는 새까맣게 잊고 있었다. 조금씩 바다가 진정되고, 항해는 정상으로 돌아왔다. 두 시간 후 사람들은 평소의 표정을 되찾았다.

결국 특별한 일은 아무것도 없었다. 큰 파도가 쳤고, 물보라가 일었으며, 승강구가 부서지고, 구명보트 두 개가 사라졌을 뿐이었다. 바다를 항해하는 사람에게 흔히 일어날 수 있는 일이었다.

배가 O시의 항구에 도착했을 때, 일행들에게 오레고브 동무에 대한 주의를 환기시킨 것은 나디아였다. 그녀는 배에서 내리려는 삐뽀네 일행을 막아서며 외쳤다.

"오레고브 동무를 기다려야 합니다."

그녀의 얼굴은 왠지 모를 불안감 때문에 창백하게 변해 있었고, 목소리마저 떨리고 있었다.

바로 그때, 선장이 나디아에게 다가오더니 그녀를 한쪽으로 데리고 갔다. 그리고 잠시 이야기를 나누었다. 몇 분 후에 나디아와 함께 돌아온 선장은 일행들과 악수를 나눴다.

나디아가 말했다.

"이제 내려도 됩니다."

선장이 자리를 떠난 뒤, 나디아는 뻬뽀네를 따로 불러 나쁜 소식을 전했다.

"불쌍하게도 마지막 파도가 오레고브 동무를 바다로 휩쓸어 갔습니다. 당은 성실하고 헌신적인 당원을 잃었어요. 한 용감한 용사가 죽었습니다."

그들은 육지에 발을 디뎠다. 돈 까밀로는 아직도 거칠게 일렁이는 파도와 먹구름 낀 무서운 하늘 사이에서 혹시나 오레고브의 영혼이 보이지 않을까 살펴보았다.

"하느님께서 그대의 죄를 용서해 주시기를…."

돈 까밀로가 중얼거렸다. 가슴이 아팠다. 납득이 되지 않았지만 선장 동무의 말을 믿을 수밖에 없었다. 그날 항해 일지에 선장은 '폭풍우가 구명보트 두 개와 오레고브 동무를 앗아갔다' 고 적었고, 그것이 공식적인 기록이 되었다.

폭풍우로 인해 베를린으로 가는 비행기 출발 시각이 지체되었다. 공항으로 가는 버스 안에서 돈 까밀로는 스카모지아 옆에 앉았다.

"그럼 동무, 작별 인사를 하세. 자네는 남을 생각이지?"

돈 까밀로가 말했다.

"아닙니다. 저도 떠날 겁니다."

"나디아 동무보고 남게 해달라고 부탁하지 않았나?"

"그런 말은 꺼내지도 않았습니다. 아직 이탈리아 공산당이 나를 필요로 한다고 생각하니까요."

스카모지아가 말했다.

"장하네, 동무."

돈 까밀로가 흡족해하며 말했다.

"하긴, 흔들리는 마음을 추스르고 자신의 의무에 귀 기울일 줄 아는 사람이야말로 충성스러운 당원이지."

스카모지아는 깊게 한숨을 내쉬며 창밖을 바라보았다. 버스가 공항 입구에 도착했다. 사람들이 모두들 내리고, 나디아가 빼뽀네와 함께 사무실로 들어가 여권을 제시했다. 공항 경찰관이 서류를 훑어보고는 이윽고 명단을 다시 나디아에게 넘겨주었다. 그녀는 큰 소리로 한 사람씩 이름을 불렀다.

"바치카 피에트로."

바치카가 들어왔다. 공항 직원이 빼뽀네를 바라보자 빼뽀네는 맞다고 고개를 끄덕였다. 그러자 나디아가 "통과"하고 크게 외쳤다.

"카파체 살바토레."

이런 식으로 카파체, 지베티, 프리티, 페라토 동무의 차례가 지나갔다.

"론델라 월터."

빼뽀네는 론델라 동무가 불명예스럽게도 강제 출국 조치를 받고 쫓겨났다는 사실을 잊고 있었다. 그가 고개를 들자 티피즈 집단농장에서 만났던 빌어먹을 나폴리 출신 이발사가 뻔뻔스러운 얼굴을 하고 그의 앞에 서 있는 게 아닌가. 이미 그 친구는 론델라라는 이름으로 인정을 받도록 나디아 동무의 동의까지 얻어놓고 있었던 터였다.

뻬뽀네는 고갯짓으로 맞다는 표시를 했다.

"통과."

나디아가 주저 없이 말했다.

타로치 동무의 차례가 되었을 때, 뻬뽀네는 그의 정체를 폭로해 버리고 싶은 강렬한 유혹을 받았다. 아주 잠깐이긴 했지만….

"11명이 입국해서, 11명이 출국합니다."

통역사가 서류를 뻬뽀네에게 넘기면서 말했다.

비행기로 걸어가면서 돈 까밀로가 나디아 페트로브나에게 다가갔다. 그리곤 일행이 내리기 전에 선장이 뭐라고 말했는지 가르쳐 달라고 부탁했다.

"그는 폭풍이 일어났을 때의 일을 간추려 말해주었어요. '절박한 상태가 되면 사람은 그의 하느님이 기억나는 법이다.' 라는 말도 했죠."

"러시아의 오래된 격언이로군."

돈 까밀로가 중얼거렸다.

탑승 시간이 되었다. 나디아는 승강단을 올라가는 이탈리아 동무들과 일일이 악수를 나누었다. 나폴리 출신의 이발사 차례가 되자 그녀는 웃음을 참느라 제대로 악수를 하지 못했다. 그러나 스카모지아의 모습이 눈에 띄자 그녀의 미소는 그대로 얼어붙었다.

마지막으로 올라탄 사람은 돈 까밀로였다.

"잘 있으시오, 동무."

돈 까밀로가 말했다.

"절 위해서 기도해주세요, 신부님."

나디아가 작은 소리로 대답했다. 그녀의 뺨에는 소리 없는 눈물이 흘러내리고 있었다.

돈 까밀로는 비행기가 이륙하고 나서도 한참이나 슬픔이 가득했던 나디아의 눈동자를 생각했다. 그는 비행기 창문을 통해 안개가 깔린 끝없는 들판을 내려다보며, 그의 《레닌 어록》에 적혀진 한 문구를 기억해 냈다.

'Spasitjel mira, spai Rossiu!'

'구세주가 러시아를 구하리라!'

절대 끝나지 않을 이야기의 끝

돈 까밀로가 십자가상의 예수님 앞에 무릎을 꿇고 절절한 기도를 올리고 있었다.

"예수님, 제가 이 정든 고향 마을에 돌아온 지도 벌써 2주가 지났습니다. 그런데 여행 내내 저를 따라다녔던 고뇌가 아직도 마음속에서 저를 짓누르고 있습니다. 주님, 두려움이 아니라 고뇌 말입니다. 두려움을 느낄 이유는 없습니다. 저 자신에 대해 부끄러울 따름입지요. 저는 정정당당하게 싸웠습니다. 적의 동태를 파악하고 음모를 깨부수기 위해 적군의 군복을 입고 몰래 적진에 들어간 늙은 병사의 굴욕도 경험했습니다. 얼마나 괴로웠는지 모릅니다. 양팔을 접었다 폈다 하는 십자가를 만년필 속에 숨기고, 성무일도서를 레닌 어록으로 위장하고, 호텔 방 조그마한 탁자 앞에서 쪼그린 채로 비밀 미사를 드렸습니다. 너무나 괴로웠습니다….”

“돈 까밀로, 괴로워하지 마라.”

예수님이 부드럽게 대답하셨다.

“너는 비겁하게 행동하거나 네 이웃의 등을 치는 따위는 하지 않았다. 네 이웃을 사랑하기 위해 그렇게 한 것이니라. 만약 네 이웃이 목이 말라 죽을 지경이라고 하면, 그의 생명을 소생시킬 물 한 모금을 가져다주는 걸 거부하겠느냐? 그렇게 하는 것이 네 존재를 속이고 너 자신을 우스운 꼴로 만든다고 해서 말이다. 그리스도 병사의 위대한 점은 겸손이며, 그의 적은 오직 교만이 아니더냐. 낮은 자들에게 축복이 있느니라.”

“주님, 당신은 세계에서 가장 자랑스러운 권좌에 앉아 계시며, 당신이 정정당당히 싸워 정복했던 그 십자가 높은 곳에서 말씀하고 계십니다. 당신은 절대로 당신의 존재를 숨기지 않았습니다. 악마의 옷을 입고 군중 앞에 나서신 일이 없었습니다.”

돈 까밀로가 반박했다.

“돈 까밀로, 하느님의 아들인 내가 인간의 모습으로 살다가 십자가에 못 박혀 두 악당 사이에서 죽었을 때, 그것은 나 자신을 낮춘 행위가 아니었더냐? 돈 까밀로, 너의 주님을 보아라. 가냘프고 헐벗고 고통받는 육체와 그의 머리 위에 얹어진 모욕적인 가시 면류관을 보아라!”

"네, 주님. 당신을 봅니다. 하지만 제 눈에는 당신의 숭고한 희생의 성스런 빛만이 보입니다. '돈 까밀로 동무의 슬픈 얼굴' 에는 어떤 빛도, 성냥불처럼 희미한 불도 비치고 있지 않습니다."

돈 까밀로는 눈을 들어 제단의 십자가상을 쳐다보며 고집을 피웠다.

예수님이 대답하셨다.

"그레비넥 집단농장 노파의 눈에 네가 밝혀 놓은 불빛을 기억하느냐? 절망에 빠진 병사와 그의 아내 그리고 아이들의 눈에 밝혀 놓은 또 다른 불빛은? 돈 까밀로, 배 위에서 폭풍우가 칠 때, 너는 작은 십자가를 꺼내 죽음의 문턱에 이르렀다고 생각한 그 불쌍한 사람들에게 십자가를 보여주며 하느님께 그들의 죄를 사해 주십사 기도했다. 그때 누구도 타로치 동무가 주의 사도처럼 행동하는 것을 우스꽝스럽게 보지 않았다. 모두들 무릎을 꿇고 성호를 그으며, 작은 십자가상에 입 맞추고 싶어 하지 않았느냐? 너는 그런 일이 어떻게 일어날 수 있었는지 생각해 보지 않았느냐?"

돈 까밀로는 당황하며 중얼거렸다.

"하느님의 사도라면 누구라도 저처럼 행동했었을 겁니다."

"그래, 돈 까밀로. 하지만 뻬뽀네를 제외한 누구도 네가 하느님의 종이라는 사실을 몰랐다. 다른 사람들에게 너는 타로치 동무였을 뿐이니라. 그들 마음의 변화를 어떻게 생각하느냐?"

돈 까밀로는 양팔을 벌렸다. 그는 지금에서야 그 믿을 수 없었던 일들을 떠올리고 그것이 얼마나 놀라운 기적들인지 깨닫게 되었다.

"너는 알고 있느니라. 언제 어느 때든지 나의 빛이 너와 함께 했다는 걸…."

*

돈 까밀로는 고향에 돌아온 뒤 여행하는 동안 행동하고, 말하고, 보고, 들었던 모든 것들을 기록하느라 정신이 없었다. 주교는 모든 사건을 자세히 알고 싶어 했다.

보고서를 작성하는 건 간단한 일이 아니었다. 비록 주교가 늙어서 건망증이 심하다 해도, 문법에 관해서는 까다로운 편이었기 때문이다.

밀라노 역에서 헤어진 후, 돈 까밀로는 뻬뽀네에 대한 소식을 조금도 듣지 못했다. 베를린 공항에서 나오자마자 나폴리 출신의 이발사는 어디론가 사라졌으며, 베로나에서는 타반 동무가 그가 가지고 온 세 가닥의 밀 줄기를 가지고 내렸다. 돈 까밀로는 바치카 동무와 페라토 동무와 함께 밀라노에서 내렸다.

"동무도 파르마나 레지오 에밀리아까지 우리와 함께 가는 게 좋지 않겠습니까?"

스카모지아가 돈 까밀로에게 물었다. 그러나 돈 까밀로는 중요한 일이 있다며 밀라노에서 내려야 한다고 얼버무렸다. 그 말은 사실이었다. 밀라노에 감춰둔 사제복을 빨리 찾아 입고 싶었기 때문이다.

빼뽀네는 이 순간조차 돈 까밀로를 약 올릴 방법이 없나 머리통을 데굴데굴 굴리고 있었다. 이윽고 돈 까밀로가 차에서 내리려하자, 빼뽀네가 스카모지아에게 돈을 주면서 유쾌하게 큰소리치는 게 들려왔다.

"이제 여섯 명만 남았군. 한 사람당 한 병씩 내가 포도주를 사겠네!"

빼뽀네의 웃음소리가 아직도 돈 까밀로의 귀에 울리고 있었다. 돈 까밀로는 바싸 마을로 돌아온 뒤 빼뽀네가 잘 지내고 있는지 무척 궁금했다. 그 궁금증을 풀어 준 것은 다름 아닌 빼뽀네 자신이었다. 돈 까밀로가 사제관 식당에서 보고서와 씨름하고 있을 때였다. 누군가 문을 두드리더니 허락도 없이 문을 벌컥 열고 안으로 들어왔다.

처음에 돈 까밀로는 빼뽀네를 바로 알아보지 못했다. 그는 상원의원 빼뽀네의 거죽, 즉 중절모, 회색 실크 넥타이, 섬세한 포플린 천으로 만든 흰색 와이셔츠, 위풍당당한 파란색 더블 재킷을 벗어 버린 다음 구겨진 바지, 코듀로이 재킷에 외투를 걸치고 목에 붉은 손수건을 두른 과거의 촌뜨기 모습으로 돈 까밀로의 코앞에 서 있었다. 돈 까밀로는 깜짝 놀란 눈으로 빼뽀네를 바라보며 머리를 흔들었다.

"난 또 누군가 했네. 로마에 있을 때는 인민 노동자가 상원의원 옷을 입고 버거워하더니만, 고향으로 돌아와선 제 모습을 찾았구먼. 자, 앉게나. 어인 일로 행차하셨나."

"할 말이 있어서 왔소이다. 내 빚을 갚으러 왔소."

빼뽀네가 어두운 얼굴로 대답했다. 그는 외투 밑에서 양초 하나를 꺼내 탁자에 놓았다.

"이 초는 폭풍우 속에서 내 목숨을 살려주신 하느님께 감사드리기 위한 것이오."

돈 까밀로가 웃으며 대답했다.

"사람들은 절박한 상황에서만 하느님을 기억하지. 그러나 위험이 지나가면 하느님을 쉽게 잊어버리네. 자네는 기억력이 참 좋군. 진심으로 기쁘네."

"또 이것은 악마가 내 옆에 던져준 어떤 신부로부터 나를 구해주신 하느님께 감사드리기 위한 것이오!"

빼뽀네가 침울한 얼굴로 외투 밑에서 두 번째 초를 꺼내 탁자 위에 놓았다. 길이가 1미터 20센티미터, 지름이 15센티미터나 되는 커다란 초였다. 돈 까밀로의 눈이 놀라서 휘둥그레졌다.

"이 초는 일부러 주문 제작해야 했소. 상당히 굵은 초지만 당시에 내가 그 신부 때문에 겪은 위험의 정도에 맞추자면 높이는 16미터 이상, 지름은 3미터 정도는 되어야 했을 거요."

빼뽀네가 말했다.

"나를 너무 과대평가하는 것 아닌가? 보잘것없는 시골 신부가 그런 대접을 받을 수야 없지."

돈 까밀로가 대꾸했다.

"보잘것없는 시골 신부들이 거물인 교황보다 더 해로울 때도 있소."

빼뽀네가 말했다. 그러고는 탁자 위에 큼지막한 꾸러미와 편지 세 통을 던졌다.

"함께 갔던 동무들이 타로치 동무에게 보내달라며 소포를 부쳐왔소. 난 이런 일이 영 마음에 안 듭니다. 미리 경고하지만, 이런 뭉치들을 다시 받게 되는 날엔 모두 불태워 버릴 거요."

돈 까밀로는 꾸러미를 풀었다. 꾸러미 안에는 사진 한 무더기와 급히 휘갈겨 쓴 편지가 들어 있었다.

"이 편지는…."

"신부님, 당신 일에는 관심 없소."

빼뽀네가 퉁명스레 말하자 돈 까밀로가 대답했다.

"신부 일이 아니라 타로치 동무 일이네. 세포 책임자 타로치는 자신의 직속상관에게 보고해야 할 의무가 있네. 페라토 동무로부터 온 편지네. 내 마음대로 처분하라며 사진을 보내왔어. 자네와 내가 크게 찍힌 이 사진을 보게나. 흥미롭지 않은가?"

빼뽀네는 사진을 낚아채서 보더니만 이를 악물며 말했다.

"흥, 나를 또 곤경에 빠뜨리고 싶은 모양이군!"

"진정하게, 상원의원 나리. 페라토 동무는 비공식 사진들을 보내면서, 혹시 내가 사진사의 이름을 밝히지 않고 사진들을 팔아줄 수 있는지 물었네. 그는 푼돈을 조금 벌고 싶을 뿐이야. 당이 사진값을 제대로 쳐주지 않는 모양이네. 난 그의 부탁을 들어줄 생각인데….”

“정말 그따위 짓을 할 생각이오?”

빼뽀네가 소리쳤다.

“그건 자네에게 달렸네. 우리가 안 보낸다면 그가 당 신문들에 사진을 보낼 테니…. 내 얼굴도 실린 사진을 말이야.”

빼뽀네는 의자에 털썩 주저앉아 이마에 흐르는 땀을 닦았다.

“동무, 내가 전에 말했을 텐데. 난 성가신 일은 딱 질색이네. 자네가 당 신문에 보낼 사진을 고르고, 나머지는 타로치 동무에게 맡기게.”

돈 까밀로는 빼뽀네가 체념하고 사진을 훑어보는 동안 두 번째 편지를 읽고 나서 말했다.

“타반 동무네. 내 충고에 따랐던 점에 감사하고 있군. 그의 모친이 기뻐하신다네. 밀 세 줄기는 무사히 잘 도착해서 곧 뿌리를 내렸다는군. 하루에 두 번 매일 밀을 보러 간다고 적혀 있네. ‘밀 포기가 죽는다면 내 동생이 다시 한 번 더 죽는 것 같을 겁니다.’ 라고 썼어. 상원의원 동무에게도 안부 전해주고 감사하다는 말을 전해달라는군.”

빼뽀네는 툴툴거리며 계속 사진을 훑어보았다. 세 번째 편지에는 단 몇 줄의 내용과 돈이 들어 있었다.

"지베티 동무의 편지네. 집에 도착한 다음 뭔가 미심쩍어서 편지를 번역해 봤다는군. 우리한테 감사하고 있어. 1천 리라를 보내왔네. 처녀의 영혼을 위해 미사를 드려달라고 말이야. 난 그에게 1천 리라를 되돌려 보내고, 매달 그 불쌍한 처녀를 위해 미사를 드릴 거라고 말하겠네."

빼뽀네는 탁자를 주먹으로 쾅 내리쳤다.

"난 이해하지 못하겠소. 당신이 신부라는 걸 이 빌어먹을 작자들에게 누가 얘기해준 거요?"

"아무도 말하지 않았네. 하지만 그들은 알고 있었어."

"도대체 어떻게?"

"번쩍하는 신의 계시가 있었겠지. 난 전기 기술자가 아니라서 그 점을 설명하기는 쉽지 않지만 말이야."

돈 까밀로가 말했다. 빼뽀네가 고개를 저으며 중얼거렸다.

"다 내 잘못이야. 아마 배 위에서 '동무' 하고 부르는 대신 '신부님' 하고 불렀던 모양이오."

"그런 기억은 없는데."

돈 까밀로가 대답했다.

빼뽀네가 그의 앞에 사진을 한 장 내려놓았다. 단체사진이었는데 맨 앞에는 바다에 빠져 죽은 엔카 오레고브 동무가 서 있었다.

"마지막으로 그를 봤을 때는 폭풍우가 한풀 꺾인 다음이었소. 파도가 그를 휩쓸어 갔다는 게 말이 되오? 우리가 갑판 아래로 내려갔을 때 갑판에서 무슨 일이 있었소?"
빼뽀네가 고개를 숙인 채 말했다.
"하느님만이 아실 일이지! 그분만이 내가 얼마나 많이 그를 생각했고 지금도 생각하고 있다는 걸 아실 거네."
빼뽀네는 가슴 깊이 한숨을 쉬더니 자리에서 일어섰다.
"저 사진들을 가져가겠소."
빼뽀네가 사진 무더기를 가리키면서 말했다.
"마음대로 하게. 그런데 이 초 두 개는 어떻게 하겠나?"
돈 까밀로가 묻자 빼뽀네가 어깨를 으쓱하며 말했다.
"큰 초는 난파를 피해 무사히 살아난 것을 감사하기 위해 켜 주시오."
"아까는 작은 초가 난파선 탈출을 위해서라더니?"
돈 까밀로가 말했다.
"쳇, 신부님에게서 탈출한 걸 감사하는 게 작은 초요!"
빼뽀네는 인사도 없이 떠났다.
돈 까밀로는 성당으로 달려갔다. 그러나 성당에는 거대한 초를 꽂을 수 있는 촛대가 없었다. 그는 성구실에서 초를 꽂을 수 있는 크고 묵직한 청동 꽃병을 찾아냈다.
돈 까밀로가 제단 위에 초를 놓고 불을 붙인 다음 말했다.
"주님, 빼뽀네가 주님을 기억했습니다."
"내 생각이 맞다면 그가 너도 기억했다."
예수님이 웃으면서 대답하셨다.

주교는 긴 보고서를 읽고 나서 돈 까밀로를 불러 말했다.

"이제 자네가 보고서에 썼던 내용 모두와 쓰지 않았던 내용까지도 죄다 설명해보게."

돈 까밀로는 반나절이나 쉬지 않고 이야기했다. 그가 말을 마치자 주교가 큰 소리로 말했다.

"불가능한 일이야! 타반과 지베티의 전향, 론델라와 나폴리 출신 이발사의 해방, 폴란드 여인을 위한 미사와 성체분배, 그녀의 딸과 절망에 빠진 한 남자의 성스런 결혼식, 그들의 여섯 아이들의 세례, 이주자의 고백과 그의 복권, 적지에서 올린 전몰장병들을 위한 미사. 게다가 위험에 처한 열여덟 명의 죄를 사해주기까지 했다니…. 그런데 여기서 끝난 게 아니라 세포 책임자까지 되었다! 이 모든 일이 단 엿새 동안 반그리스도 국가에서 벌어졌다 이건가? 불가능한 일이야."

"주교님, 제 말이 못 미더우시다면, 그리고 사진과 편지로도 부족하다면, 상원의원의 증언도 있습니다."

"상원 의원의 증언까지! 그렇다면 돌이킬 수 없는 재난이 되겠구먼."

주교가 신음했다.

돈 까밀로는 눈을 휘둥그레 뜨고 주교를 쳐다보았다.

"무슨 말인지 모르겠나? 상황이 그렇다면 나는 자네를 추기경으로 추대해야 하지 않겠나?"

돈 까밀로는 무릎을 꿇고 하늘을 향해 부르짖었다.

"주님, 저는 적합하지 않나이다."

늙은 추기경은 고개를 저었다.

"오래전에 나도 똑같은 말을 했네. 하지만 아무도 내 말에 주목하지 않았지. 하느님께서 자네를 지켜주실 걸세…."

*

한 달이 더 지났다. 돈 까밀로가 자신의 믿을 수 없는 모험에 대해 서서히 잊어가고 있을 때였다.

어느 날 아침 성당에서 나오던 돈 까밀로는 스미르초가 사제관 정면 벽에 벽보를 붙이고 있는 것을 발견했다. 돈 까밀로는 그 자리에 우뚝 선 채 그가 벽보를 마저 붙이게 내버려두었다. 그러고는 스미르초가 사다리에서 내려와 몸을 돌리는 순간 얼굴을 딱 들이밀고 그에게 물었다.

"스미르초, 접착제가 아직 마르지 않았다는 사실을 이용해서 누군가 저 벽보를 떼어 자네 입속에 쑤셔 넣는다면 어쩔 텐가?"

스미르초가 능청스럽게 대답했다.

"그런 일을 할 만한 사람은 아직 태어나지 않았는뎁쇼."

"아니지, 그런 사람이 오래전에 태어나 지금 이 순간 자네 앞에 있다고 상상해보면 어떻겠나?"

돈 까밀로는 스미르초의 멱살을 잡고 놓아주지 않을 것처럼 흔들어댔다.

"상황이 달라지긴 했군요."

스미르초가 마지못해 수긍했다. 돈 까밀로가 퉁명스럽게 말투를 바꾸었다.

"인민 회관 정면에 내가 벽보를 붙이러 가면 좋겠나? 왜 자네들은 멍청한 정치 성명서로 내 집 벽을 더럽히는 거지?"

돈 까밀로가 협박하듯 물었다.

"정치 벽보가 아닙니다. 정치와는 상관없는 문화 행사에 관한 벽보인뎁쇼."

스미르초가 말했다.

돈 까밀로는 잡은 멱살을 놓지 않은 채 벽보를 붙인 위쪽을 훑어보았다.

다음 날 저녁, 읍 극장 홀에서 러시아를 방문하고 돌아온 주세페 보타치 상원위원이 여행에 대해 설명하고 읍민들의 질문에 대답해줄 거라는 내용이 실린 벽보였다.

돈 까밀로가 주먹을 풀었다.

"흠, 안건이 변했군. 자네 말이 맞네. 어떤 정치적 목적도 없는 문화 행사야. 초대권은 어디서 구할 수 있나?"

"읍민 누구나 자유로이 입장할 수 있습니다. 누구라도 들어오면 자세한 설명을 들을 수 있지요."

스미르초가 윗옷을 정리하면서 말했다.

"나도?"

"주교님과 교구청 사람 전체가 와도 상관없습니다."

스미르초가 조심스럽게 몇 걸음 뒤로 물러서면서 대답했다.

"우리는 신부들의 교양을 쌓아주기 위한 일도 하니까요."

말이 떨어지기 무섭게 스미르초는 쏜살같이 꽁무니를 빼고 달아났다. 돈 까밀로의 머릿속에는 스미르초 따위는 안중에도 없었다. 그는 사제관으로 들어가서 할 일이 있기 때문이다.

30분 후 어떤 꼬마 하나가 뻬뽀네의 아내에게 편지 한 통을 전달했다. 편지의 내용은 다음과 같았다.

친애하는 상원의원 동무

내일 저녁 문화 행사에 많은 관심을 갖고 있기에 꼭 참석하려고 하네. 그런데 한 가지 질문을 미리 하고 싶네. 동무는 왜 쓸데 없는 재난을 자초하려고 하는가?

친애하는 타로치 동무

그러나 뻬뽀네는 편지를 받아보지 못했다. 그날 밤 그는 갑자기 로마로 떠나 버렸기 때문이다. 다음 날 아침 일찍부터 스미르초는 마을을 돌아다니며 벽보 위에 안내문을 붙였다.

'연사의 갑작스러운 사정으로 문화 행사가 무기한 연기되었음을 알려 드립니다.'

스미르초는 사제관 벽에 붙여놓은 벽보 아래 기대놓았던 사다리를 내려오다가 이번에도 돈 까밀로와 정면으로 마주쳤다.

"안타깝군. 성직자가 얼마나 더 중세의 우매한 어둠 속에 남아있어야 하겠나?"

돈 까밀로가 탄식했다.

재빨리 사다리를 들고 안전 지역으로 빠져나온 후, 스미르초가 돈 까밀로를 향해 외쳤다.

"걱정하지 마십시오, 신부님. 때가 되면 우리가 신부님의 머리통을 환히 밝혀드릴 테니까요!"

이후로도 문화 행사 날짜는 다시 공고되지 않았다. 장대 같은 비가 쏟아져서 벽보가 모두 떨어져 나갔고, 누구도 더 이상 이 사건에 대해 말하지 않았다.

그리고 6개월이 더 지났다. 러시아에서의 생생한 모험이 머릿속에서 서서히 잊혀졌기 때문에 돈 까밀로는 그 모든 것이 꿈이 아니었을까 하는 생각이 들 지경이었다.

그러던 어느 날 아침, 돈 까밀로가 사제관 거실에서 장부를 정리하고 있을 때였다. 종지기가 들어와 낯선 남자가 돈 까밀로를 찾는다는 말을 전했다.

놀랍게도 종지기의 얼굴 너머로 나니 스카모지아의 얼굴이 보였다. 돈 까밀로는 전혀 예상치 못했던 일이었으므로 한동안 할 말을 잊고 멍하니 그의 얼굴을 쳐다만 보고 있었다.

"어, 어떻게 여기까지 왔나?"

돈 까밀로가 더듬거리며 말했다.

“로마 위쪽으로도 기차가 다니기 때문이죠. 보타치 동무에게 당신 주소를 알아냈습니다.”

스카모지아가 대답했다.

“알겠네.”

뭐가 뭔지 전혀 알 수는 없었지만 일단 돈 까밀로는 그렇게 대답했다.

“그런데 갑자기 왜 나를 찾아왔나?”

스카모지아는 언제 봐도 사내다웠다. 그는 사내답게 담뱃불을 붙이면서 벽난로 옆에 있는 안락의자에 앉았다. 하지만 나디아 페트로브나의 눈물 글썽한 두 눈동자를 잊을 수 없었던 돈 까밀로는 스카모지아의 뻔뻔한 행동을 곱게 보아 넘길 수가 없었다.

“곤란한 일이 생겼습니다, 동무…. 아니, 신부님. 그녀에 관계된 일입니다.”

스카모지아가 설명했다.

“그녀한테 무슨 일이 생겼나?”

“러시아 여성 파견단과 함께 두 달 전에 로마에 왔습니다. 그런데 몰래 도망쳐서 이탈리아에 남았죠.”

“그럼 자네는?”

스카모지아가 어깨를 으쓱했다.

“난 공산당 투사이자 세포 책임자로서, 조국 러시아와 당을 배신한 여성과는 어울릴 수 없었습니다.”

"그래서?"

흥분한 돈 까밀로가 다음 말을 재촉했다.

"그녀와 결혼하기 위해 나는 당에서 탈당해야 했습니다."

스카모지아는 벽난로 불에 담배꽁초를 던지면서 설명했다.

"그것이 곤란한 일이란 말인가?"

"아닙니다. 문제는 따로 있습니다. 한 달 전에 그녀와 결혼했는데, 그녀가 계속 내 숨통을 죄고 있다 이겁니다. 시에서 올린 결혼식으론 성에 차지 않기 때문이죠. 성당에서 결혼식을 올리겠다고 성화입니다."

돈 까밀로가 환한 얼굴로 그를 쳐다보았다.

"골칫거리가 그거라면 별거 아닐세."

돈 까밀로가 말했다.

"당신한테는 그렇겠지요. 하지만 신부들 얘기만 들어도 속이 메슥거리고, 이전엔 신부들을 몽땅 싸잡아 교수형에 처하고 싶어 했던 당원으로서는 큰 골칫거립니다."

"이해하네, 동무. 누구나 각자 자기 좋을 대로 생각할 자유가 있으니까. 헌데 그렇게 생각한다면 왜 나한테 와서 그런 말을 하는 건가?"

돈 까밀로가 큰 소리로 말했다.

"신부와 어울려야 한다면 적어도 정상참작이 가능한 사제여야 하기 때문이죠. 결국 신부님은 전에 나와 같은 당원이었습니다. 어떤 의미에서는 저의 예전 세포 책임자이기도 하고요."

"자네 말이 틀린 것은 아니네."

돈 까밀로가 정직하게 인정했다. 그 말이 채 끝나기가 무섭게 스카모지아가 문을 향해 돌아서며 큰 소리로 외쳤다.

"나디아!"

그러자 꿈만 같게도 나디아가 문을 열고 나타났다. 그녀는 돈 까밀로를 보자마자 달려와 그의 손에 입을 맞추었다. 스카모지아는 불쾌한 듯 얼굴을 찡그리며 그녀를 쳐다보았다.

"젠장! 이탈리아에 온 지 두 달밖에 되지 않았는데 이탈리아에서 태어나 산 사람처럼 벌써 모든 걸 다 알고 있다니까."

그들이 모든 서류를 준비해 왔기 때문에 결혼식은 일사천리로 이루어졌다. 당연히 뻬뽀네가 증인이 되어 주었다. 뻬뽀네는 미소를 지으며 자기가 맡은 역할을 잘해냈다.

신랑 신부가 떠나기 전에 돈 까밀로는 여성 당원이었던 나디아 페트로브나를 따로 불러, 그때 배에서 오레고브에게 무슨 일이 일어났는지 물었다.

"끔찍한 이야기예요. 우리가 갑판 아래로 내려갔을 때 오레고브 동무는 선장에게 우리 모두를 잡아 가두고, 특히 당신과 보타치 동무는 철창에 가두라고 명령했어요. 바티칸의 스파이 혐의를 조사하라면서요. 미치광이 같았답니다. 선장 동무에게까지 욕을 하고 협박했으니까요. 다급해진 선장이 오레고브 동무를 난간 쪽으로 밀었어요. 그때 파도가 갑판으로 밀려와서 오레고브 동무를 쓸어간 거예요. 사실이에요. 이 일은 선장과 신부님 그리고 나만 알고 있어야 해요. 슬픈 이야기지요….”

신랑신부가 떠나고, 돈 까밀로와 뻬뽀네는 거실 벽난로 불꽃 앞에서 몸을 녹이고 있었다. 그들은 얼마 동안 말없이 앉아 있었다. 그러다가 돈 까밀로가 큰 소리로 외쳤다.

“아, 맞다! 잊어버리기 전에 메모를 해야지!”

그는 주머니에서 예의 그 수첩을 꺼냈다.

“두 명의 전향자와 결혼식을 내 목록에 덧붙여야 하네.”

“마음대로 쓰시오. 프롤레타리아 혁명이 왔을 때 몽땅 계산을 하게 될 것이니! 그 값을 톡톡히 받을 테니 두고 보시오!”

뻬뽀네가 으르렁거렸다.

“좀 깎아줄 수 없겠나. 그래도 명색이 옛 동무 아닌가?”

“흥, 그렇다면 좋소. 신부님이 원하는 곳에서 교수형 받을 수 있도록 장소를 선택하게 해주지.”

뻬뽀네가 비아냥거렸다.

“벌써 정해놨네. 바로 자네 옆이야, 뻬뽀네.”

돈 까밀로가 웃으며 대답했다.

뼈가 시리도록 차가운 겨울날이었다. 안개가 강에서 피어오르며 이제 막을 내리는 이 이야기에까지 베일을 드리웠다. 그리고 이 이야기는 이미… 옛날이야기가 되어가고 있다.

마치 우리네 인생처럼….

이승수 | 옮긴이

서울에서 태어나 한국 외국어대학교 이탈리아어과와 동 대학원을 졸업하고, 비교문학 박사 학위를 취득했다. 현재 이탈리아어 전문 번역가로 활동하며 한국 외대, 서울대 등에 출강하고 있다. 옮긴 책으로 《순수한 삶》, 《신부님 우리들의 신부님》, 《잭프루시안테가 그룹을 탈퇴하다》, 《하늘을 나는 케이크》, 《천사의 간지럼》, 《나는 살인한다》, 《시티》, 《눈은 진실을 알고 있다》 등이 있다.

*신부님 우리들의 신부님 10

돈 까밀로 러시아 가다

1판 5쇄 발행 | 2012년 01월 20일
개정 2쇄 발행 | 2019년 11월 15일

지은이 | 조반니노 과레스키
옮긴이 | 이승수
펴낸이 | 김정동
펴낸곳 | 서교출판사

주소 | 서울시 마포구 성지길 25-20 덕준빌딩 2층
전화 | 3142-1471(대) 팩스 | 6499-1471
등록번호 | 제10-1534호
등록일 | 1991. 09. 25

Email | seokyodong1@naver.com
Blog | https://blog.naver.com/seokyobooks

ISBN 979-11-89729-19-6 04860

잘못된 책은 구입하신 곳에서 바꾸어 드립니다.
책값은 뒤표지에 있습니다.

서교출판사는 독자 여러분의 투고를 기다리고 있습니다. 원고나 아이디어가 있으신 분은 seokyobooks@naver.com으로 간략한 개요와 취지 등을 보내주세요. 출판의 길이 열립니다.